BROKEN LOVE

CLARA BRUNELLI

« *La danse possède un pouvoir de délivrance physique,*
On y trouve la force de vivre,
D'expulser ses démons,
De croire à son destin. »

R. Lannes

1

JULIETTE

Je sors complètement exténuée de ce cours. J'ai mal partout. La douleur se fait surtout sentir au bout de mes orteils.

Ces derniers jours, les entraînements sont très intensifs et mettent mon corps à mal. C'est donc d'un pas fatigué que je me dirige vers les vestiaires, pour prendre une douche et me changer avant de rentrer chez moi.

J'enlève une à une les pinces de mon chignon pour libérer ma longue chevelure brune. Je récupère ma serviette et mes affaires dans mon casier à l'entrée du vestiaire.

Là, je retrouve Noémie assise sur un banc en train d'enlever ses pointes et masser le bout de ses pieds. Comme à son habitude, elle est montée sur ressort. Elle n'arrête pas de parler et de sauter sur place, une fois débarrassée de ses engins de torture ! Je ne sais pas comment elle fait pour trouver toute cette énergie, même après deux heures de cours avec Madame Blanche, notre maître à la barre.

Noémie est mon amie depuis que je suis arrivée à Paris pour intégrer le conservatoire national supérieur à treize ans. Nous nous sommes soutenues dans les moments les plus difficiles, et nous avons réussi toutes les deux à intégrer l'école de danse de l'Opéra de Paris.

Ce que j'aime chez elle, c'est sa bonne humeur et sa capacité à voir toujours le positif quand la situation est désespérée. Je peux compter sur elle pour me remonter le moral quand j'ai un petit coup de blues.

Moi, je dis que chaque brune doit avoir sa blonde à ses côtés pour être totalement complète.

À part notre silhouette fine et élancée, nous n'avons pas grand-chose en commun toutes les deux.

Moi, je suis une grande brune méditerranéenne aux yeux verts. Alors qu'elle a une peau de porcelaine, des yeux bleu foncé, une longue chevelure lisse et blonde qui font penser à une jolie poupée.

Même si elle n'aime pas ses taches de rousseur, elle rend jalouse plus de la moitié des filles qui osent se comparer à elle.

Dans les douches, je l'entends me parler à travers la cloison qui nous sépare, malgré le bruit de l'eau qui atterrit violemment sur le sol.

— Hey, Juliette ! Elle ne t'a pas épargnée La Blanche aujourd'hui ? ironise-t-elle de l'autre côté du mur.

— Arrête, ne remue pas le couteau dans la plaie, la supplié-je. Elle me prend *vraiment* pour un robot !

Je frotte énergiquement mes mains savonneuses contre mon corps en guise de rébellion.

— Je ne sais pas pourquoi elle s'acharne toujours sur moi ? lâché-je, agacée.

— Moi, je sais. C'est parce que tu es la meilleure de nous toutes.

— Hein ? Qu'est-ce que tu racontes encore ?

Je tique. Elle est encore partie dans l'un de ses délires.

— Si, si. Juju, tu ne vois pas ton potentiel ? annonce-t-elle, un sourire dans la voix.

— Nan...

Dans ce genre de performance, il ne faut pas se reposer sur ses acquis. J'ai peut-être un bon niveau, mais je ne me contenterai jamais de ce que je suis capable de faire aujourd'hui.

La perfection est une quête insaisissable.

— Eh bien moi, je le vois, et je suis sûre que La Blanche le voit aussi. C'est pour ça qu'elle ne te lâche pas, essaie de me persuader Noémie.

Je fais la sourde oreille, et laisse Noémie m'exposer ses théories.

— Tu sais, le concours interne de promotion arrive bientôt, et je suis certaine que tu peux avoir la place.

— Hum, hum, on verra… concédé-je, pas si convaincue que ça.

Je laisse l'eau chaude couler sur mon corps endolori afin de détendre mes muscles. Pensive, je termine de me doucher en silence. Je réfléchis à ce fameux concours. Si y a bien un titre qu'une danseuse veut avoir dans sa carrière, c'est bien celui de danseuse étoile. Et pour cela, je dois absolument avoir cette promotion de première danseuse.

Le concours interne au corps de ballet est dans deux semaines. Être dans le corps de ballet de l'Opéra de Paris est déjà un grand rêve pour moi. Si je veux aller plus loin, et me faire remarquer par une autre compagnie, il va falloir que j'obtienne cette promotion. J'aime danser à l'Opéra, mais j'ai envie de découvrir autre chose aussi.

Noémie a raison. Je crois que Madame Blanche me pousse volontairement dans mes derniers retranchements. Je dois dépasser mes limites si je veux être au niveau exigé.

Cette pensée me redonne de l'énergie et je finis de me préparer rapidement pour rejoindre Nathan qui m'attend dehors.

En sortant des vestiaires, Noémie me demande si je souhaite aller prendre un verre avant de rentrer chez moi. Je décline son offre, trop fatiguée et pressée de me poser au calme avec mon amoureux.

Je lui fais un gros câlin pour lui dire au revoir et lui souhaite une bonne soirée, avant de retrouver Nathan qui est déjà de l'autre côté de la rue. Sa place habituelle où il patiente tous les soirs.

Adossé contre un lampadaire, les mains dans les poches, il me regarde dans cette position désinvolte.

Hum, c'est vrai que j'ai de la chance quand même…

Aujourd'hui, il a revêtu son pantalon chino beige et son manteau noir qui lui arrive au niveau des genoux. Sa coiffure courte et structurée est impeccable, comme toujours. La couleur de ses cheveux parait plus foncée avec la quantité de gel qu'il y met dedans.

Nathan est très beau garçon, avec ses yeux bleus, à la limite de la transparence. Et puis, sa carrure, sans être digne d'un molosse, est impressionnante avec son quasi mètre quatre-vingt-dix.

Je croise souvent le regard des filles envieuses lorsque nous nous promenons main dans la main dans les rues de Paris.

Je traverse la rue en trottinant et me jette dans les bras ouverts de Nathan. Son odeur m'a manqué depuis hier et c'est un vrai baume après tant d'efforts.

Son baiser est langoureux et fiévreux. Je lève la tête et plonge mes yeux verts dans les siens avant de lui offrir mon plus beau sourire.

— Salut toi. Eh bien, je vois que tu es contente de me voir ! plaisante Nathan.

— Je suis toujours heureuse de te voir, mais ce soir, te voir est encore plus réconfortant !

Nathan me regarde avec son air malicieux, puis se penche au creux de mon oreille pour me dire :

— Si tu veux, je connais une solution super efficace pour le réconfort !

Il en profite pour mettre ses mains partout sur moi.

— Arrête ça, Nathan ! On est dans la rue là…

Je ne suis pas pudique mais un peu de tenue tout de même.

— Alors viens chez moi, on sera tranquille ! Tu m'as vraiment manqué, et j'ai envie de passer du temps rien qu'avec toi.

— Non, pas ce soir, déclaré-je en faisant une moue grincheuse. Je suis trop fatiguée, je préfère qu'on aille se poser devant un film chez moi, lui proposé-je en contrepartie.

Nathan habite un appartement haussmannien luxueux dans le 8ème arrondissement de Paris. Son père a de gros moyens… Si nous allons chez lui, il faudra que je fasse tout le trajet jusqu'à chez moi pour rentrer ensuite. Rien que d'y penser, j'ai une flemme phénoménale.

Moi aussi j'ai envie de passer du temps avec lui. Mais honnêtement, demain il faudra que je sois fraîche et dispo à huit heures à la barre pour l'entraînement. Je sais comment ce genre de soirée va m'achever.

— Mais ça fait un mois que tu me dis la même chose à chaque fois qu'on se voit… T'es chiante, Juliette !

Nathan perd instantanément son regard et son sourire coquin.

Je sais que c'est ma faute. Depuis plusieurs semaines, je suis tellement épuisée par les entraînements, que je n'ai plus la force de faire autre chose que de me poser sur un canapé et regarder un film avec lui.

Cela fait un an que nous sommes ensemble avec Nathan. Nous nous sommes rencontrés lors d'une soirée en discothèque à Paris.

Au départ, je pensais que ça serait une aventure sans lendemain, histoire de prendre un peu de bon temps. J'ai été surprise par son appel deux jours plus tard et par son envie de me revoir.

Depuis, il ne cesse d'être un garçon prévenant et bienveillant. Il s'implique beaucoup dans notre relation. J'ai été présentée à ses parents et il n'hésite pas à me convier à leurs soirées guindées de la haute société.

Assurément, comme le disent mes parents, c'est le parti idéal. Mais, selon Noémie, c'est un petit fils à papa prétentieux qu'elle ne sent pas du tout. Allez savoir pourquoi…

J'ai vingt-et-un ans, lui vingt-trois. Je sais que passer ses soirées chez moi assis sur un canapé n'est pas l'idée première qu'il se fait d'un moment en tête à tête avec sa copine.

Même s'il est rempli de bonnes manières et a une excellente éducation, il n'en reste pas moins un homme.

Mais sincèrement, ce concours est trop important pour moi pour faire n'importe quoi.

J'entrelace mes doigts avec les siens et avance en direction de la bouche de métro.

— Nathan, sois patient s'il te plaît, dis-je dans un soupir. Le concours est dans deux semaines. J'ai besoin de tout donner, et de me concentrer sur ça.

Nathan reste impassible. Sûrement déçu par la distance que je mets entre nous depuis quelques semaines.

— Je te promets qu'après je lèverai le pied et on pourra profiter tous les deux, le rassuré-je, faisant une légère pression sur sa main.

— Juju, tu dis ça, mais je sais comment ça va se terminer, se désole Nathan.

J'aimerais tellement qu'il me soutienne.

— Tu es brillante, tu vas avoir ta promo, et après ça, tu devras t'entraîner encore plus pour être au top pour les ballets et montrer que tu mérites ta place de première danseuse.

C'est un compliment. Pourtant, je sens de la rancœur dans ses propos. Au fond de moi, je sais qu'il n'a pas tort. Mais en même temps la danse, c'est toute ma vie. J'ai travaillé dur pour en arriver là et je ne vais pas baisser les bras alors que je touche des doigts mon rêve de toujours.

Je n'ai jamais été aussi proche des étoiles.

Durant le trajet pour rentrer chez moi, je me sens mal à l'aise. Nos conversations sont des plus communes. Entre chaque échange, un silence glacial règne entre nous.

J'en profite pour lui demander si sa journée s'est bien passée et comment avancent ses projets de groupe à l'École 42. Cette école avant-gardiste permet de faire émerger des petits génies de l'informatique comme lui.

Je sais que ses études sont importantes pour lui. Une place dans la société de son père l'attend. Ils ont fait fortune en développant un logiciel. Même si dans son apparence il est plutôt sexy, il n'en a pas l'air, mais c'est un vrai geek !

J'essaie de faire la conversation tant bien que mal et surtout, de lui redonner son sourire que j'aime tant.

Nous arrivons chez moi vingt minutes plus tard environ. J'habite un petit studio parisien qui se situe au troisième étage d'un immeuble, proche de la gare Montparnasse. Il ne paie pas de mine, n'a pas vraiment de cachet, mais je m'y sens bien.

J'ai une pièce principale avec un canapé lit, un petit coin cuisine et une salle de bains. Un minuscule balcon donne sur une cour intérieure. Mes meubles sont dépareillés car j'ai fait de la récupération chez mes parents et oncle Philippe.

Pour le temps que j'y passe, c'est largement suffisant !

Lorsque je suis arrivée à Paris, je me suis installée chez mon oncle Philippe, le frère de Maman. Il compte beaucoup pour moi. Il a été ma figure parentale pendant toutes ces années où j'étais physiquement loin de mes parents. Il m'a soutenue dans mon parcours, dans les bons et les mauvais moments, jusqu'à soigner mes petits bobos d'enfant.

Seulement en grandissant, j'ai voulu prendre mon indépendance. Depuis six mois j'occupe ce petit studio. La cohabitation devenait compliquée chez oncle Phil avec mon rythme soutenu, mes horaires décalés et mon hygiène de vie très stricte. Sans compter depuis peu, les visites envahissantes de Nathan...

Je ferme la porte d'entrée, puis propose à Nathan de choisir un film en attendant que je nous prépare un petit quelque chose à boire et à grignoter.

Je m'installe à côté de lui, et il lance le film « Une journée en enfer » avec Bruce Willis.

Hum un peu de testostérone... Il compte me faire changer d'avis sur sa proposition de réconfort ?

Le film a démarré depuis trente minutes environ, quand je sens la main de Nathan courir le long de mes jambes repliées sous le plaid. Il remonte doucement vers ma taille, l'air de rien.

Première tentative...

J'embrasse son épaule pour lui faire comprendre que je suis sensible à ses caresses. Mon baiser est tout ce qu'il y a de plus chaste. Je ne veux pas l'encourager. Je me reconcentre sur le film.

Cinq minutes plus tard, sa main droite arrive au niveau de ma taille, puis se faufile sous le bas de mon tee-shirt. Ses doigts font des cercles sur le bas de mon ventre.

Deuxième tentative...

Mes paupières sont lourdes, je suis prête à m'endormir. Ses caresses sont agréables mais je n'ai pas la force de faire un câlin amélioré comme il l'entend.

Pour éviter une troisième tentative et le stopper dans ses intentions, je préfère jouer franc jeu avec lui.

— Écoute Nathan, je vois bien ce que tu essaies de faire.

— Hein, quoi ? dit Nathan en prenant un air tout à fait étonné, alors qu'il ne l'est pas.

— Ne fais pas l'innocent... le sermonné-je sous le ton de la plaisanterie. Tu essaies de détourner mon attention de ce chef d'œuvre cinématographie pour tes beaux yeux !

— Et alors, c'est pas un crime ? se défend-il avant d'ajouter qu'il a envie de moi.

Il passe outre mes protestations et insiste en me caressant le bras.

— Nath, s'il te plaît, pas ce soir, je suis KO, répété-je d'un ton plus sec en balayant sa main pour le repousser. Je suis à deux doigts de m'endormir, là. D'ailleurs, tu devrais rentrer chez toi, maintenant.

Sa main reste en suspens entre nous.

— Attends, tu me mets à la porte ? s'enquiert-il.

— Non... enfin si.... me contredis-je, embarrassée de lui demander de partir.

Cette fois-ci, le message passe car il s'éloigne de moi, retrouvant son côté du canapé. En fait non, il est vexé.

— Mais c'est parce que je vais aller dormir. Demain, je dois me lever tôt pour être à l'entraînement à 8 h.

Je me sens obligée de me justifier auprès de lui. Je ne veux pas qu'il m'en veuille.

Il se tourne à demi pour me faire face. Sa posture tendue me fait comprendre que ce qui va suivre ne va pas du tout me plaire.

C'est parti, pour une énième dispute !

— Juliette, tu me mets toujours au second plan ! fulmine-t-il. La danse, la danse, putain, mais t'as que ça à la bouche !

Je ne m'attendais pas à ça. J'ouvre mes yeux comme des soucoupes. J'ai comme du mal à traiter l'information qu'il me balance en pleine tête.

— Ça fait un an qu'on est ensemble, merde ! Tu ne crois pas que ça devrait être plus sérieux entre nous ? m'accuse-t-il, le regard noir.

— Nath...

— Non ! me coupe-t-il en se levant du canapé.

Je suis surprise par la sévérité de son ton sec et sans appel. Je ne l'ai jamais vu ainsi, faisant toujours preuve de tendresse et de gentillesse envers moi.

Je voudrais me défendre, mais je n'ai même pas la possibilité de lui répondre.

— On s'organise toujours en fonction de toi ! prétend Nathan. On se voit comme des collégiens entre deux couloirs et quand *madame* le décide.

J'ai le sentiment que cette discussion houleuse sonne comme un règlement de compte.

— Ces derniers temps, tu n'as pas arrêté de refuser mes avances, mais aussi, les invitations aux soirées de gala et de charité. J'ai l'impression que tu donnes plus d'importance à la danse qu'à notre couple. J'en ai marre !

Nous sommes partis d'un refus pour faire un câlin, à un listing de tout un tas de reproches qu'il a dû refouler depuis plusieurs semaines. J'en suis abasourdie.

— Nathan, arrête de dire n'importe quoi, tu sais que je t'aime.

— Prouve-le !

Je sursaute, sonnée par ce qu'il vient d'insinuer secrètement. Je ne tiens plus en place et me lève moi aussi pour le rejoindre de l'autre côté de la pièce.

— Qu... Quoi ? Comment ça ? Qu'est-ce que tu racontes ?

— Choisis, maintenant ! réitère-t-il agressif.

Malheureusement, c'est bien ce que j'avais compris.

Il est réellement en train de me demander de choisir entre lui et la danse.

— T'es pas sérieux, là ? me rebellé-je.

— Si tu m'aimes autant que tu le dis, alors prouve-le, m'ordonne-t-il à nouveau.

— Je vais faire comme si je n'avais rien entendu. Sors de chez moi, maintenant. Je crois que t'as pas les idées claires.

Nathan ne bouge pas d'un centimètre.

— Alors ? insiste-t-il d'une voix grave, la mine sévère.

— Alors, je t'ai dit de partir !

Je lui hurle dessus, dépassée par mes émotions en lui montrant le chemin de la sortie avec mon doigt.

Choqué par mes cris, Nathan reste immobile un instant avant de récupérer son manteau. Il se retourne avant de franchir le pas de la porte et me lance « Je m'en vais, mais ce n'est pas la peine de me rappeler » avant de la claquer derrière lui.

～

6 h du matin, mon réveil sonne. Je suis complètement fracassée. L'ironie du sort, c'est que je ne voulais pas faire l'amour avec mon petit copain par peur d'être fatiguée le lendemain, et que j'ai *encore* plus la tête en vrac que si on avait passé toute la nuit ensemble à baiser.

Dès que j'ouvre les yeux, je suis plongée dans mes pensées. Je mords l'intérieur de ma joue gauche pendant que mes réflexions défilent.

Franchement, je ne comprends pas ce qu'il s'est passé hier soir. J'ai l'impression qu'on était dans une autre dimension. Me mettre un ultimatum ! Comment a-t-il pu me faire ça ?

La danse, c'est toute ma vie depuis que j'ai cinq ans. J'ai quitté ma famille à treize ans, j'ai renoncé à une enfance ordinaire, je me suis infligée un régime alimentaire stricte, que personne ne voudrait suivre. Je me suis battue pour être là où j'en suis aujourd'hui. J'ai fait des sacrifices et il sait à quel point c'est important pour moi.

Je me lève et tente de me motiver pour me préparer. Après une douche chaude et un bon petit-déjeuner, je regarde mon téléphone posé sur la table basse. J'ai reçu quatre messages de Nathan. Euh... il n'avait pas dit « Ce n'est pas la peine de me rappeler » ? A priori, ça devait sous-entendre que c'est lui qui le ferait !

Je repenserai à tout ça plus tard. Je dois réfléchir à notre relation. Je l'aime, oui. Mais est-ce suffisant pour sacrifier la danse pour lui ?

J'arrive au studio pour l'entraînement et je rejoins Noémie dans les vestiaires. Alors que je me change, elle est déjà prête, assise sur un banc, et me regarde avec un sourire en coin.

— Dis donc toi, t'as pas beaucoup dormi, me dit-elle. T'as une sale tête !

J'ai du sable dans les yeux, et n'arrête pas de bailler. Bravo Sherlock !

— Non, effectivement, je suis en manque de sommeil.

— Nathan était chez toi hier soir ? T'as fait des folies avec ton corps, coquine ?

Elle fait bouger ses sourcils de haut en bas au cas où je n'aurais pas bien compris le sous-entendu.

— Oui, on a passé la soirée ensemble, mais, pas comme tu le crois.

Je repense à la scène d'hier. Un rictus amer se dessine sur mon visage.

— Ça s'est mal passé. On s'est grave disputé. Noé, il m'a carrément posé un ultimatum !

— Wouah ! Mais pourquoi ça ? s'offusque-t-elle.

— Ces derniers temps, je ne suis pas très dispo, voire plutôt distante.

Je joue avec les rubans de mes chaussons posés sur mes genoux pendant que je lui raconte ce qu'il s'est passé hier soir.

— Tu sais, avec les répètes et tout, je suis fatiguée et quand on se voit, j'ai un peu tendance à le couper dans son élan, si tu vois ce que je veux dire...

Elle opine du chef pour me faire comprendre qu'elle a saisi l'allusion. Je poursuis :

— Hier soir, ça a dégénéré, et il a fini par me demander de choisir entre lui et la danse !

— Mais quel connard ! Je te l'avais dit qu'il fallait se méfier de lui. J'ai jamais pu le sentir ce mec !

Noémie me fait une moue de dégoût.

Notre discussion est interrompue par Madame Blanche qui nous signale froidement que le cours va bientôt commencer. Elle n'aime pas que nous traînions dans les vestiaires et sait nous le rappeler.

Quand nous arrivons au studio, nous devons immédiatement commencer à nous échauffer avant que le cours ne débute. Parler, est une perte de temps pour elle. La rigueur et la discipline, toujours !

J'enfile rapidement mes pointes et ajuste mon chignon afin qu'aucune mèche de mes cheveux ne dépasse.

J'enchaîne les exercices de base d'échauffement à la barre, puis au milieu pour travailler les sauts, avant de me mettre en place pour répéter ma variation pour le concours. Je ne suis pas très concentrée avec la nuit que j'ai passée. Madame Blanche me reprend plusieurs fois sur le positionnement de mes bras et sur mes tours fouettés : « Juliette, plus souples tes bras ! », « Juliette, ta tête est toute molle, comment veux-tu réussir tes tours ! », « Juliette, recommence ! ».

Et ça, je l'ai entendu plus d'une fois.

Après le cours, pendant que nous nous déshabillons dans le vestiaire, je discute avec Noémie de ma soirée de la veille. Je suis au bord des larmes. Elle me console en me disant que tout va s'arranger, que si Nathan exige une telle chose de moi, c'est qu'il n'en vaut pas la peine et que je dois passer à autre chose.

Je tiens beaucoup à lui après un an de relation. Nous nous entendons à merveille, avons les mêmes envies et rigolons souvent tous les deux. Je me voyais bien faire encore un bon petit bout de chemin avec lui.

Mais quand est-il du reste de ma vie ?

Je rentre chez moi, pensive, et me décide à lire les messages de Nathan que j'ai reçu, tôt ce matin.

Nathan (5:57) : Juliette, pardonne-moi.
Nathan (6:03) : Juliette, je suis un imbécile. Mes mots ont dépassé mes pensées.

Tu m'étonnes !

Nathan (6:15) : Juju, je suis désolé. Appelle-moi !
Nathan (6:22) : Si tu ne m'appelles pas, je débarque chez toi !

J'hésite à lui répondre. Je ne sais pas quoi faire. Mon silence en dit long. Je crois que je ne veux pas lui donner signe de vie car je redoute plus que tout cet ultimatum et qu'il le remette sur le tapis.

En même temps, si je ne réponds pas, je prends le risque de le voir débarquer chez moi.

Au moins par message, je le tiens à distance.

Moi (12:13) : J'ai bien eu tes messages. Laisse-moi du temps pour réfléchir à tout ça. Pourquoi ne pas se rappeler après mon concours ?

La réponse ne se fait pas attendre. Quelques secondes plus tard, je reçois un nouveau message.

Nathan (12:13) : Ouf, tu me parles encore. OK, je te laisse préparer ton concours, mais ensuite, tu es toute à moi.

Les jours passent et se ressemblent. Je vais au studio de danse. Je sors avec Noémie de temps en temps après les entraînements pour boire un verre, ou un café, et je reçois des messages de Nathan, tous les jours.

Il a peur que je l'oublie ou quoi ?

Cette petite pause dans notre couple est une vraie prise de conscience pour moi. Avec le recul, je comprends ce que Noémie cherchait à me faire comprendre depuis des mois.

Nathan m'étouffe à vouloir passer tout son temps libre à mes côtés. J'ai l'impression d'être fliquée.

Je me rends compte comment ma vie était dictée par son influence ces derniers temps. Je n'avais même plus le temps de profiter de ma copine !

Le concours est dans quatre jours, je ne dois pas perdre des yeux mon objectif.

Reste focus, Juliette !

Ce soir, je décide de faire un détour par ma petite supérette avant de rentrer chez moi. Mon frigo est vide et cela devient urgent de le remplir. Je ne mange pas beaucoup pour maîtriser mon poids, mais il faut quand même que je prenne un minimum de force pour tenir debout pendant mes entraînements.

Je marche dans les rues de Paris. La nuit ne me rassure guère. Nous sommes un vendredi soir de novembre, il fait froid et le soleil se couche vite en fin de journée. Je déteste cette période de l'année. L'humidité de l'automne, les feuilles rouges et oranges sur le sol, et le froid qui s'installe peu à peu. C'est à cette saison que le sud-est me manque le plus.

J'ai comme la sensation d'être suivie par moments mais à chaque fois que je me retourne, je suis seule.

Moi, parano ? Non...

Je rentre dans mon petit supermarché de quartier pour acheter de quoi manger pour ce soir en rentrant. Je discute un peu avec Marco le commerçant, et ça fait du bien de parler de tout et de rien sans évoquer mes préoccupations du moment.

Lorsque je sors avec mon sac de courses et que je passe la petite ruelle sur ma droite, je me fais aspirer par des mains puissantes.

— Hey ! crié-je en sursautant.

— Ta gueule !

L'inconnu me bâillonne avec sa grande main couverte d'un tatouage pour me faire taire. Il est vêtu tout de noir et sa capuche est relevée sur sa tête. Dans l'obscurité, je ne peux distinguer les traits de son visage. Je vois juste qu'il est bien plus grand que moi et d'une carrure imposante.

— Allez, donne-moi ton portefeuille ! m'ordonne-t-il.

Je n'ai pas le temps de dire ou faire quoi que ce soit qu'il me tire en avant et me jette contre le mur de la ruelle. Le choc violent me coupe le souffle. Les larmes remplissent mes yeux et se déversent rapidement sur mes joues.

— Pitié, ne me faites pas de mal... murmuré-je dans un sanglot.

Je n'ai jamais été aussi apeurée de ma vie.

— Je t'ai dit de me donner ton portefeuille, salope !

En plus de ses insultes, il m'assène un coup de pied dans les jambes.

La douleur est vive, son attaque me déséquilibre. Dans ma chute, je me raccroche par pure réflexe à son bras. Il doit prendre ce geste pour une riposte de ma part car il me saisit violemment par les cheveux, ce qui m'arrache un cri qui résonne dans la ruelle.

Pour étouffer mon appel à l'aide, il met de nouveau sa main sur ma bouche tout en me poussant une seconde fois contre le mur.

Ma tête cogne contre la brique. Je tombe par terre. J'entends deux sons ; un craquement sourd et crier au loin « Et, toi là-bas ! » puis, c'est le trou noir.

2

JULIETTE

*L*a musique de Tchaïkovski démarre. Comme à chaque fois que je suis dans cette salle grandiose de l'Opéra Garnier, ma peau se parsème de chair de poule.

Je ferme les yeux un instant pour me concentrer et m'imprégner de cette ambiance si particulière, que forment l'orchestre dans la fosse, les spectateurs dans la salle, et les danseurs qui se croisent dans les coulisses.

Mon sang pulse dans mes veines au rythme de l'attaque des archets des violonistes, sur les cordes de leurs instruments.

J'ouvre les yeux et regarde le corps de ballet qui danse en parfaite harmonie. Je ne me lasserai jamais de cette vision parfaite. Tout est millimétré, pas un seul bras ou une seule pointe de pieds ne dépasse des lignes formées par les danseurs et les danseuses.

À mon tour, je fais mon entrée sur scène. Lorsque mes pointes foulent le tapis de danse, j'ai la tête dans les étoiles. Tantôt Odette, tantôt le cygne blanc, je suis avant tout moi-même. La danse me libère et je me sens complète sur scène. Je peux exprimer mes émotions à travers mon corps gracile façonné par des années d'entraînement.

Quand le prince Siegfried s'avance vers moi pour entamer notre pas de deux, ce n'est pas mon partenaire habituel que je vois, mais un homme imposant, tout de noir vêtu et qui porte un tatouage sur sa main droite.

Je me réveille avec un cri d'effroi. J'ouvre les yeux, ce n'est pas sur la scène de l'Opéra de Paris que je me trouve, mais allongée dans un lit d'hôpital. Je réalise alors que ma vision n'était qu'un rêve, et que je vis en réalité un cauchemar.

Ma mère se précipite à mon chevet :
— Ma puce, surtout ne bouge pas. Je vais appeler une infirmière et prévenir que tu es réveillée.
— Ma…Maman ?
J'ai la bouche sèche et les mots ont du mal à sortir de ma bouche.
— J'arrive ma puce.
Pendant que ma mère sort de la chambre à la recherche d'une infirmière, je fais un rapide état des lieux de la situation.
La musique de Tchaïkovski a été remplacée par le bip incessant des machines.
Mon bras gauche est relié à une perfusion. J'ai mal partout et je sais au fond de moi, que ce n'est pas dû à ma performance durant la représentation.
Je touche mon front, sens un bandage autour de ma tête à la place de ma coiffe de plumes.
J'essaie de bouger mes jambes, mais elles me semblent tellement lourdes. La panique m'envahit et je lève le drap pour regarder plus bas. Mon cœur est comme poignardé quand je vois ma jambe droite enveloppée dans un bandage.
Ma mère entre au même moment dans la chambre avec une infirmière qui s'empresse de prendre mes constantes.
Pas la peine madame, mon cœur vient de s'arrêter.
Je pleure en silence et ne réagit pas à l'agitation qui se forme autour de moi.
— Juliette, ma puce, je suis là. Regarde-moi, dit-elle avec un ton inquiet et implorant.

— Elle est sous le choc, madame. Il faut lui laisser un peu de temps pour reprendre ses esprits.

L'infirmière essaie de rassurer ma mère sur mon état :

— Ses constantes sont bonnes. Je vais prévenir le médecin.

— Merci.

Maman s'approche de moi et me prend la main tout en s'asseyant sur le bord du lit. Moi, je reste figée et j'ai du mal à encaisser ce qu'il se passe.

— Qu'est ce qui s'est passé ma puce ? me demande ma mère d'une voix préoccupée. Oncle Phil m'a appelé il y a deux jours pour me dire que tu étais à l'hôpital.

— Mais on est vendredi non ?

Je suis complètement perdue. J'ai l'impression que cinq minutes se sont écoulées depuis mon agression. En réalité, cela fait presque deux jours que je suis endormie dans ce lit d'hôpital.

— Non, on est dimanche ma puce, me précise ma mère. Tu es resté endormie plus de 24h. J'étais tellement inquiète...

Ma mère essaie de se contenir. Sa voix est tremblotante, comme si elle se retenait de pleurer. D'ailleurs, une larme perle au coin de ses yeux. Elle l'essuie rapidement avec le bout de son index pour ne pas perdre la face devant moi, avant d'ajouter :

— Papa est en route. J'ai pris le train pour aller plus vite mais il me rejoint en voiture. Juliette raconte-moi, m'implore-t-elle.

Ma tête me fait atrocement mal. J'ai l'impression d'être passée sous un rouleau compresseur. Mes larmes ne veulent pas s'arrêter de couler et j'ai du mal à formuler les mots qui doivent sortir de ma bouche.

Je ferme les yeux et c'est encore pire. Des flashs apparaissent devant moi me mettant face à cette scène atroce dont j'ai été victime.

Ma mère me cajole et m'encourage à parler. Je peux ressentir d'ici son impuissance.

J'arrive à me calmer au bout d'un temps interminable et lui raconte ce dont je me rappelle :

— Je sortais de chez Marco. Tu sais, le petit marchand pas loin de chez moi. Et puis, d'un coup, un type m'a agressée.

— Mon Dieu, ma puce ! C'est horrible, clame ma mère.

Sans. Blague.

Mes yeux lui lancent des éclairs.

— Pardon, je te laisse finir, s'excuse-t-elle toute penaude.

— Il voulait mon portefeuille. Il m'a insultée et frappée. À un moment, je me suis cognée contre le mur, et après, plus rien.

Je tourne ma tête vers la fenêtre de ma chambre et coupe tout contact visuel avec ma mère. Je contemple l'extérieur. Le ciel est gris, les arbres dénudés de leurs feuilles. C'est horriblement triste, comme ce qui se passe dans cette chambre d'hôpital.

— Tu saurais reconnaître cette personne ? m'interroge-t-elle.

— Non.

Je soupire et lâche la main de ma mère. J'en ai marre de toutes ces questions. J'ai envie qu'on me laisse tranquille. Je ne prends pas la peine de tourner la tête vers elle et ajoute :

— Il faisait nuit. La ruelle était vraiment sombre. Il était grand, habillé tout en noir, c'est tout, résumé-je.

— La police veut te parler, mais cela attendra que tu sois en état, m'avertit-elle.

La police ? Qu'est-ce que je vais bien pouvoir leur raconter ?

— J'ai prévenu Noémie, m'annonce-t-elle. Elle est passée te voir hier et ce matin déjà. Elle est morte d'inquiétude. Je voulais prévenir Nathan, mais je n'avais pas son numéro.

Nous sommes coupées par un petit coup sec frappé à la porte de la chambre, ce qui me fait tourner la tête.

Putain, mais c'est quoi cette douleur ?

Un médecin s'avance vers moi avec l'infirmière de tout à l'heure.

— Bonjour, Mademoiselle Granvin. Vous voilà de nouveau parmi nous ! Je suis le Docteur Gabreau. C'est moi qui vous ai pris en charge lorsque vous êtes arrivée aux urgences vendredi soir.

— Bonjour, le salué-je d'un petit geste de la main.

— Vous me semblez perdue, je vais vous faire un rapide résumé de la situation, déclare-t-il. Vendredi soir, vous avez été agressée.

Jusque-là, il ne m'apprend rien. Il jette un œil à son dossier, puis se concentre de nouveau sur moi.

— Votre agresseur vous a malmené à plusieurs reprises. Dans votre lutte, vous avez percuté votre tête sur quelque chose de dur, ce qui vous a causé une commotion cérébrale.

D'où mes douleurs !

— Vous avez de nombreux hématomes sur le crâne, les bras et sur les jambes, me fait savoir le médecin. Heureusement, ça sera bientôt de l'histoire ancienne !

Non mais il fait de l'humour en plus ! Il a le culot, de m'annoncer ça avec un sourire en coin.

— On a dû opérer votre genou droit, s'empresse-t-il de me dire.

Il lance un regard furtif vers ma mère tout en reprenant son sérieux.

— Vu les hématomes, je suppose que vous avez reçu des coups dans les jambes, m'explique-t-il. Lors de votre chute, vous avez certainement dû heurter votre genou sur le trottoir. Il était déjà bien affaibli. Votre ménisque n'a pas tenu le choc, conclut-il.

Le médecin continue de parler mais je crois que je me suis arrêtée à « On a dû opérer votre genou ». C'est comme s'il avait appuyé sur un interrupteur car mes larmes refont surface.

J'entends au loin le médecin qui parle avec ma mère et qui s'en va.

Moi, je suis morte à l'intérieur, car il vient de confirmer ce que je pensais lorsque j'ai vu ce bandage à mon réveil. Mon genou est hors service et ma carrière de danseuse étoile avec.

Maman me regarde tristement car elle sait ce que tout cela implique.

— Ma puce, tout n'est pas terminé... Ça prendra du temps c'est sûr, mais avec une bonne rééducation ça va s'arranger, essaie-t-elle de me rassurer.

— Arrête de mentir.

Mon ton est froid et agressif. Je sais qu'elle veut faire au mieux, mais à cet instant précis je n'en ai rien à faire de ce qu'elle me dit.

— Rends-moi un service, Maman.

— Oui ma puce, tout ce que tu veux.

— Ne laisse entrer personne dans cette chambre. Je ne veux voir personne. Je veux être seule. Va-t'en, exigé-je d'un ton ferme.

Ma mère me regarde complètement interdite, ne s'attendant pas à ce que je la congédie elle aussi. Malgré cela, elle respecte ma demande et quitte ma chambre.

Les jours qui suivent, je suis une vraie vipère. J'envoie balader le corps médical à la moindre occasion. Mes parents, Noémie, Nathan et mes amies, ne cessent de venir toquer à ma porte de chambre, mais j'ai donné l'ordre aux infirmières de ne pas les laisser entrer.

Je reçois des tonnes de messages sur mon portable. Je ne les consulte même pas.

Pour y lire toute la pitié de mon entourage. Non, merci.

Le jour du concours, je suis tellement triste et hors de moi que je balance mon téléphone contre le mur. J'ai touché les étoiles du bout des doigts et maintenant je suis en enfer.

Toute la journée, ce bandage me renvoie à mon incapacité de danser. La nuit, lorsque j'arrive enfin à dormir, ce sont mes cauchemars qui prennent le relai.

Toujours le même. Toujours cette même scène qui me hante.

Je suis à l'Opéra et lorsque mon partenaire s'avance vers moi, c'est *lui,* que je vois.

Les infirmières ont pris l'habitude d'entendre mes cris au beau milieu de la nuit. Parfois la douleur que ces souvenirs m'infligent est tellement atroce que ça me donne envie de vomir. Le personnel soignant s'est fait avoir une fois, mais pas deux. Ils ont installé une bassine à côté de moi pour mes malaises nocturnes.

Avant ma sortie de l'hôpital, le Capitaine Da Costa est venu me rendre visite plusieurs fois pour mener son enquête sur l'agression. Autant, je peux faire ma dictatrice avec ma famille et mes amis, mais en ce qui concerne le Capitaine, je n'ai pas trop le choix.

C'est un homme d'une quarantaine d'année, qui ne respire pas la joie de vivre. Son ton est un peu bourru, à la limite de l'homme de Cro-Magnon. Son visage est marqué par le stress et la fatigue. On voit qu'il ne doit pas compter ses heures au travail. Ses dents sont jaunies par la caféine et la cigarette qui doivent l'aider à tenir, pendant ses interminables recherches d'enquêtes de police.

Je lui raconte tout ce que je sais, c'est-à-dire pas grand-chose. Je lui donne le seul détail qui ne me lâche pas dans mes cauchemars : un tatouage sur une main droite.

3

MATHIAS

Ça fait un quart d'heure que je suis dans cette putain de pièce et je n'ai toujours pas regardé le centre de la salle. Mes yeux noirs sont à l'image de mon humeur et fixent les cloisons blanches qui m'entourent. Un silence religieux règne entre ses quatre murs. Je sens uniquement la présence des allées et venues de plusieurs personnes qui me frôlent, mais je ne fais pas vraiment attention à elles.

Je suis paralysé.

Depuis une semaine, je ne suis plus le même homme. C'est comme si on m'avait enlevé une partie de moi-même. J'avance en mode pilotage automatique. Je n'ai que de la colère qui gronde en moi et de la vengeance qui coule dans mes veines. Je n'ai jamais été dans un état pareil. Je ne me reconnais plus, mes proches non plus, d'ailleurs.

Mon esprit est embrumé par toutes sortes de pensées morbides.

Envers moi, car je me demande comment je vais pouvoir vivre sans lui.

Envers ce sale fils de pute, que je voudrais retrouver à tout prix avant les flics, pour lui régler son compte moi-même.

Mes yeux se troublent de tristesse. Pour m'empêcher de pleurer je change mon regard de direction. Je pose mes yeux sur les fleurs qui sont disposées dans chaque coin de la pièce. Des gerbes et des couronnes fleuries de toutes les couleurs, accompagnées de leurs témoignages d'amour et d'amitié.

Un raclement de gorge me fait sursauter et me ramène à la réalité. J'observe ce qu'il se passe autour de moi : le maître de cérémonie et quatre hommes s'avancent vers le centre de la pièce. Ils attendent mon feu vert pour poursuivre leur mission.

Putain, je n'y arrive pas. C'est au-dessus de mes forces. Je baisse la tête et sors de la pièce sans réussir à regarder ne serait-ce qu'une seule fois Damien.

Je suis un lâche.

Je rejoins mes parents qui m'attendent à l'extérieur du funérarium. Comme dans chaque moment important de ma vie, ils sont là pour me soutenir. Mais aujourd'hui, ce n'est pas que pour moi qu'ils sont ici. Damien faisait partie de la famille comme un membre à part entière, et dans le clan Marcelo, la famille c'est sacré.

Je vois leur peine sur leurs visages. Ma mère est très affectée par la disparition de Damien. Elle n'arrête pas de pleurer malgré le soutien de mon père qui ne cesse de la consoler.

Je m'approche d'elle et la prend dans mes bras. Elle sanglote dans mon cou, je lui caresse les cheveux pour l'apaiser.

On rejoint le véhicule de mes parents tous les trois pour se rendre sur le lieu où se déroulera la cérémonie religieuse. Je ne suis pas en état de conduire ma moto en ce jour si sombre. C'est donc avec bienveillance que mon père s'est proposé de jouer les chauffeurs pour la journée.

Quelques minutes plus tard, on se gare non loin de l'église protestante du Pays d'Aix-en-Provence, où on attend l'arrivée du corbillard d'une minute à l'autre.

Devant l'édifice se trouvent déjà de nombreuses personnes. La famille, les amis, tous les proches de Damien qui sont venus lui dire au revoir. Il y a beaucoup de monde aujourd'hui pour ce dernier hommage.

J'avais entendu que c'était souvent le cas lorsque la personne décédée était jeune, mais j'étais loin d'imaginer assister un jour à des obsèques dans ces circonstances.

Je suis content de voir que mes potes, Samuel et Davi, ainsi que mon cousin Enzo sont déjà là. Je sais qu'ils en bavent eux aussi à cause de cette tragédie. Je les connais par cœur. Je vois de la souffrance sur leurs visages. Ils ont les traits tirés et putain, ça me fait mal.

Avec Samuel et Enzo, on a passé tout notre temps libre d'adolescent à la salle de sport, où on a fait la connaissance de Damien. À l'époque, il n'a pas hésité à nous prendre sous son aile et à nous guider comme un vrai mentor. Il a fait de nous des hommes forts, robustes, des compétiteurs dans l'âme et des séducteurs invétérés. Comme lui.

Davi travaillait déjà à la salle de sport, quand on a commencé à trainer là-bas.

C'est Enzo qui s'avance en premier vers moi pour me prendre dans ses bras.

— Hey, mec, me salue-t-il affectueusement.
— Salut. Je suis content que tu sois là, dis-je d'une voix fébrile.
— Je ne pouvais pas être ailleurs aujourd'hui, mec.

On est interrompus par le corbillard qui se gare devant le temple. Je fixe l'arrière du véhicule. Je suis à nouveau paralysé.

Mon père me presse légèrement l'épaule, ma mère me prend la main pour me faire avancer à l'intérieur du lieu de culte. Enzo et mes potes me suivent de près, on s'installe sur un banc dans les premiers rangs, devant l'autel.

Les porteurs déposent le cercueil. Le pasteur démarre la cérémonie funéraire après quelques minutes de silence. Les discours, les chants et les prières s'enchainent sans me percuter. Comme une marionnette, je suis le mouvement quand il est nécessaire de se lever ou de s'assoir.

À la fin de la cérémonie, on est tous invité à venir se présenter devant Damien pour lui dire au revoir. J'avance, tête baissée. Lorsque je me retrouve face à cette boîte, je lui fais la promesse silencieuse que jamais je ne l'oublierai.

Il était mon meilleur ami, mon confident, mon frère.

Quand le cercueil quitte l'allée pour sortir du temple, on entend un cri de désespoir qui résonne contre les pierres de l'édifice religieux. C'est la mère de Damien qui s'effondre. Son mari la soutient et essaye de la ramener parmi nous.

Elle est anéantie. Sa douleur est atroce, ses pleurs sont incontrôlables, à la limite de l'hystérie. J'ai qu'une envie, c'est d'aller la prendre dans mes bras.

Putain, une mère ne devrait jamais vivre ça dans sa vie !

Cette journée en enfer est interminable. Après la cérémonie religieuse, on prend la direction du cimetière Saint-Pierre où sera enterré Damien. Une fois arrivé sur place, je reste dans mon coin avec mes parents qui ne veulent pas me quitter d'une semelle.

Les quatre hommes de tout à l'heure sortent le cercueil du corbillard puis le soulève sur leurs épaules.

Mon cœur palpite dans ma poitrine, mes poings se serrent, se desserrent à plusieurs reprises et ma mâchoire se contracte. Mon corps essaye juste de contenir ma rage.

J'ai besoin de reprendre le contrôle. Je suis comme une bombe prête à exploser. Alors, je fais la première chose qui me passe par la tête pour reprendre ce putain de contrôle : je m'avance vers le porteur qui se trouve à l'arrière droit du cercueil et lui demande discrètement si je peux prendre sa place.

Je veux accompagner Damien pour son dernier voyage. Sa dernière étape avant de le laisser reposer en paix.

Je suis ému quand je vois Enzo, Samuel et Davi me rejoindre pour soutenir le poids de ce cercueil et prendre la place des autres porteurs.

À présent, on est tous réunis autour de la fosse qui doit accueillir le corps de Damien. Après quelques mots, le maître de cérémonie demande à l'assemblée si quelqu'un souhaite dire un dernier message.

Je lui fais signe que je souhaite m'exprimer et m'avance devant le petit pupitre qu'il a été installé pour l'occasion.

Je me racle la gorge pour éclaircir ma voix, puis souffle un bon coup pour ne pas craquer devant tout ce monde.

« Damien,

Si tu voyais le monde qui s'est rassemblé aujourd'hui en ton honneur. Tes parents, ta famille, tes collègues de travail et tous tes amis sont venus pour te dire adieu et te rendre un dernier hommage. Toutes ces personnes avaient un rôle dans ta vie et t'aimaient.

Pour moi, tu étais mon meilleur ami, mon frère de cœur.

Tu m'as pris sous ton aile sans rien demander à personne. Tu as toujours honoré ta parole envers moi. Celle d'être toujours à mes côtés, quoiqu'il arrive. Toujours fidèle au poste. On a partagé tant de joie, de peines, on s'est soutenu, on s'est tout dit.

Mais Damien, tu es parti trop tôt. Tu laisses un vide immense derrière toi. Ta disparation me rappelle qu'on est finalement bien peu de chose et qu'il faut profiter de la vie, de chaque minute, chaque seconde. J'ai été très heureux et honoré de faire partie de ta vie, si courte soit elle.

C'est avec beaucoup de tristesse que je présente mes plus sincères condoléances à ta famille et tous tes proches.

Je pense qu'il me faudra beaucoup de temps pour réaliser que tu n'es plus à mes côtés pour refaire le monde, discuter pendant des heures et que tu ne me charrieras plus sur mes relations avec les filles.

Une chose est sûre, mon pote, c'est que je ne t'oublierai jamais, car tu fais partie de moi. Tu es gravé pour toujours dans mon cœur.

Je te remercie pour tout ce que tu as fait pour moi. Repose en paix maintenant.

Adieu. »

J'appose ma main sur le cercueil pour lui dire au revoir une dernière fois puis, dépose une rose blanche sur le boit brut de sa dernière demeure.

Les funérailles se poursuivent avec les personnes les plus proches de la famille. On se rend chez les parents de Damien pour partager un instant tous ensemble et se raconter nos bons souvenirs avec lui.

Je discute avec les gars, nostalgique de tout ce qu'on a vécu ensemble : les fous rires, les coups foireux, les plans drague…

Au moment de leurs départs, on se promet de ne pas attendre autant de temps pour se revoir.

J'ai hâte que cette putain de journée se termine.

∼

Depuis deux jours, je ne suis que l'ombre de moi-même. Je vis dans une pénombre permanente car je ne veux même pas ouvrir les volets. J'erre dans mon appartement comme une âme en peine.

Deux jours que je ne me nourris plus, que je ne me lave plus et que je traine sur mon canapé à boire. Ce n'est pas dans mes habitudes, moi qui fais très attention à ma forme et à mon alimentation. Mais cette bouteille de whisky était là et me faisait de l'œil. Je n'ai pas trouvé mieux que de noyer mon chagrin.

Deux jours que je passe mon temps à appeler Damien pour tomber sur sa boîte vocale et écouter sa voix. Je lui laisse des tonnes de messages de désespoir, alors que je sais pertinemment que je n'aurai pas de réponse.

Putain, je suis pathétique.

Mais il me manque tellement. C'est ma manière de lui prouver que je tiendrai ma promesse de ne jamais l'oublier.

La bouteille de whisky est vide.

Putain, fait chier !

Mon corps est imbibé d'alcool. J'ai perdu tout discernement. Je décide alors de m'habiller pour sortir et remédier à mon addiction du moment. J'enfile un jean noir, mon sweat à capuche noir et mon blouson en cuir noir de motard. Comme ça, il n'y a pas plus sombre. Je suis assorti à mon moral.

Je regagne ma Ducati dans le garage souterrain et file sur les grands axes du centre-ville à la recherche d'un pub ouvert. Il est une heure du matin, je ne sais pas ce que je fous dehors à cette heure-ci. Je touche le fond !

Je gare ma bécane sur le cours Sextius, à proximité du Chado, un pub qu'on fréquentait avec Damien et Samuel quand Damien vivait encore ici.

Je ne sais pas pourquoi je suis là. J'ai mis le pilotage automatique sur ma bécane et mon esprit et je suis arrivé ici, dans ce lieu familier qui me rappelle tant de souvenirs.

Je m'installe au bar et demande au barman de me servir un whisky sec. L'ambiance est déjà bien retombée à cette heure-ci. Le pub va bientôt fermer ses portes. Il reste encore quelques danseurs alcoolisés sur la petite piste de danse, et le DJ passe ses derniers morceaux avant de remballer son matos.

Je suis plongé dans mon passé. Je me revois avec Damien.

Encore.

Quand je pense qu'il y a un mois j'étais à Paris pour fêter ses trente ans. Paris ? Rien que d'y songer, j'en frissonne. Je n'ai jamais été un grand fan de cette ville, mais maintenant, c'est encore pire.

Putain, je la hais !

Pourtant, on avait passé un week-end de folie avec Damien, Enzo et ses amis. Je m'en rappelle comme si c'était hier.

On avait profité comme au bon vieux temps. Quand on était jeunes et tous les deux à Aix-en-Provence.

Je repense à tout ce qu'il s'est passé ce week-end-là. Les pubs, les bières, l'Escape Game, le resto, la discothèque avec le champagne qui coulait à flot. Sans oublier les filles et le sexe !

Je me rappelle même sa manie de me charrier avec Marie, mon ancienne copine avec qui j'ai rompu il y a peu de temps et qui ne voulait pas me lâcher.

Je regarde le fond de mon verre vide. Je rigole intérieurement, tandis que je fais signe au barman de me resservir.

Tous ces moments, ils n'existeront plus. Comment je vais faire sans lui ? Qui sera là pour me guider ?

Mon regard est attiré par un mouvement. Un mec est assis à l'autre bout du bar. Il a l'air aussi pathétique que moi ! J'en suis à mon deuxième verre quand il se lève et se dirige dans ma direction avec le sien, encore plein de bière. Il ne tient pas bien debout, il est très éméché et baragouine quelque chose dans sa barbe. Quand il passe à côté de moi, il perd l'équilibre et renverse son verre sur mon jean.

Putain. Je vais le buter !

Je ne suis pas en mesure d'encaisser sa maladresse et des conneries pareilles. Mes poings se serrent et se desserrent contre mes cuisses. Je me lève du tabouret de bar en faisant crisser les pieds sur le sol. Il tombe sous la puissance de mon geste.

J'attrape le type par l'encolure de son pull et le plaque contre le comptoir qui est à ma droite. Il empeste l'alcool. Ou peut-être, est-ce moi ?

— T'es sérieux là ?

Ma voix est menaçante. Mes yeux sortent de leurs orbites. Je suis fou de rage.

— C'est bon… pas la peine de s'énerver, mec ! répond le type avec surprise tout en essayant de se débattre.

Il me repousse de toutes ses forces en plaquant ses deux mains sur mes pectoraux. Sauf qu'il ne s'attendait pas à avoir un bloc de béton en face de lui.

Je reste complétement immobile face à son attaque. Je riposte dans la seconde d'un crochet du droit en plein visage. Son nez pisse le sang, mais je crois qu'il en redemande.

Il essaie de m'atteindre en vain. Ses poings frappent dans le vent, mais par manque de chance, il vient de réveiller la bête noire qui est en moi depuis que j'ai appris la mort de Damien.

Depuis ce jour funeste, je ne rêve que d'une chose, démolir le mec qui lui a pris sa vie.

Je suis aveuglé par ma vengeance, alors je m'acharne sur le type devant moi. Mes coups s'abattent. Je n'arrive pas à m'arrêter.

— Pourquoi t'as fait ça, hein ? hurlé-je, fou de douleur. C'est quoi, ton putain de problème ? C'était mon frère !

— Eh ! Ça suffit ! Arrêtez-vous où j'appelle les flics, intervient le barman.

Je ne fais pas attention à ses avertissements. Je continue de frapper jusqu'à ce que j'entende les sirènes au loin et que je sente des bras me tirer en arrière.

L'instant d'après, je suis plaqué au sol. On m'attache les mains derrière le dos avec des menottes. Je peux sentir le froid du métal sur mes poignets.

L'officier de police me parle, mais je ne suis pas à même de comprendre ce qu'il me dit. J'ai trop bu. Ma rage obscurcit mon esprit et aussi mon jugement.

La seule chose que je vois et que je comprends avant d'être embarqué pour le commissariat, c'est que le type qui git par terre est inconscient.

Putain, je l'ai tué !

4

JULIETTE

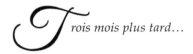rois mois plus tard...

Les rayons du soleil caressent la peau blanche de mon visage qui n'a pas été exposée depuis si longtemps. Il est 13 h et la température pour une fin février est plutôt douce. J'avais oublié combien vivre dans le sud de la France peut être agréable.

Bientôt le printemps sera là et je ne pourrais plus camoufler cette cicatrice sous mes jeans. Aujourd'hui, je peux fuir et faire comme si tout cela n'était pas arrivé. Demain, ça sera une autre histoire...

Je suis installée sur la terrasse en teck de la maison de mes parents, à Aix-en-Provence. La piscine est encore recouverte de sa bâche de protection, mais je profite quand même des transats qui sont installés à proximité. La végétation hivernale est bien triste, seuls les volets bleu lavande de la maison égayent le paysage.

— Juliette, on mange ! m'informe ma mère en ouvrant la fenêtre de la cuisine qui donne sur le jardin.

— J'ai pas faim ! crié-je.

Depuis ma sortie de l'hôpital je suis en mode autodestruction. Je ne suis plus la même Juliette. Il n'y a que sur scène que je pouvais être entière, être moi-même et me sentir vivante. Aujourd'hui, j'ai perdu tout ça.

J'en ai fini avec mon hygiène de vie stricte. Pourquoi faire des sacrifices quand je n'ai plus de but qui m'anime dans la vie ? Je passe mon temps à trainer dehors pour fuir la maison et mes parents qui sont en permanence derrière moi.

Je mange mal. Au moins, je peux manger autant de chocolat que je veux sans culpabiliser sur les kilos que je vais prendre !

Et pour finir, je n'en fais qu'à ma tête. Je n'écoute personne, ni les conseils avisés de mon entourage.

J'ai coupé tout contact avec Paris : Noémie, Nathan et tous mes amis. Je ne leur ai même pas communiqué mon nouveau numéro de téléphone. J'ai fait la morte, car c'est comme cela que je me sens à l'intérieur.

Quand j'y réfléchis, il n'y a que Noémie qui me manque vraiment, avec son sourire et sa joie de vivre. J'en viens même à regretter sa manie de fouiller dans ma penderie.

Lorsque Oncle Phil m'a récupérée, complètement ivre devant chez lui un soir, peu après ma sortie de l'hôpital, il a sonné l'alarme auprès de mes parents. Deux jours plus tard, ils étaient en bas de mon studio avec une camionnette pour déménager mes affaires.

Malgré ma mauvaise humeur et mes crises de colère, je n'ai pas eu le choix et été contrainte et forcée de les suivre pour retourner vivre à Aix-en-Provence, chez eux.

Je me laissais complètement aller depuis mon agression. J'étais incapable de rester en sécurité et de subvenir à mes besoins.

L'avantage d'un amour parental c'est qu'il est inconditionnel. Mes parents me pardonnent tous mes faux pas. J'en profite un peu, c'est vrai.

J'aurais vingt-deux ans le mois prochain, et je fais une crise d'adolescence comme si j'en avais quinze !

Mes parents ont toujours été là pour que j'accomplisse mes rêves. Je suis leur petite princesse, leur petit bébé qu'ils n'ont pas vu grandir à cause de la distance.

Maman souffle car, une fois de plus, je refuse de partager un repas à table avec eux. La plupart du temps je grignote quelque chose sur le pouce, ou je sors manger à l'extérieur.

Je passe ma journée enfermée dans ma chambre d'adolescente. J'avais treize ans quand je suis partie d'ici. Aujourd'hui, elle est telle que je l'ai laissée. Un lit une place contre un mur avec des draps girly, un bureau et une armoire en pin. À l'époque, je voulais le plus de place possible pour pouvoir danser.

La seule chose qui ait changé, c'est la décoration. Quand je suis arrivée, je me suis empressée de retirer toutes mes photos, mes dessins de danseuses, ainsi que mes chaussons qui auparavant trônaient fièrement sur mes étagères.

Aujourd'hui, tout est rangé dans une boîte en plastique sous mon lit. Je ne sais pas ce qui me retient de tout brûler, je n'en aurais plus jamais besoin ! Non, à la place je préfère tout garder et me torturer l'esprit en passant des heures à contempler cette boîte pleine de souvenirs de ma vie d'avant.

Lorsque je ne traine pas dans ma chambre ou en ville, je vais à mes séances de rééducation pour mon genou. Trois fois par semaine, je me rends dans le centre médical situé en plein centre-ville.

Franchement, j'ai l'impression de perdre mon temps, mais au moins, mes parents me lâchent pendant que je suis là-bas.

Mon kiné est content de mes résultats. Il dit que j'ai fait d'énormes progrès depuis le démarrage de mes séances. D'après lui, c'est encourageant. Mais si je mettais un peu plus d'entrain à la tâche, et si j'étais plus positive, cela m'aiderait dans ma progression. Je crois qu'il essaie de réparer mon cœur en même temps que mon genou. Mais le pauvre, il ne sait pas que c'est une cause perdue !

Un soir, je rentre de ma séance de rééducation et mes parents m'attendent tous les deux dans le salon.

Ouh là, c'est mauvais signe ça !

J'essaie de passer inaperçue dans le couloir en direction des escaliers. J'ai vraiment l'impression d'avoir quinze ans et que je viens de faire le mur !

— Juliette ! Où tu vas comme ça ? m'interpelle mon père.

— Dans ma chambre.

— J'aimerais que tu viennes ici, s'il te plaît.

Mon père fait appel à toute son autorité naturelle et j'avoue que je suis surprise car, la plupart du temps, il fait le mort et laisse ma mère gérer les disputes.

— Qu'est-ce qu'il y a encore ? soufflé-je, agacée en levant les yeux au ciel.

— Tu peux arrêter ce ton condescendant ? m'admoneste mon père. Assieds-toi et écoute-nous un peu.

D'un signe de tête, il me désigne le fauteuil en face de lui pour que je prenne place auprès d'eux.

— Avec ta mère, on a beaucoup réfléchi, poursuit-il. On a pris une décision, puisque, visiblement, tu n'es plus capable d'en prendre pour toi-même.

Merde, ça ne sent pas bon pour moi !

Je mords l'intérieur de ma joue comme à chaque fois que je me sens en position de faiblesse et que je réfléchis aux solutions qui s'offrent à moi. À cet instant, l'attaque me paraît la meilleure approche.

— J'ai bientôt vingt-deux ans, vous n'allez pas décider à ma place !

— Justement, répond mon père, tu vas avoir vingt-deux ans alors comporte-toi en adulte ! Tu crois qu'on ne voit pas ce que tu essaies de faire ?

Je les observe tour à tour, abasourdie. Ma mère est assise sur l'accoudoir du fauteuil où est installé mon père. Elle baisse la tête face à mon regard assassin.

— Vous êtes dans ma tête, maintenant ? m'offusqué-je.

— Ne le prends pas comme ça, Juliette. Tu vois bien que nous sommes inquiets, rétorque-t-il en prenant la main de ma mère pour faire front ensemble. Tu t'es enfermée dans une phase d'autodestruction et il faut que ça cesse.

Je regarde le sol pour marquer mon désintérêt. Je ne veux pas entendre ce qu'ils ont à me dire. C'est comme s'ils remuaient le couteau dans la plaie. Ça fait trop mal.

— On a été patients pour te laisser le temps d'encaisser tout ça. Mais là, ça fait *trois* mois, Juliette ! souligne mon père.

Comme si je ne le savais pas. Trois mois que je crève à petit feu.

— Maintenant, il faut que tu te ressaisisses et que tu y mettes un peu du tien, exige-t-il. On ne veut plus te voir enfermée dans ta chambre, rentrer au milieu de la nuit et nous manquer de respect, alors que nous sommes fous d'inquiétude pour toi.

— Papa…

Je relève la tête, mes yeux et ma voix traduisent mon agacement.

— Je n'ai pas fini ! m'interrompt mon père. Juliette, tu as besoin d'aide pour sortir de ta bulle. C'est simple, si tu ne fais pas d'efforts, nous t'obligerons à aller voir un psychologue, me prévient-il.

— Un psy ? répété-je un ton au-dessus. Vous me prenez pour une folle ?

— Qu'est-ce que tu racontes ? intervient ma mère. Beaucoup de gens consultent des psychologues. Ça ne veut pas dire que tu es folle. Juste, que tu as besoin d'aide et de parler à quelqu'un pour y voir plus clair.

Le silence a envahi la pièce. Je ne sais pas quoi dire sur le moment. Je suis prise de court. Mes parents n'ont jamais fait autant preuve d'autorité envers moi.

— Il faut que tu trouves quelque chose qui te fasse du bien et qui te fasse avancer, ajoute mon père.

— Et que veux-tu que je fasse ? enragé-je, me levant de mon fauteuil. La seule chose que je sais faire m'a été enlevée ! La danse, c'est fini pour moi !

Ma dernière remarque meurt dans un sanglot.

— Tout ce qu'on te demande, c'est de sortir de ta bulle, de t'ouvrir aux autres et d'arrêter de te détruire. Tu as un mois pour te reprendre en main, sinon, je t'emmènerai moi-même chez un psychologue, précise ma mère.

— Qu… Quoi ?

Non mais ils sont sérieux ? Ce n'est pas de l'autorité mais de la dictature.

— Tu ne nous laisses pas le choix, Juliette, finit par dire mon père.

Je tourne les talons, furieuse, et monte les escaliers avec les larmes aux yeux. Une fois dans ma chambre je claque la porte derrière moi.

J'ai définitivement quinze ans…

Franchement, qu'est-ce qu'ils veulent que je fasse ? Il y a quelques semaines mon avenir était tout tracé. Je savais ce que j'avais à faire.

Je suis née pour danser, mais maintenant que je suis blessée qu'est-ce que je vais bien pouvoir faire ?

Je n'ai plus d'amis, alors ce n'est pas demain la veille que je vais organiser des sorties, des virées shopping où je ne sais quoi d'autre encore !

Sortir de ma bulle ? Ma bulle, elle a justement éclaté et je me retrouve propulsée dans les méandres de l'enfer.

Dans un élan de nostalgie, j'attrape la boîte en plastique qui se trouve sous mon lit et m'assoie par terre. Je prends un à un tous ces souvenirs qui me rattachent à mon passé et qui me renvoient tout ce gâchis en pleine face.

Mes dessins de danseuses que j'avais fait petite, ma dernière paire de pointes, mon premier justaucorps et les photos de tous mes spectacles prises par mes parents et oncle Phil.

De rage, je balance la boîte à travers la pièce. Elle se fracasse dans un bruit assourdissant contre la porte de ma penderie. Cet excès de violence me permet de faire sortir une partie de cette colère enfouie en moi. Mais cela ne me suffit pas à me calmer. J'attrape tout ce qui se trouve à côté de moi et le jette là où a atterri la boîte un peu plus tôt.

Quand je me retrouve sans projectile à porter de main, je pleure. Non, je ne pleure pas, j'agonise. Mes sanglots m'empêchent de respirer.

Ma mère, alertée par tout ce raffut, entre en trombe dans ma chambre et s'assoie derrière moi. Elle attrape mes avant-bras, les croisent sur ma poitrine pour les bloquer, puis me serre fort contre elle et me berce comme lorsque j'étais enfant.

— Chuuuut ma puce… je suis là… me rassure-t-elle.

— Maman, qu'est-ce que je vais devenir ?

Mes mots sont hachés par ma respiration encore chaotique.

— Ça va s'arranger ma puce. Je te le promets.

Je pleure encore un long moment dans les bras de Maman. Il y a quelques minutes, je la détestais, et maintenant, c'est la seule chose que je peux supporter dans mon enfer. Ses bras, sa douceur et ses mots réconfortants. Elle m'apaise.

La nuit qui suit est encore plus mouvementée que les autres.

Cette confrontation avec mes parents m'a vraiment perturbée. Mon sommeil est agité. Je suis réveillée deux fois par ce même cauchemar, apeurée et déstabilisée par mon agresseur. À chaque fois, Maman me rejoint pour m'aider à sortir de mes torpeurs.

5

MATHIAS

Il y a trois mois, cet appel a changé ma vie. J'étais au travail quand mon téléphone s'est mis à sonner. Lorsque j'ai vu le nom de mon correspondant s'afficher sur l'écran, j'étais loin d'imaginer ce qui allait suivre. La mère de Damien ne m'appelait pas pour de simples banalités, mais pour m'annoncer la mort de son fils, mon meilleur ami.

Après l'enterrement de Damien, j'ai littéralement pété un câble. Aujourd'hui j'en paie toujours les conséquences.

Deux fois par semaine je me rends au centre Marie Curie pour effectuer deux heures de travaux d'intérêt général. Ma situation pourrait être bien pire alors je fais profil bas.

Ma « mission » comme le juge le dit est d'entretenir les espaces verts. Bon, en gros, je tonds la pelouse et j'arrache les mauvaises herbes !

En plus de ça, je suis obligé d'aller voir un psychologue régulièrement. Il doit rendre des comptes sur mon état mental. Il surveille que je ne suis pas sur le point de dérailler, une nouvelle fois.

Franchement c'est bon, je ne suis pas un déséquilibré, non plus, j'ai juste eu un moment de faiblesse dans cette putain de vie.

J'ai encore un mois à tirer ici. Ensuite, si ma psy juge que je ne suis plus un danger pour moi et pour les autres, je serai clean et pourrai retrouver mon quotidien d'*avant*.

Parce que oui, il y a bien un *avant* et un *après*. La disparition de Damien a tout bouleversé dans ma vie. Son absence est une douleur que je n'arrive pas à calmer. Et puis, je prends la vie différemment. J'essaie de profiter de chaque instant précieux que ce foutu destin nous donne.

La proximité géographique de la salle de sport où je travaille avec le centre médical me permet de m'organiser facilement. Et, mes horaires aménagés de garder mon emploi. C'est déjà ça !

Comme tous les lundis, je me bats avec le matériel du centre.

— Putain de bourrage ! Grrrrr j'en ai ras le bol ! Je veux bien bosser mais donnez-moi du bon matériel au moins ! ruminé-je.

C'est la première fois que l'herbe est tondue depuis des mois. À chaque passage, l'herbe coupée s'accumule sous la tondeuse jusqu'à bloquer les lames. Je m'énerve dessus pour tenter de réparer tout ça, quand j'entends quelqu'un râler derrière moi.

— T'as pas l'impression d'être dans le passage ?

Je me redresse pour me retrouver face à une fille qui se tient droite comme un piquet et les poings serrés à la taille.

Elle a un balai dans le cul ou quoi ?

— Pardon ? dis-je choqué.

J'ai posé la tondeuse dans la petite allée pavée qui mène à l'entrée du centre. Je bloque un peu le passage, mais sérieusement, il y a largement la place de circuler.

Je la détaille : brune aux cheveux longs et ondulés, elle doit faire au moins 1 m 70 je dirais. Son manteau d'hiver cache une partie de son corps, mais le peu que j'aperçois me laisse deviner une silhouette plutôt svelte et tonique.

Déformation professionnelle du coach sportif.

Le temps que je l'observe, elle s'avance vers moi d'une démarche assurée.

— J'ai dit, formule-t-elle en martelant chaque mot avant de répéter, t'as pas l'impression d'être dans le passage ?

— Euh...

Je suis assez surpris par son aplomb mais ce n'est pas mon genre de me laisser faire. Surtout pas par une gonzesse mal lunée.

— Bonjour, Monsieur, pourriez-vous vous décaler pour que je puisse passer, s'il vous plaît ? lui rétorqué-je sur un ton ironique.

— C'est ça, fait le malin !

Elle me fusille du regard. C'est comme si j'avais reçu une attaque en plein cœur. Le vert de ses yeux me transperce. Je reste paralysé par les éclairs qu'elle me lance.

Elle me bouscule l'épaule pour passer à côté de moi en force. Je la regarde tirer violemment sur la poignée de la porte d'entrée du centre. Moi je suis toujours avec ma putain de tondeuse qui déraille.

Le soir, chez moi, je repense à cette rencontre devant le centre Marie Curie. C'est assez bizarre car cela fait deux mois que je travaille ici et c'est la première fois que je *la* vois. Elle doit être une nouvelle patiente.

Des patients, j'en ai vu défiler depuis le temps. C'est vrai qu'en général ils reviennent régulièrement et j'arrive à me remémorer leurs visages avant de vite les oublier pour toujours.

Elle, je n'arrive pas à effacer son regard depuis que je l'ai croisé. On aurait dit une petite boule de nerfs prête à exploser.

Une grenade.

C'est dans ces moments-là que la présence de Damien me manque le plus. Quand il était ici, on sortait souvent boire un verre. Je pouvais lui raconter tout ce que j'avais en tête. Maintenant, c'est plus compliqué.

J'ai bien mes autres potes, Samuel et Davi, ou bien Enzo, mon cousin, mais ce n'est pas pareil. Damien, c'était mon confident, il n'y avait pas de secret entre nous. C'était le seul qui pouvait me dire le fond de sa pensée sans que je m'énerve ou le prenne mal.

Face à ce caractère d'urgence, je reprends mes travers post enterrement et lui envoie un message vocal via Messenger. C'est le seul moyen qu'il me reste pour lui parler à distance. J'ai bien trop besoin de me confier à mon meilleur pote sur ce qu'il m'est arrivé plus tôt dans la journée.

« Putain mec, aujourd'hui j'ai croisé une fille c'était une vraie bombasse ! Dans le genre catégorie « plus que baisable », si tu vois ce que je veux dire ! Tu ne vas pas le croire, mais elle n'en avait rien à foutre de ma gueule ! Je crois que ça m'est jamais arrivé ! »

J'arrête l'enregistrement vocal pour faire une pause et réfléchis à ce que je vais lui dire pour la suite.

« Je sais pas si j'en fais une affaire personnelle mais putain, j'arrive pas à l'oublier ! Si je la baise peut être que je pourrais passer à autre chose. »

Je repose mon téléphone. Sauf que, je m'aperçois que ce qui me gêne le plus dans tout ça, je ne parviens pas à le dire à haute voix. Je préfère continuer par écrit, c'est plus facile.

Putain, cette fille c'est un vrai bulldozer ! J'ai l'impression qu'elle a tout retourné sur son passage. Je vois son visage sans cesse et son regard m'a grillé le cerveau. J'ai jamais ressenti ça avant et ça me perturbe ! T'as pas 1 ou 2 conseils à me donner ?

Je ne sais même pas pourquoi je lui demande ça. D'un, je sais que je n'aurai jamais de réponse. Et de deux, Damien et les relations amoureuses ça faisait deux !

Les jours qui suivent, je me surprends à chercher l'inconnue aux alentours du centre médical lorsque j'effectue mes heures de travaux d'intérêt général.

Mathias tu es pathétique…

Le lundi suivant notre rencontre, je suis en train d'arracher les mauvaises herbes lorsque je repère à travers la fenêtre de la salle d'attente une chevelure brune qui se trouve dos à moi. Sa silhouette me fait penser à *elle*.

La porte du cabinet du kiné s'ouvre. La brune se lève et se tourne à demi vers la fenêtre pour récupérer son manteau qui est posé sur le dos de sa chaise. Elle pose son regard vers l'extérieur une fraction de seconde et cela suffit pour qu'on reste tous les deux ancrés les yeux dans les yeux quelques instants.

J'ai l'impression que le temps s'est mis sur pause. Mon cœur s'est une nouvelle fois arrêté. Elle se remet en marche pour rejoindre le kiné.

Je sais que les séances durent environ quarante-cinq minutes alors je décide de continuer ma tâche et de l'attendre à la sortie du centre, là où on s'est rencontrés la semaine dernière.

Cette fille m'intrigue et m'a piqué au vif. Je ne comprends pas pourquoi elle ne cède pas à mes charmes de bel étalon italien.

Putain, c'est un peu macho de ma part, ouais ! Mais d'habitude, les filles ne résistent pas et se battent pour passer une soirée avec moi. J'en fait une histoire personnelle. Hors de question que je n'arrive pas à l'attraper dans mes filets !

Ce n'est pas qu'une question d'égo. C'est vrai que son physique m'attire aussi. Je ne serais pas contre une petite virée dans son lit. Surtout que depuis que je l'ai croisée pour la première fois, je n'arrive plus à baiser avec d'autres filles. Les quelques tentatives se sont soldées par un échec car je ne pensais qu'à elle.

Cette fois, elle ne m'échappera pas !

Quand elle sort du centre après sa séance, je suis en retrait, appuyé le dos contre le mur qui jouxte la porte d'entrée. Elle ne peut pas me voir. Je la suis de près et la surprends avec mon « salut » que j'accompagne d'une main sur son épaule.

Elle sursaute, se décalant d'un bond sur le côté.

Je pensais qu'elle était surprise, mais en m'attardant un peu plus sur son visage, je remarque qu'elle a peur.

Merde. Ce n'est pas ce que je voulais faire.

— Qu'est-ce que tu veux ? m'interroge-t-elle agressive.

— T'as vu ? L'allée est dégagée aujourd'hui.

— Bravo ! Tu veux une médaille ? se moque-t-elle avec sarcasme.

Et bah dis donc, un peu plus et elle montre les crocs.

C'est vrai que ma technique d'approche n'est pas très originale mais sur le coup, je n'ai pas trouvé mieux. Je pense que l'affaire n'est pas gagnée avec cette jolie brune et qu'elle va me donner du fil à retordre. Ce qu'elle ne sait pas, c'est que je suis un vrai compétiteur. L'endurance, ça me connaît ! Je n'aime pas perdre, elle n'a aucune chance.

— Touché ! lui accordé-je en mettant ma main droite sur le cœur. Et si on recommençait depuis le début, hein ?

Elle me regarde avec ses yeux qui veulent dire « va te faire voir ». Je remarque un petit trou se former dans sa joue gauche, comme si elle la mordait de l'intérieur. Elle doit être vraiment perturbée pour faire ça.

— Je m'appelle Mathias, et toi ? insisté-je, désireux de ne pas lâcher l'affaire si facilement.

— Qu'est-ce que ça peut me faire ?

Toute son attitude me renvoie le dédain qu'elle a pour moi.

— En général on répond par « salut, moi c'est… ».

Je lève mon sourcil gauche et laisse trainer volontairement mon dernier mot pour l'inciter à terminer ma phrase.

— Ne perds pas ton temps avec moi. Comme tu le vois, je n'ai ni l'envie ni le temps de faire connaissance.

Elle est coriace. Je voudrai lui répondre mais elle est déjà montée dans sa voiture, une Toyota Yaris noire.

6

JULIETTE

*E*ncore *lui*.

Depuis une semaine, je n'arrête pas de penser à ce type que j'ai croisé devant le centre Marie Curie. Je n'ai pas été très aimable lorsqu'il était au beau milieu de l'allée, mais quand j'ai plongé mon regard dans ses yeux sombres j'ai cru manquer un battement de cœur.

Impossible, je suis morte à l'intérieur.

Cette apparence sombre me faisait trop penser à mon agresseur. J'ai rapidement pris la fuite.

Depuis, je ne cesse de me repasser les images de notre rencontre et de ce corps d'athlète dans ma tête.

Sa carrure est imposante mais il est très bien proportionné. Je pense que c'est le genre de mec qui passe des heures à la salle de sport pour parfaire sa musculature et impressionner la gent féminine.

Ses cheveux bruns sont courts, indisciplinés sur le dessus, mais cela le rend encore plus craquant. J'ai envie de passer mes doigts dedans et de tirer dessus.

Les traits de son visage sont fins mais virils à la fois grâce à sa barbe de deux jours.

Malgré le froid de cette fin d'hiver, il avait l'air réchauffé par sa tâche. Son pull noir relevé jusqu'aux coudes laissait apparaître une peau hâlée sur ses avant-bras. Des avant-bras puissants et sexy....

Je revois sans cesse cette petite veine qui coure le long de sa peau et ça m'obsède.

On en parle de ses mains aussi ?

Son corps m'a complètement envoutée. J'en oublie son apparence sombre qui m'a fait fuir !

Il était d'une arrogance sans pareille, tellement sûr de lui, de son pouvoir de séduction. En même temps, qui pourrait le blâmer ! Il est tellement canon. Même son petit accent du sud-est le rend irrésistible.

La nuit dernière, je me suis réveillée en sursaut et en sueur. Cette fois-ci, ce n'est pas mon cauchemar habituel qui m'a sorti de mon sommeil.

Mon rythme cardiaque s'était emballé. J'étais carrément excitée. J'avais rêvé de Mathias, puisque c'est comme ça qu'il s'appelle. Maintenant j'ai un prénom à mettre sur ce visage de dieu vivant.

Dans mon rêve, j'ai senti ses mains sur mon corps qui me caressaient. Je ne sais pas si c'est comme ça en vrai, mais elles avaient l'air douces et fermes à la fois. Franchement, je n'ai pas pensé aux hommes de cette façon depuis un moment.

Depuis Nathan, et ça fait trop longtemps...

Et aujourd'hui, je le retrouve en chair et en os devant moi. Son approche tactile m'a rendue nerveuse. Il a posé sa main sur mon épaule, et à cause de l'effet de surprise j'ai cru défaillir.

Depuis mon agression, j'ai facilement peur de tout lorsque je suis à l'extérieur de chez mes parents.

Puis, j'ai repensé à mes visions nocturnes, et l'agressivité ainsi que l'indifférence m'ont parues les meilleures solutions pour garder mes distances.

J'ai fait ce que je sais faire de mieux depuis quelque temps, je suis montée dans ma Yaris et j'ai pris la fuite.

C'est assez déroutant comme sensation. Je sens au plus profond de mon être que cet homme peut avoir une influence sur moi, et pourtant, je préfère mettre mes œillères pour rester seule dans ma petite vie triste et morose. Dans ma bulle, comme mes parents aiment le dire.

~

Une semaine plus tard, Mathias m'attend encore à la sortie du centre après ma séance de rééducation. Cette fois-ci, il ne s'est pas caché contre le mur mais il est bien visible. Il est assis sur le banc en fer forgé qui se trouve au bout de l'allée et qui rejoint le parking du centre médical.

Je me dirige vers ma voiture. Lorsque j'arrive à sa hauteur, il se lève et me fait un signe de la main pour accompagner son bonjour. Il garde ses distances.

— Hey !

— Salut, dis-je sur la défensive tout en laissant mon agressivité de côté.

— Écoute, je ne t'embête pas longtemps, mais je voulais juste m'excuser pour la dernière fois. J'ai pas voulu te faire peur quand t'es sortie.

— Ah ? Ça ? Non laisse tomber. Je…

J'hésite, je ne sais plus trop comment me comporter avec lui, ni quoi dire. Je n'ai pas envie d'être méchante car ses excuses ont l'air tellement sincères. Alors je dis la première chose qui me paraît censée :

— Je m'appelle Juliette, au fait.

— Eh bien, enchanté, Juliette !

Il a l'air surpris que je ne l'envoie pas promener et m'offre un sourire à faire tomber les petites culottes.

Juliette, t'es foutue ma vieille !

— Bon bah… à plus tard… bredouillé-je, mal à l'aise.

Je baisse les yeux et continue mon chemin en direction de ma voiture. Sa présence me rend nerveuse, me laissant incapable d'aligner une phrase correctement.

— Ouais à plus tard… jolie Juliette, déclare Mathias.

Son compliment à peine voilé me donne des papillons dans le ventre et me laisse rêveuse jusqu'à la maison.

Lorsque j'entre dans la cuisine pour boire un verre d'eau, ma mère est en train de préparer le dîner. Elle adore être aux fourneaux. C'est son passe-temps favori.

Je sens les bonnes odeurs de la viande qui mijote dans la sauce. Tous ces aromates, le thym et le romarin qu'elle a dû cueillir dans le jardin. J'aime la cuisine méditerranéenne de ma mère, j'en ai l'eau à la bouche.

— Juliette, tu manges avec nous ce soir, hein ?

— Hum, hum… affirmé-je.

Je regarde mon verre d'eau vide, pensive, un sourire niait sur le visage.

— Ça va ma puce ? Tu as l'air bizarre depuis quelques jours ? me fait remarquer ma mère.

— Ah bon ?

Je réponds comme si de rien n'était alors que je sais pertinemment que depuis justement deux semaines j'ai un peu la tête embrouillée par Mathias.

— Tu n'as toujours pas trouvé de boulot, c'est ça ? me demande-t-elle avec bienveillance.

— Arrête de faire comme si ça t'intéressait, Maman.

Le sujet est sensible et je l'envoie sur les roses sur-le-champ. Après leur ultimatum, je me suis dit que la meilleure façon de m'ouvrir aux autres et de faire un effort était de chercher du travail. Je ne digère toujours pas leur excès d'autorité alors je prends vite la mouche lorsqu'ils me parlent de mes projets.

— Ou peut-être que c'est ton anniversaire qui approche qui te tracasse ?

Elle fait comme si elle n'avait pas entendu ma réponse pleine de colère.

— Tu sais bien que non, la rembarré-je sèchement. De toute façon, j'ai pas envie de le fêter. J'ai plus d'amis à inviter.

Je me renferme de nouveau dans ma carapace et monte dans ma chambre pour m'isoler jusqu'au dîner.

Mon anniversaire est à la fin de la semaine. Je me sens bien seule cette année pour célébrer cet événement.

Avant, je le faisais toujours en tête à tête avec Noémie. Nous passions la journée ensemble à faire des trucs de filles super chouettes. Petites, nous organisions des soirées pyjamas chez oncle Phil, nous mangions des glaces tout en regardant des films romantiques. Ces dernières années, nous sortions en discothèque pour faire la fête et flirter avec les garçons.

Le dîner se déroule dans une ambiance à couper au couteau. Mes parents me parlent, mais je ne réponds pas vraiment. Je n'ai pas envie de faire la discussion avec eux, alors qu'ils veulent m'obliger à voir un psychologue. Surtout que dès qu'ils ouvrent la bouche c'est pour me parler de ce travail que je n'ai toujours pas, et que je me suis engagée à trouver. Ou de mes relations avec les autres qui sont inexistantes.

Peut-on considérer que mes derniers échanges avec Mathias soient synonyme d'une relation naissante ? Je n'en suis pas sûre.

Demain, j'ai encore un entretien d'embauche dans un café du centre-ville. Je compte vraiment sur ce rendez-vous pour me sortir de ce merdier, car la deadline approche à grands pas.

« Mademoiselle, vous n'avez aucune expérience dans la restauration. » Voilà la phrase qui tourne en boucle dans ma tête en rentrant chez moi.

Sans blague, j'étais danseuse à l'Opéra de Paris !

Rendue folle de rage par cette nouvelle déception, je claque la porte d'entrée derrière moi.

— Juliette ?

— Maman, pas ce soir s'il te plaît ! la supplié-je d'un air blasé.

— Ça s'est mal passé ?

— À ton avis ? dis-je, une pointe d'ironie dans la voix.

Pour une fois, mes parents me laissent tranquille pendant toute la soirée. Je crois qu'ils ont compris que je fais des efforts, et que malgré cela je fais du surplace dans ma recherche de boulot.

Mes échecs successifs n'arrangent en rien ma santé mentale. Mon cauchemar profite de mes faiblesses actuelles pour se faufiler de plus en plus souvent dans ma tête.

Ces derniers temps, je rêve de l'Opéra, de ce tatouage, mais aussi d'autres détails qui me sont apparus. L'encre noire sur cette main qui représente un dragon, et une voix qui crie au loin qui fait fuir mon agresseur. Comme un talisman, je m'accroche à cette voix à chaque fois que je l'entends. Elle me sauve d'une nouvelle attaque de mon assaillant en me réveillant en sursaut.

Je n'en n'ai pas encore parlé au Capitaine Da Costa car je doute que ces éléments puissent le faire avancer dans son enquête. Il faudra quand même que je pense à lui en toucher deux mots par téléphone.

Le vendredi qui suit, jour de mon anniversaire, je me surprends à être de mauvaise humeur en sortant de ma séance de kiné. Ce n'est pas dû à la perspective de me retrouver seule pour l'occasion, mais plutôt à la déception de ne pas avoir croisé Mathias ni mercredi ni aujourd'hui lors de mes visites au centre Marie Curie.

Même si je l'ai fui à la première occasion, je ne peux pas nier qu'il m'attire et qu'au fond de moi j'aimerais le revoir. Quelque chose d'incontrôlable me pousse vers lui.

Quand je rentre à la maison, c'est le silence qui m'accueille. Il n'y a personne. Je ne sais pas où sont passés mes parents.

Tant mieux, au moins je ne suis pas obligée de faire semblant que tout va bien pour mon anniversaire.

Une heure plus tard, j'entends la porte d'entrée s'ouvrir et l'instant d'après le bruit de trois petits coups frappés à ma porte. C'est ma mère. Elle passe sa tête dans l'entrebâillement avant de chantonner toute guillerette :

— Joyeux anniversaire ma puce !

— Merci Maman, la remercié-je sans grand enthousiasme.

— Juliette, ma chérie, ne m'en veut pas d'accord ?

Elle prend sa petite voix timide et je me demande bien ce qu'elle mijote encore. Franchement, je n'ai pas le moral pour apprécier une surprise qu'elle aurait préparé pour mon anniversaire.

Ma mère ouvre la porte de ma chambre et là, je tombe des nues.

— Alors comme ça, t'as cru que j'allais te laisser toute seule pour fêter ton anniversaire ?

Putain. De. Merde.

J'éclate en sanglots. Noémie se tient devant moi. Presque trois mois que je n'ai pas donné signe de vie et que j'ai aucun contact avec elle. La voir ici, c'est comme une bouffée d'oxygène. Je me jette dans ses bras alors que Maman s'efface en disant :

— Bon je vous laisse un moment toutes les deux, les filles. Je crois que vous avez des choses à vous dire.

J'ai voulu mettre de côté tout ce qui me rattachait à Paris et à la danse pour éviter de souffrir. Je me rends compte que Noémie m'a vraiment manquée. C'est presque un soulagement de l'avoir dans mes bras.

J'ai l'impression d'être une mauvaise personne pour l'avoir tenue à distance tout ce temps. Je n'ai pensé qu'à moi. Pas une seconde à ce qu'elle a pu ressentir elle aussi durant notre séparation.

Nous étions comme les deux doigts de la main à Paris, et je l'ai laissé toute seule sans nouvelle, sans explication, du jour au lendemain. Je me sens tellement mal que je me mets à pleurer de plus belle dans ses bras.

— Hey, pleure pas ma poulette, me console-t-elle.

— Noé, pardonne-moi pour mon silence. Je suis complètement perdue depuis ma blessure, lui dis-je dans un hoquet. Je pensais qu'en coupant les ponts, ça serait plus facile à gérer pour moi.

Elle caresse mes cheveux avec douceur.

— Ne t'inquiète pas. Je comprends. Et puis tu sais, je n'étais pas loin… ta mère me donnait des nouvelles régulièrement.

— Ah bon ? tiqué-je.

Je suis assez surprise que ma mère ait joué le rôle de l'intermédiaire. Je note dans un coin de ma tête qu'il faudra que je la remercie.

Je renifle sans élégance dans la manche de mon pull.

— Au fait, joyeux anniversaire !

— Merci !

Noémie présente pour mon anniversaire. C'est insensé. Et puis ça me fait réfléchir.

— Mais dis-moi, comment ça se fait que tu es ici ?

— La programmation du lac est terminée. J'avais quelques jours devant moi à tuer, alors je me suis dit que j'allais rendre visite à ma Juju ! s'exclame Noémie en souriant.

Pendant l'heure qui suit nous n'arrêtons pas de parler. Assises sur mon lit, nous rattrapons le temps perdu et nous refaisons le monde, comme au bon vieux temps.

Noémie évite de parler de la danse et je la remercie de me préserver car je ne suis pas encore prête à aborder ce sujet.

— Alors, comment ça se passe ici ? se renseigne Noémie.

— Pfff... laisse tomber, c'est la misère ! râlé-je dépitée.

Ma copine me scrute avec attention. J'ai attisé sa curiosité. Elle attend que je lui en dise plus.

— Mes parents me mettent la pression pour que je reprenne une vie sociale. Si je ne leur montre pas que je prends le bon chemin de moi-même ils me forceront à aller voir un psy !

— Non tu rigoles ? Ils ne passeront jamais à l'action !

Noémie connaît bien mes parents. Elle est convaincue qu'ils ne mèneront jamais leur menace à exécution. Pourtant, si elle savait.

— Détrompe-toi ! J'ai tellement déconné que j'ai dépassé leur seuil de tolérance, lui rapporté-je sur le ton de la confidence.

— Qu'est-ce que tu vas faire, alors ?

— Je vais d'abord me trouver un petit boulot, lui expliqué-je. Pour le moment je fais chou blanc, je suis un peu désespérée.

Je ramène mes genoux sous mon menton, me balance d'avant en arrière. Noémie me regarde songeuse, puis passe en mode interrogatoire :

— Et du coup, tu fais quoi de tes journées, à part chercher du boulot ?

— Je vais chez le kiné le lundi, mercredi et vendredi en fin d'après-midi. Rien de bien palpitant quoi...

Je sais qu'elle s'attendait à quelque chose de plus croustillant. Mais depuis que je suis rentrée dans le droit chemin, mes journées sont encore plus tristes.

— Tu ne sors pas avec des amis ? enquête-t-elle, suspicieuse.

— Non. Je ne vois personne depuis que je suis ici. Mes parents n'arrêtent pas de me le reprocher d'ailleurs.

Noémie fronce les sourcils, puis me regarde avec insistance. Comme si elle ne pouvait pas croire ce que je viens de lui raconter.

— T'as rencontré personne ? Même pas un mec pendant tes soirées de débauchée rebelle ?

Je lui réponds par la négative en baissant la tête pour éviter de la regarder dans les yeux et qu'elle me voit rougir.

— Juliette Granvin ! Tu ne sais pas mentir, alors raconte-moi tout ! C'est qui ce mec ?

Je ne peux rien lui cacher, ce n'est pas possible. Ma copine est bien trop perspicace.

— Rien de sérieux, révélé-je évasive, en balayant l'air d'un revers de la main. Il s'appelle Mathias et il travaille au centre médical où je vais. On s'est parlé une ou deux fois c'est tout.

Elle me fixe, le sourire aux lèvres, les yeux pétillants.

— Je ne sais pas ce qu'il t'a fait mais c'est indéniable, tu es mordue, ma pauvre.

Décidément, je ne peux rien lui dissimuler. Elle me connait par cœur et peut lire en moi comme dans un livre ouvert.

— Ta prochaine séance est lundi, c'est ça ? ajoute-t-elle, conspiratrice.

— Oui.

— OK. Je t'accompagne. C'est non négociable !

Nous éclatons toutes les deux de rire. Finalement ma soirée d'anniversaire prend un autre tournant. Je lui parle de Mathias, de son côté sexy et de ses yeux qui me hantent jour et nuit.

Je me rends donc au centre Marie Curie avec Noémie comme promis. De toute façon, ce n'est pas la peine de protester : quand ma Blonde a décidé quelque chose, impossible de la faire changer d'avis.

Nous sortons de la voiture. Depuis le parking, je vois que Mathias est déjà là. Il est à genoux, par terre, dans son petit jean qui moule magnifiquement bien ses fesses. Il a dû sentir ma présence car il se relève et nous fait face. C'est comme si nous étions connectés et qu'il pouvait me voir même le dos tourné.

— Salut, Juliette, m'accueille Mathias tout en s'approchant de moi pour me faire la bise.

— Salut, bégayé-je surprise par ce contact physique inattendu. Je te présente ma meilleure amie, Noémie.

— Salut, enchanté, Noémie ! s'exclame Mathias en se dirigeant vers elle.

Un moment d'hésitation flotte entre eux. Noémie n'ayant pas l'habitude des coutumes du sud-est de la France, tend sa joue droite à Mathias, alors que lui, sa gauche. Un peu plus, et on assiste à un accident. Ils pouffent de rire comme deux gamins lorsqu'ils arrivent, enfin, à se dire bonjour. Je regarde la scène désespérée par leurs enfantillages.

Quand Noémie redevient sérieuse, je lui fais un signe discret de la tête pour lui faire comprendre qu'il s'agit bien de *Mon* Mathias. Sa réaction ne se fait pas attendre. Comme à son habitude, elle manque de finesse et de discrétion :

— Et bah ma Juju… Tu ne m'as pas menti. Vraiment sexy ton jardinier !

Je m'étrangle et devient rouge de honte. Je ne sais plus où me mettre.

Mathias affiche son grand sourire de séducteur. Je pense que son égo doit être monté à son maximum.

Quelle arrogance !

7

MATHIAS

Juliette est tellement mal à l'aise que c'en est presque comique. Sa copine Noémie vient de dire tout haut ce qu'elle pense tout bas de moi. J'avoue que, pour un séducteur comme moi, ça ne me déplaît pas.

Avec ce que je viens d'entendre, je sais maintenant que j'ai toutes mes chances avec elle. Sans le savoir, elle vient de me donner son feu vert. Je vais bien m'amuser. Finalement, elle n'est pas insensible à mes charmes.

Je me disais aussi !

— Alors comme ça, tu trouves que je suis sexy ? attaqué-je, taquin.

— N'importe quoi !

Elle s'empresse de répondre tout en se dandinant d'un pied sur l'autre. Elle est mal à l'aise. Si elle pouvait se cacher sous terre, il y aurait déjà un trou devant nous.

— C'est pas ce que ta copine vient de dire pourtant ! la provoqué-je.

— Apparemment, elle déraille complètement.

Elle n'est pas prête à avouer. Je continue mon petit manège car je sens que sa copine sera d'une grande aide pour la suite.

— Et, je ne suis pas *ton* jardinier non plus ? la sondé-je, un sourire moqueur sur les lèvres.

— J'ai jamais dit ça ! s'empresse-t-elle de me répondre sur le ton de la défensive.

— T'as raison, parce que tondre la pelouse et arracher les mauvaises herbes, c'est pas vraiment mon métier.

Je sais que cette remarque va piquer sa curiosité. Il ne faut pas longtemps pour qu'elle démarre au quart de tour.

— Ah bon ? Et tu fais quoi alors ? s'enquiert-elle tout en croisant ses bras sous sa poitrine.

Bingo !

Le poisson est ferré, je vais pouvoir la ramener dans mes filets. Il n'y a rien de pire pour une fille que de rester dans l'ignorance.

— Je te propose d'aller boire un verre avec moi après ton rendez-vous pour que tu le découvres, suggéré-je.

Elle a l'air choqué que je lui propose une chose pareille alors qu'on ne se connaît pas. Ses yeux sortent presque de leurs orbites.

— Même pas en rêve ! répond-elle du tac au tac.

— Très bonne idée, hein Juju ? acquiesce Noémie simultanément.

Juliette fusille son amie du regard en signe de représailles. Noémie fait la maligne en lui répondant avec un sourire provocateur.

— Alors c'est réglé, je t'attends après ta séance de kiné, opiné-je prenant pour acquis la réponse de Noémie.

— Parfait ! approuve Noémie à sa place.

— Eh oh ! Je suis là, au cas où vous ne l'auriez pas remarqué ! tempête Juliette.

Juliette se tourne vers son amie. Elle la fixe et lui fait les gros yeux, puis elles rentrent dans le centre. Elles régleront leurs comptes plus tard, c'est certain.

En attendant, moi j'ai obtenu mon rencard avec ma jolie brune. Ce rendez-vous risque d'être fort intéressant !

Cette nouvelle vaut bien un petit message vocal à Damien pour lui raconter tout ça :

« Salut mec, la meilleure amie de Juliette est juste un génie ! »

Je stoppe l'enregistrement et envoie mon mémo vocal. Je m'aperçois que je lui parle de Juliette, mais je n'avais jamais évoqué son prénom auparavant. Je reprends donc le fil de mes pensées.

« Ouais, elle s'appelle Juliette. Eh bien, je vais boire un verre avec elle tout à l'heure. Faut pas que je fasse le con, c'est ma réputation qui est en jeu ! »

Quarante-cinq minutes plus tard, les deux copines sortent du centre et j'entends Juliette râler alors que je suis à plusieurs mètres d'elles :
— Noé ! Rends-moi ces clés !
Juliette attrape Noémie par le bras pour la stopper dans sa course.
— Non…. Comme ça je suis sûre que tu ne peux pas t'enfuir… s'amuse Noémie tout en agitant les clés de voiture devant son nez.
Elles avancent dans l'allée se dirigeant vers la voiture de Juliette, et donc vers moi.
— Ah te voilà ! m'interpelle Noémie.
— Comme promis. Je n'allais pas laisser passer ma chance !
— Noémie, rends-moi mes clés de voiture ! ordonne Juliette d'un ton autoritaire que je trouve hyper sexy.
— Non. C'est hors de question. Et puis, j'en ai besoin pour aller faire du shopping !
Elle tire la langue à son amie avec un air mutin. Leur spectacle est hilarant.
— Je te ramènerai chez toi, t'inquiète pas, précisé-je à Juliette rassurant.
— Bon, je te la confie. Ne faites pas de bêtises hein ? finit par dire Noémie.
Puis, telle une tornade, elle monte dans la Yaris de Juliette et s'en va. Cette fille est vraiment un sacré numéro. Je l'ai vu en tout et pour tout cinq minutes, mais elle me plaît déjà.
— Elle est toujours comme ça ta copine ? demandé-je, un brin amusé.
— Et encore, ça, c'était rien !
Je lui fais un signe de la main pour l'inviter à me suivre vers l'en-

droit, où je souhaite l'emmener. Elle baisse les yeux et après quelques secondes d'hésitation, se décide à me suivre.

On est assis à une table du *Bistrot des amis*, un petit pub qui se trouve à quelques minutes à pied du centre médical.

Pendant tout le trajet elle ne m'a pas adressé un mot. Je ne sais pas si c'est de la timidité ou si c'est parce qu'elle est toujours en rogne contre sa copine et moi. Je sens que ça va être compliqué de la faire sortir de sa carapace.

J'ai profité de son silence pour la détailler de plus près. Elle a une démarche légère, on dirait presque qu'elle marche sur des œufs. Son port de tête altier lui donne des allures de princesse.

Elle a l'air si coincée, si sérieuse.

Assise en face de moi, Juliette attend que j'entame la discussion. Cette fois encore, je remarque qu'elle se mord l'intérieur de sa joue gauche. C'est une habitude chez elle.

Nos consommations arrivent, un Sex on the beach pour elle, putain, dites-moi que c'est un signe, et une bière pour moi.

— Alors ? Tes séances de kiné se passent bien ? débuté-je après avoir bu une première gorgée.

Je ne sais pas quoi lui dire pour la dérider. Je ne connais pas grand-chose d'elle, alors je me raccroche au peu d'information que j'ai la concernant.

— Oui, et heureusement pour moi c'est bientôt la fin, m'apprend-elle, timide.

— Déjà ? Je pensais que tu débutais tes séances. Je ne t'avais jamais vu auparavant.

Ses paupières s'abaissent sur son verre. Elle prend un peu de temps pour me répondre.

— C'est parce que j'ai dû changer mes horaires du lundi. Mais ça fait bientôt trois mois que je suis en rééducation, me précise-t-elle en se dandinant sur la banquette, un peu mal à l'aise.

— Blessure de guerre ? dis-je en rigolant.

— Genou.

Sa réponse reste évasive. J'ai même l'impression qu'elle cherche à me cacher quelque chose. Elle n'arrive pas à me regarder dans les yeux. Elle joue avec son verre en le faisant tourner sur lui-même depuis que j'ai entamé notre discussion sur ce sujet.

— Laisse-moi réfléchir, commenté-je en la fixant, tout en frottant mon pouce et mon index sur mon menton. Démarche gracieuse et légère, des pieds légèrement en canard, une posture droite, un port de tête dégagé... Je dirais une blessure de danseuse ?

— *Ex*-danseuse.

Et là, pour le coup, elle ne fuit plus. Elle me regarde droit dans les yeux. Je comprends que je suis sur un terrain glissant. Son regard vert est devenu noir, glacial.

— Excuse-moi. Je ne voulais pas t'obliger à parler de quoi que ce soit que tu ne veuilles pas.

Son regard ne quitte pas le mien. Je touche sa main posée sur la table pour donner plus de poids à mes excuses. Je reçois un électrochoc au moment où nos deux mains se touchent.

D'abord, le contact avec sa peau m'envoie une décharge électrique dans tout le corps. Puis, ses yeux sont de tels éclairs que j'ai l'impression que je vais m'embraser sur place. Ce n'est pas de la glace mais de la lave en fusion.

Après quelques secondes, elle brise le silence.

— Excuses acceptées, concède-t-elle en retirant sa main et en s'adossant sur la banquette. Comment as-tu su ?

— Je n'ai aucun mérite. Je suis coach sportif, me justifié-je, déçu de la distance qu'elle vient de mettre entre nous.

— Ah ! C'est donc ça ton vrai métier ? Et du coup, le jardinage, c'est quoi ? Un passe-temps ? me pique-t-elle.

— Joker.

Mathias - Juliette : 1 point partout.

Nouveau silence entre nous. Décidément, ce rencard ne prend pas la tournure que j'avais imaginé au départ. Je me voyais déjà la raccompagner chez elle après avoir bu un ou deux verres, et l'allonger sur son canapé pour lui montrer mon passe-temps favori. Qu'elle ne croît pas que le jardinage soit mon seul talent caché ! Il faut vraiment que j'arrive à tourner la conversation à mon avantage si je veux arriver à mes fins.

— Et sinon, tu fais quoi de beau à part venir au centre médical ? demandé-je pour relancer la conversation l'air de rien.

— J'essaie d'échapper à la pression de mes parents ! me confie-t-elle. Figure-toi qu'ils se sont mis en tête que je dois trouver un boulot sinon je prends la porte.

Je trouve sa réponse très bizarre, car même si son humour est rassurant par rapport à son attitude un peu guindée, son regard est très fuyant. Mais comme nous avons tous des secrets, je lui laisse le bénéfice du doute.

— C'est sérieux dis donc ! Tu recherches quoi comme taf ?

— N'importe quoi, du moment que ça me donne un contrat de travail ! m'explique Juliette avant de boire une gorgée de son cocktail.

Une idée de génie me vient subitement en tête. Ça fait plusieurs semaines que j'entends Jo se plaindre à la salle, qu'il est débordé et qu'il croule sous la paperasse.

— J'ai peut-être quelque chose à te proposer, m'avancé-je. La salle de sport dans laquelle je bosse recherche quelqu'un pour s'occuper de l'accueil et de la paperasse administrative. Je peux en parler au responsable si tu veux ?

Comme ça, je pourrais la voir tous les jours.

Je suis surpris par cette pensée qui vient s'insinuer dans mon esprit. Je suis interrompu dans ma réflexion par Juliette qui me répond timidement, presque gênée que je lui propose un tel service alors qu'on se connait à peine :

— Euh… oui… ça serait cool de ta part.

— Donne-moi ton numéro de téléphone, comme ça je te tiens au courant dès demain, proposé-je tendant ma main vers elle.

— T'es assez direct toi quand même !

— Tu le veux ce boulot ou pas ? insisté-je en avançant ma main vers elle encore une fois.

Elle me sonde du regard, puis me fait un sourire avant de poser son téléphone dans ma paume. J'enregistre mon numéro dans son répertoire et m'envoie tout de suite un message pour avoir le sien.

Finalement, le rendez-vous se déroule bien. On continue de parler sur un ton plus léger. Je suis heureux de constater que le courant passe vraiment bien entre nous. Elle paraît stricte au premier abord, mais elle cache une personnalité pleine d'humour.

Je profite encore de notre proximité pour la regarder plus en détails. Cette fois-ci son manteau ne peut plus la cacher. Elle porte un pull violet qui met en valeur ses yeux verts magnifiques. Son col en V laisse deviner le haut de son buste et c'est un effort considérable pour ne pas loucher dans son décolleté. Je fixe sa poitrine. Je me surprends à regarder mes mains et imaginer que ses seins ont juste la taille qu'il me faut. Je me concentre sur son visage pour ne pas passer pour un salaud ou bien un pervers dès notre premier rencard.

En la regardant de plus près, je m'aperçois que ce ne sont pas des éclairs qu'elle a dans les yeux, mais des millions d'étoiles qui pétillent. Surtout quand elle se met à rire. Ses yeux sont verts mais ses pupilles sont entourées d'un halo doré.

Putain, mais je déraille complètement ! Ça dégouline de romantisme ça.

Le retour vers le centre médical est à des années-lumière de notre précédent trajet. Juliette et moi faisons la conversation sans relâche. Il n'y a plus de blanc, plus de moment gênant. On s'engage dans l'allée qui nous mène au parking.

— Bon, elle est où ta voiture ?

Impatiente, elle cherche partout autour d'elle. En même temps, je ne vois pas comment elle pourrait la trouver car je ne lui ai rien dit à propos de mon bolide.

— Je n'ai pas de voiture !

Juliette stoppe subitement sa marche, puis me fait face les sourcils froncés. Je lui ai promis de la raccompagner chez elle. Je sens qu'elle est en train de se dire que je vais le faire à pied.

— Mais j'habite à l'autre côté de la ville, Mathias !

Elle ferme les yeux avant de souffler de désespoir.

Pendant tout le temps où elle fait son cinéma, je récupère mes affaires et lui tends un casque. Elle ouvre grand les yeux avec un air surpris.

— Tu délires là ? enrage Juliette en me foudroyant du regard.

— Bah quoi ?

— Pas question que je monte là-dessus ! m'avertit-elle en faisant de grands gestes d'opposition avec ses bras. Pas sur cet engin de la mort !

Je suis déjà installé sur ma bécane. Je la regarde à travers la visière relevée de mon casque. Elle me fait rire avec ses airs de princesse. Ce n'est pas un petit tour de moto qui va la tuer !

— Hey ! N'insulte pas ma Ducati ! me recrié-je. Je te signale que je n'ai jamais eu d'accident avec ma bécane, et que j'ai toujours ramené mes passagers à bon port.

Juliette me toise avec défi. Comme si elle ne supportait pas que je la rembarre ouvertement. Je ne lâche pas son regard assassin, puis ajoute sur un ton moqueur :

— Donc, si *Madame* la princesse veut être ramenée à son château et ne pas rentrer à pied, monte !

— Et toi, ne me prends pas de haut comme ça, d'accord ? se rebiffe-t-elle. Tu t'es pris pour le prince charmant avec son fidèle destrier ou quoi ? Je fais peut-être ma princesse mais je déteste les motos !

OK, je vois. Finalement, elle n'est pas si timide que ça. La princesse a son caractère et du répondant. Elle vient de me battre à mon propre jeu.

Mathias – Juliette : 2 points partout.

— Allez, Juliette ! Ne fais pas ta poule mouillée ! la provoqué-je, tout en rabaissant la visière de mon casque et démarrant le moteur.

Avec ce que je viens de voir, je sais qu'elle ne pourra pas rester les bras croisés longtemps. Je suis sûr que c'est le genre de fille qui veut avoir le dernier mot, toujours prête à relever un défi pour ne pas perdre la face.

Elle râle dans sa barbe un « Putain tu fais chier » et l'instant d'après elle me prend le casque des mains en soufflant.

Qu'est-ce-que je disais.

Pendant qu'elle s'équipe, je rigole en repensant à son allusion concernant mon fidèle destrier !

Moi ? Un prince charmant ? Putain non ! Même pas en rêve.

Dès que je sens ses bras s'enrouler autour de moi je mets les gaz.

Dans le casque je l'entends encore se plaindre que je vais trop vite.

Je suis aux anges. C'est vraiment une râleuse cette fille et bizarrement, j'aime ça !

Sa proximité me rend encore plus fou. Je sens ses cuisses qui serrent les miennes et ses bras qui s'accrochent fermement à moi lorsque je m'approche trop près des autres véhicules ou que je couche la bécane sur le côté dans les virages.

Je l'imagine dans un corps à corps plus dénudé et je manque de griller un feu rouge. Il faut que je me reprenne, sinon on va avoir un accident.

Je me gare devant chez elle et je n'ai pas encore coupé le moteur qu'elle est déjà descendue de la bécane. Elle enlève son casque pour me le mettre de force entre les mains.

— Mais t'es complètement malade, ma parole ! T'as bien vu que j'avais peur de monter sur ta putain de moto ? explose Juliette en faisant des gestes de protestation dans tous les sens.

Je m'amuse de la voir folle de rage. Pendant ce temps, j'enlève mes gants, mon casque et j'arrête le moteur. Juliette continue son monologue complètement hystérique.

Elle me fait vraiment penser à une grenade qui explose.

— Mais non ! *Monsieur* en a rien à faire ! Tu roules comme un dingue sur la route. Tu slalomes entre les voitures. Et pour finir, tu as presque grillé un feu rouge ! T'es carrément…

Je la coupe en plein milieu de sa tirade. J'attrape sa nuque avec mes deux mains pour la ramener vers moi et l'embrasse pour la faire taire.

Au départ, elle reste figée de surprise avec ses yeux grands ouverts, puis elle les ferme et me rend mon baiser. Ses lèvres sont douces et me laissent déjà fou de désir. Ma langue ne tarde pas à se frayer un chemin dans sa bouche pour approfondir notre contact qui devient subitement indécent. Nos langues se lient dans une danse folle.

Elle s'accroche au col de mon blouson en cuir comme si elle ne voulait pas que je la lâche ou que j'arrête.

Nos bouches se détachent pour reprendre notre souffle, mais notre peau reste en contact en posant nos fronts l'un contre l'autre.

Elle finit sa phrase dans un murmure :
— Irresponsable...
— Je plaide coupable, pantelé-je, toujours accroché à son front.
— Ne refais plus jamais ça, d'accord ?
Elle tire sur le col de mon blouson pour accentuer sa menace.
— Ça veut dire qu'on va se revoir ? dis-je avec espoir.
— Tu ne veux pas ?
— Je ne pourrai pas me contenter d'un seul baiser, exigé-je avec arrogance.
Et Juliette fonce sur mes lèvres pour exaucer mes souhaits.

8

JULIETTE

— Alors, ce rencard ? me demande Noémie toute excitée lorsque je rentre dans ma chambre.

— Toi ! Tu ne perds rien pour attendre ! la sermonné-je en jetant mon sac à main sur le lit. La prochaine fois que tu me voles mes clés…

— Arrête de me faire une scène, on n'est pas au cinéma ! Tu vas le revoir ton motard sexy ?

Je tique alors que je suis en train de me déchausser. Je m'arrête un pied en l'air, interpellée par sa dernière remarque.

— Comment tu sais pour la moto ? l'interrogé-je curieuse.

— Je vous ai vus par la fenêtre. Et j'avoue que c'était assez chaud ! Alors ?

— Alors oui ! On va se revoir, gloussé-je.

J'ai un grand sourire qui s'affiche sur mon visage et je n'arrive pas à m'en défaire. Je reçois un texto et pouffe bêtement.

— Quoi ? s'enquiert Noémie.

— Je viens de recevoir un message de Mathias. C'est lui qui a enregistré son numéro dans mon téléphone et je suis morte de rire avec le nom qu'il a mis dans mes contacts !

— Vas-y montre ! me presse-t-elle en faisant un pas vers moi.

Je lui montre mon téléphone.

Ton jardinier (20:37) : Je passe te prendre demain à 20h30. Toi + moi, un resto.

— Je l'aime bien ce Mathias, reconnaît Noémie. Une chose est sûre, c'est qu'il a vite compris qu'avec toi, il ne fallait pas te laisser le temps de réfléchir pour faire avancer les choses !
— Oui, bah va falloir vous calmer vous deux, d'ailleurs, la préviens-je en reprenant mon ton menaçant, je sais prendre mes propres décisions !
— Bon, tu lui réponds ? s'impatiente-t-elle.
— Ouiiiii !

Moi (20:40) : OK. Mais pas de moto au programme ! Et va falloir que tu arrêtes de prendre cette habitude de tout décider pour moi !

— Rooooo fais pas ta rabat-joie, Juju ! T'as un mec canon qui t'invite au resto alors profite, ajoute ma copine.
— Je sais, mais faut bien que je lui montre qu'il n'est pas en terrain conquis. J'ai assez donné avec Nathan, rappelle-toi !
Entretemps, je reçois une réponse de Mathias.

Ton jardinier (20:42) : J'en prends note pour la prochaine fois. Et je laisserai ma bécane à la maison…
Moi (20:43) : Est-ce que je peux avoir un indice pour savoir comment m'habiller ?
Ton jardinier (20:43) : Je t'emmène à La Terrasse. J'espère que tu aimes ?
Moi (20:44) : Je ne vais pas faire la difficile. Bonne soirée Mathias…

J'ajoute un emoji angélique pour faire bonne figure.

Ton jardinier (20:44) : Bonne soirée et bonne nuit ma Juliette….

— La Terrasse ? C'est quoi ? se renseigne Noémie.
— Un resto assez chic qui est en périphérie de la ville.

— Tu sais ce que ça veut dire ? lance-t-elle avec son air mutin qui prépare quelque chose.
— Nan ?
— Demain, c'est séance shopping et mise en beauté obligatoire !
Je lève les yeux au ciel puis nous partons dans un fou rire.

∽

Je suis dans une cabine d'essayage en train d'essayer la énième robe que Noémie m'apporte. Nous en sommes au cinquième magasin, mais *Mademoiselle*, n'est toujours pas satisfaite.
Sérieusement, elle se prend pour Cristina Cordula ou quoi ?
Je me regarde dans le miroir. J'ai l'impression que le styliste a oublié un morceau de tissu. Je n'ai qu'à me baisser pour qu'on voit mes fesses. Je déteste faire du shopping avec ma meilleure amie !
— Franchement, Noé, je t'ai dit que j'avais ce qu'il me fallait dans mon armoire ! dis-je en râlant.
— Stop ! Je la connais ta garde-robe et crois-moi, tu n'as pas LA robe pour ce genre de soirée.
— Je vais au resto. Arrête d'exagérer ! pesté-je, tout en me débattant avec la fermeture éclair de cette minuscule robe.
Elle tire sur le rideau de la cabine, passe sa tête discrètement et me fixe amusée.
— Écoute, on parle de Mathias là. Le mec super sexy qui n'a qu'à se baisser pour ramasser les filles. C'est pas avec tes robes que tu vas le séduire ! se justifie-t-elle pour son excès d'autorité concernant ma tenue.
Elle referme le rideau, alors je passe à mon tour ma tête à travers le tissu et lui réponds :
— Il est déjà séduit puisqu'on va se revoir.
Je tire la langue, mutine. Noémie lève les yeux au ciel pour me signifier qu'elle est désespérée par ce qu'elle entend.
— On parle de grosse séduction, ma poulette. Il faut sortir l'artillerie lourde pour le garder !
Elle me fait passer une autre robe en écartant le rideau.

— Essaye ça !

Un vrai dictateur ma parole !

— Bon, et tu peux arrêter avec ce rideau ? grommelé-je, agacée.

LA robe. Je sors enfin de ma cabine d'essayage pour montrer le résultat à Noémie. Je ne pensais pas pouvoir me trouver aussi jolie un jour dans un vêtement. Elle est si simple et si élégante à la fois.

Elle est noire avec de fines bretelles. Son col en V met en valeur ma poitrine menue sans trop en montrer. Elle moule mon corps sans être indécente, jusqu'au-dessus de mes genoux. Avec des collants je pourrais masquer ma cicatrice.

Je fais un tour sur moi-même pour montrer l'ensemble à Noémie. Lorsqu'elle voit le dos en dentelle qui descend jusque dans ma cambrure elle lance :

— Elle est parfaite : il est cuit !

De retour à la maison, je fais le nécessaire pour être irrésistible : douche, épilation, maquillage et coiffure. Ça fait longtemps que je n'ai pas pris soin de moi comme ça.

Ça fait surtout longtemps que je n'ai pas eu de rendez-vous avec un homme !

J'ai maquillé mes yeux de couleur prune pour faire ressortir le vert de mes pupilles. Appliqué délicatement un rouge carmin sur mes lèvres pour donner la touche finale, sexy et glamour.

Noémie est en train de terminer ma coiffure avec le fer à cheveux pour discipliner mes boucles naturelles, lorsque nous entendons la sonnette retentir puis des voix dans le salon.

— Il est là, paniqué-je.

Sa présence vient de faire monter mon anxiété d'un cran. Ce premier rendez-vous me rend toute chose. Je fais mine de me lever de ma chaise quand Noémie tire sur l'une de mes mèches en me sermonnant :

— Je sais. Attends deux secondes, j'ai bientôt fini.

— Je devrais y aller avant que mon père sorte le fusil !

Noémie me regarde dans le miroir. Nous échangeons un sourire complice et je me lève sur mes talons hauts afin de regarder le résultat final dans le miroir de plein pied de ma chambre.

— Tu es parfaite ma poulette !

— Merci. Merci pour tout, Noé, lui dis-je d'une voix rendue fébrile par l'émotion.

Je n'arrive toujours pas à croire que Noémie se tienne derrière moi en train de me contempler avec admiration. Elle m'a manqué à un point que je n'imaginais pas. Je m'en veux tellement de l'avoir éloignée de moi tout ce temps.

Je continue les yeux brillants :

— Faut vraiment que tu partes à la fin de la semaine ?

— Toutes les bonnes choses ont une fin, ma chérie !

Je la serre fort dans mes bras pour lui faire un gros câlin. C'est plus qu'un merci pour le shopping et la coiffure. Je lui transmets toute ma gratitude pour sa compréhension pour mon silence de ces derniers mois, et d'être toujours là quand j'ai besoin d'elle.

Noémie doit retourner à Paris pour reprendre les entraînements et je sais déjà qu'elle va me manquer atrocement.

Je descends dans le salon, j'arrive au bon moment pour sauver Mathias des griffes de mes parents. Un peu plus et ils passaient en mode interrogatoire. Je signale ma présence par un « je suis prête » et tout le monde se tourne vers moi.

Mathias se lève, serre la main de mes parents pour leur dire au revoir, puis se dirige vers moi. Il n'est pas encore près de moi que j'ai déjà la chair de poule et des papillons dans le ventre.

Je vois qu'il a fait un effort vestimentaire pour cette vraie première sortie en couple. Il porte toujours son jean noir mais a troqué son pull pour une chemise de la même couleur.

Je mets mon manteau, puis nous sortons de la maison en silence. Je ferme la porte et précède Mathias pour masquer mon trouble.

— Attends !

Il m'arrête en me retenant par le bras. Il me ramène vers lui, prend mon visage en coupe entre ses mains et me donne un baiser sur les lèvres. Le plus doux des baisers, mais aussi le plus sexy que j'ai jamais reçu.

— Juliette, tu es magnifique ce soir, s'émerveille Mathias.

Il me dévore des yeux en parcourant mon corps de son regard brûlant.

— Cette robe va causer ma perte, s'étrangle-t-il.

— C'est ce que Noémie m'a dit !

Je lui adresse un sourire plein de sous-entendu.

Nous sommes assis à une table de La Terrasse. C'est la première fois que je viens ici, mais je sais que ce restaurant a une excellente réputation. Je n'ai entendu que des éloges sur la qualité de son service en salle et sur sa cuisine.

La décoration est sobre mais moderne, les lumières sont tamisées ce qui donne une ambiance plus intimiste au lieu. Sur la nappe est posée une rose rouge dans un vase et un photophore où danse la flamme d'une bougie.

Il fut un temps où j'étais aussi légère et gracieuse que cette flamme, j'y repense avec amertume.

Un serveur s'arrête à notre table :

— Le champagne que vous avez commandé, Monsieur.

Il lui montre la bouteille pour qu'il puisse apprécier si cela correspond bien à ce qu'il a demandé.

— Merci.

Le serveur la débouche et lui propose la dégustation.

Pendant tout ce temps, je regarde Mathias dans les yeux et lui fait comprendre qu'encore une fois, il a décidé à ma place. Je lui avais formellement interdit.

J'ai l'impression de retrouver Nathan en face de moi et ça me fait un peu peur.

Mathias goutte le champagne et remercie le serveur qui nous sert une coupe avant de s'en aller.

— J'avais commandé le champagne en même temps que la réservation. Je n'avais pas encore eu ton texto.

— OK. C'est bon pour cette fois ! dis-je secrètement rassurée.

La soirée se déroule à merveille. Les plats sont divins et Mathias est aux petits soins.

De temps en temps, il prend ma main pour y déposer un chaste baiser et je me surprends à penser qu'on dirait un vrai prince charmant. Ce soir, il a délaissé son fidèle destrier mais je suis traitée comme une reine.

Au cours de la conversation, il m'apprend que Jo, le responsable de la salle de sport où il travaille, veut me rencontrer demain après-midi. Il souhaite parler de ma candidature et du job. Cette nouvelle me met encore plus de bonne humeur pour le reste de la soirée.

Devant la maison, Mathias se dépêche de contourner son Audi pour venir m'ouvrir la portière, tel un vrai gentleman. Il me tend une main pour m'inviter à sortir et m'aider avec ma robe et mes talons hauts.

J'essaie de m'extraire de la voiture le plus élégamment possible. Il referme la portière et me bloque contre la voiture avec le poids de son corps. Il m'enferme entre ses bras forts et musclés, appuyés contre la carrosserie. Je suis comme prisonnière.

Il m'embrasse sauvagement et je suis surprise par tant d'ardeur. J'enroule mes mains autour de sa nuque et tire sur ses cheveux par petits à-coup. Je sens sa virilité contre mon ventre et moi je suis en fusion.

OK. On. Va. Se. Calmer.

— Mathias, soupiré-je.

Ma tentative de mettre de la distance entre nous est un vrai fiasco. Ma voix qui se voulait être un rappel à l'ordre sonne plutôt comme une plainte sexy.

— Humm… ronronne-t-il.

Il fait mine de ne pas prêter attention à mon appel. Il continue de m'embrasser. Ses lèvres dérivent dans le creux de mon cou et je sens ses baisers fiévreux sur ma peau qui se consume. J'ai beau protester, mon corps n'en fait qu'à sa tête.

Je penche mon visage sur le côté, pour lui faciliter l'accès. Sa bouche descend sur la ligne de ma nuque jusqu'à ma clavicule. Si ça continue ma petite culotte va se désagréger.

— Tu me rends fou, murmure Mathias entre chaque baiser.

— Mathias, je... je...

Je n'arrive plus à aligner une phrase tellement je suis perturbée. Je repousse son torse gentiment à l'aide de mes deux mains, puis je lui souris. Le rouge sur mes joues et ma respiration saccadée lui font comprendre que je suis dans le même état que lui.

— On se voit demain à 15 h, à la salle de sport d'accord ? finis-je par formuler en rassemblant toute ma concentration.

— OK Princesse, abdique-t-il.

Il me donne un dernier baiser pour me dire au revoir.

— Merci pour la soirée, c'était parfait, lui confié-je d'un air timide.

Ma meilleure amie ne me lâche pas d'une semelle. Je suis dans ma chambre, en train de me démaquiller tout en lui racontant les détails de la soirée. J'ai l'impression d'être face à l'interrogatoire spécial de mes parents quand ils veulent me soutirer des informations !

Mon téléphone émet un bip pour m'annoncer l'arrivée d'un message.

Ton jardinier (23:42) : Tu m'as laissé planter là avec mon envie de te dévorer toute crue. Tu ne perds rien pour attendre !
Moi (23:43) : On était devant chez mes parents ! Un peu de tenue... J'attends le prochain repas avec impatience.

J'en profite pour changer son surnom dans mes contacts.

Mon Prince (23:44) : La gourmandise est un vilain défaut ! C'est quand le prochain repas ?
Moi (23:44) : Je peux pas avant vendredi. Noémie repart à Paris vendredi matin, je veux profiter d'elle.
Mon Prince (23:45) : OK pour vendredi soir. Un repas chez moi ?

Chez lui ? J'étais persuadé que ce n'était pas le genre de type à inviter une fille chez lui. Je dois me lancer avec tout ce qu'une soirée chez lui implique.

Moi (23:45) : Avec plaisir. On se voit demain à la salle. Bonne nuit, Mathias...
Mon Prince (23:46) : Bonne nuit ma Princesse.

Je suis *sa* princesse et il est mon prince charmant.

Depuis que je l'ai rencontré je retrouve peu à peu le sourire. Grâce à lui, j'entrevois la lumière. Comme cette flamme qui dansait entre nous tout à l'heure. Il semblerait que ma bulle soit en train de se fendiller.

Notre badinage me donne envie de rire. Noémie se moque de moi et de notre échange, quand je reçois une autre notification d'un message reçu. Je pense que c'est Mathias qui a oublié de me dire quelque chose.

Au moment où je prends le téléphone, mon sourire s'efface. Je deviens blanche et lâche mon téléphone qui tombe par terre.

Inconnu (23:52) : JE SAIS OÙ TU TE CACHES

∽

En me rendant à mon entretien d'embauche, je ne cesse de repenser à ce message effrayant que j'ai reçu hier. Je me demande si c'est une mauvaise blague, ou si cet inconnu me veut vraiment du mal. Noémie a essayé de me rassurer en me disant qu'il s'agissait peut-être d'une erreur.

Je n'ai plus le temps de me tourmenter avec ça, car j'arrive à la salle de sport pour mon rendez-vous avec le fameux Jo. Je dois me concentrer. Vais-je être à la hauteur ?

Quand je vois sur la devanture le nom du club, « Le Studio Danse & Fitness » affiché en grosses lettres, je frissonne. Est-ce que je vais être capable de côtoyer mon passé ?

Joseph me met immédiatement à l'aise et m'invite à m'assoir dans son bureau. La pièce est exiguë. Il y a à peine la place pour un bureau, deux chaises et une armoire. Sur les murs, des posters d'athlètes de hauts niveaux sont exposés. Une étagère est fixée derrière lui où trônent fièrement des médailles et des trophées. Je me demande si ces récompenses sont à lui ou d'autres sportifs.

Joseph doit avoir la bonne cinquantaine. Ses cheveux grisonnants lui donnent un côté séduisant. Il est très bien conservé pour son âge, son corps m'a l'air encore plutôt musclé. Pas étonnant pour un patron d'une salle de fitness ! Même si son visage attire immédiatement la sympathie, je reste sur mes gardes car sa prestance naturelle impose le respect. Je suis là pour un entretien d'embauche, pas pour me faire des amis.

— Alors Juliette, Mathias m'a dit que tu cherchais un travail ?

Son tutoiement dès le départ me met un peu mal à l'aise. Face à cette familiarité je ne sais pas comment me comporter, surtout pour une première rencontre avec une personne beaucoup plus âgée que moi.

— Oui monsieur, acquiescé-je avec politesse.

— Bien. Tu peux commencer lundi ?

Il ne me laisse pas répondre et continue sur sa lancée.

— Il faudra que tu me ramènes tes papiers pour le contrat de travail, d'accord ?

Sa question me prend de court, il me faut une seconde pour répondre, incrédule :

— Vous ne me demandez pas quelles sont mes expériences et mes compétences ?

— Mathias est mon meilleur coach ici, me dit-il. J'ai une confiance aveugle en son jugement. Tu es quelqu'un de sérieux et de poli ?

Quelle question ? C'est bizarre, non ?

— Oui monsieur.

— Tu sais ouvrir et fermer une grille ? ajoute-t-il en haussant un sourcil amusé.

— Oui monsieur, répété-je, intimidée.

Décidément, ses critères de sélection me laissent pantoise.

— Remplir des documents administratifs ?

— Oui monsieur. Je sais écrire, dis-je sérieusement, mais dire que je connais vos documents…

— Donc c'est parfait ! tonne-t-il ravi. Et arrête de m'appeler monsieur, ça me vieillit ! Moi, c'est Jo. Bienvenue dans l'équipe, Juliette.

Je lui serre la main chaleureusement et le remercie. C'est l'entretien d'embauche le plus surréaliste et le plus rapide que j'ai jamais eu de ma vie. J'ai le job et je sais que c'est uniquement grâce à mon prince.

Jo m'explique les différentes tâches que je devrais accomplir pendant mes heures de travail : comme assurer l'ouverture et la fermeture de la salle, gérer les adhérents et quelques missions administratives et comptables pour les affaires courantes du club. Cela ne me paraît pas trop difficile au premier abord. Je verrai ça sur le terrain !

Avant de terminer notre entrevue il me regarde sérieusement dans les yeux, et après un bref silence me dit :

— Je ne sais pas ce qu'il se passe entre Mathias et toi, je ne veux pas le savoir, précise-t-il en levant la main entre nous. Tout ce que je sais, c'est que si Mathias t'a recommandée, c'est qu'il tient énormément à toi.

Son regard ne me lâche pas. Franc et droit.

— Je te demande juste une seule chose, ajoute-t-il. C'est de ne pas le faire souffrir, car il a déjà assez encaissé comme ça !

Je ne m'y attendais pas à celle-là !

— Ce n'est pas mon intention monsi… heu Jo, rectifié-je. Je tiens beaucoup à lui également.

— Alors ça nous fait un point en commun, finit-il avant de retrouver son sourire. Bon, je te fais la visite des lieux !

L'accueil est un endroit convivial. Il y a le comptoir où je vais passer la plupart de mon temps, un petit espace détente avec une machine à café et un canapé.

Lorsqu'on passe l'accueil, on se dirige automatiquement vers un couloir qui donne sur quatre portes. Les vestiaires des femmes, celui des hommes, une réserve et le bureau de Jo.

Au bout de ce couloir s'ouvre un grand espace qui est la salle de musculation avec un nombre incalculable de machines. Des hommes et des femmes sont en plein effort et ne font pas attention à nous.

Jo ouvre une porte qui se trouve au fond à droite de la salle de musculation.

— Et ça, c'est la salle des cours collectifs. Tu rencontreras les différents coachs au fur et à mesure, m'explique-t-il.

Je reste immobile face à cette salle immense qui me renvoie mon passé en plein cœur. Un parquet brillant, des miroirs sur la totalité du mur en face de moi, et des barres de chaque côté de la salle. Jo, continue de me parler mais je ne suis plus attentive à ce qu'il me dit.

— Juliette ? Oh, Juliette ?

— Oui pardon...

Je me ressaisis rapidement pour ne pas faire mauvaise impression alors que je n'ai pas encore commencé mon poste de manière officielle. Nous nous séparons car il a un autre rendez-vous qui l'attend.

Je traverse de nouveau la salle de musculation pour prendre le chemin de la sortie, quand j'aperçois Mathias qui trottine vers moi dans son short et son tee-shirt de sport. Ses vêtements moulent ses muscles. Je déglutie à cette vision de dieu vivant. Je me dis que maintenant, j'ai ses biceps, les muscles puissants de ses jambes en tête, en plus de ses avant-bras sexy.

Je suis mal barrée...

— Salut toi. Ça s'est bien passé avec Jo ? me demande Mathias.

Il me prend dans ses bras pour me faire un câlin et dépose un baiser sur mon front. Il est tout transpirant, il incarne le mâle dans toute sa splendeur.

— Salut, chuchoté-je troublée. Impeccable. Je commence lundi matin. Et au fait... merci !

— Tu parles, c'est rien. Tu pourras toujours me remercier vendredi soir, ajoute-t-il en faisant bouger ses sourcils de haut en bas.

Je lui donne une petite tape de la main sur son épaule, faisant mine d'être choquée.

— Tu perds pas le nord toi !

Son sourire ultra bright va me faire perdre la raison. Il faut que je parte.

— Allez, je te laisse bosser, m'empressé-je de lui dire. À vendredi.
— J'ai hâte…

Je lui envoie un baiser avant de partir.

À peine assise dans ma Yaris, mon téléphone émet un son de notification. J'ai comme un mauvais pressentiment. Je suis remplie d'appréhension quand je repense au message que j'ai reçu hier soir.

Inconnu (16:12) : MAINTENANT TU NE PEUX PLUS M'ECHAPPER.

Ça ne peut pas être une erreur. Deux menaces en si peu de temps. Ça ne peut pas être une coïncidence.

Mais qui est cet inconnu ?

— Bonjour, Mademoiselle Granvin à l'appareil, je souhaiterais parler au Capitaine Da Costa, s'il vous plaît.
— Un instant je vous prie, me répond une voix à l'autre bout du fil.

Une musique d'attente se fait entendre dans le combiné et au bout d'une minute elle s'arrête.

— Mademoiselle Granvin ? Que me vaut cet appel ?

On dirait que le Capitaine Da Costa est toujours aussi prévenant et aimable.

— Capitaine, l'interpellé-je soucieuse. Je voulais savoir si vous aviez du nouveau dans l'affaire de mon agression ?
— Non.

Réponse brève, concise. Surtout, ne nous emballons pas avec les détails, Capitaine…

— Écoutez, il faut que je vous dise quelque chose, dis-je peu sûre de moi.

Je laisse un blanc avant de poursuivre ma confession :

— Depuis quelque temps, j'ai de nouveaux détails qui me sont apparus dans mes cauchemars. Le tatouage que mon agresseur avait à la main droite, c'est un dragon. Je m'en rappelle maintenant.

Aucune réaction de l'autre côté du fil. Le Capitaine écoute, soit attentivement, soit il n'en a rien à faire de ce que je lui révèle.

— Et puis, m'empressé-je d'ajouter pour combler l'absence d'interaction, je ne sais pas si c'est vraiment arrivé, mais dans ce rêve, il y a une voix qui crie au loin. Elle fait fuir mon agresseur.

J'entends mon interlocuteur taper sur le clavier d'un ordinateur. Il doit prendre des notes, enfin j'espère. J'ai besoin de le faire réagir, car ce silence me tue.

— Vous pensez que ça peut être réel ? Que quelqu'un était là le soir de mon agression ?

— Une voix, vous me dites ? Hum, baragouine-t-il sceptique. C'est sûrement votre imagination, Juliette. En plus, vous étiez dans la rue. Des passants, il devait y en avoir des dizaines, conclut-il.

Je suis en train de lui apporter des éléments importants pour son enquête et il me sort des banalités pareilles ? Même si son argument est plausible, je m'attendais à plus d'intérêt de sa part.

— Depuis hier, je reçois des messages de menace de la part d'un inconnu, confié-je. Est-ce qu'il y a des chances que ce soit *lui* ?

— Possible, affirme-t-il. Mais il nous faudrait plus de détails pour pouvoir étudier cela. Je vous rappelle, je suis pressé. Je vous tiens au courant.

Le Capitaine raccroche sans même que j'ai le temps d'énoncer quoi que ce soit. Je suis furax. C'en est trop ! J'ai l'impression qu'il ne prend pas son travail au sérieux. Ou alors, il essaie de me cacher quelque chose, un détail dans cette affaire.

Décidemment, aujourd'hui c'est la journée des conversations surréalistes.

Noémie est sur le quai de la gare avec sa grosse valise. J'ai le cœur gros de voir partir ma meilleure amie. Je sais que ce n'est pas un adieu et que l'on va se revoir, mais cette semaine, avec elle, m'a fait énormément de bien. Je ne suis pas prête à me retrouver toute seule de nouveau.

— J'ai pas envie que tu partes ma poulette, me lamenté-je en prenant ses deux mains dans les miennes.
— Je sais ma Juju mais j'ai pas le choix. Et puis, tu auras plus de temps à consacrer à ton beau gosse ! me charrie-t-elle en me faisant un clin d'œil malicieux.
— Je le vois ce soir.
— Alors tu vois. Tu vas vite m'oublier ! plaisante Noémie avant de me prendre dans ses bras

Je pleure à chaudes larmes lorsque je vois le TGV quitter la gare et s'éloigner de moi.

C'est beaucoup d'émotions à gérer en même temps. Il ne s'est rien passé pendant trois mois, mais cette dernière semaine, j'ai l'impression que ce train à grande vitesse qui s'en va m'est passé dessus.

L'arrivée de Noémie, son départ, Mathias, les messages de l'inconnu et mon boulot.

Je pense à Noémie et à ce qu'elle me dirait en ce moment même. Alors je fais ce que j'ai à faire à l'instant présent : rentrer chez moi et me préparer pour mon rendez-vous de ce soir.

~

Quelques heures plus tard, Mathias m'accueille à la porte de son appartement avec un grand sourire. Il me prend dans ses bras, puis m'embrasse.

Naturellement, je retrouve le sourire. Deux jours sans se voir et j'ai l'impression qu'on m'avait enlevé une partie de moi-même.

Je découvre son chez-lui pour la première fois. L'entrée donne directement sur une grande pièce à vivre lumineuse. La cuisine est ouverte sur le salon et séparée par un plan de travail, qui se transforme en bar sur le salon. La décoration est minimaliste mais de bon goût. C'est très masculin mais j'aime beaucoup et m'y sens bien. Un petit couloir donne sur le reste de l'appartement, sûrement sa chambre et la salle de bains.

Que je visiterais sûrement tout à l'heure !

Nous nous installons dans le salon.

— Alors on trinque ?
— Oui, à quoi ? demandé-je, étonnée.
— À ton nouveau boulot évidemment !

Mathias sort deux coupes de champagne d'un placard de la cuisine et une bouteille du frigo afin de nous servir au salon.

Après le repas, il me propose de nous installer confortablement sur le canapé pour finir de boire notre bouteille de champagne et regarder un film.

Puisqu'il a pris l'habitude de choisir pour moi depuis notre rencontre, je lui laisse le choix du film. Il met « A star is born » avec Lady Gaga et Bradley Cooper. Comme je ne l'ai jamais vu, j'accepte sans protester. Les acteurs sont bouleversants. La voix de Lady Gaga me transporte. Mathias me regarde du coin de l'œil et se lève pour aller chercher un mouchoir.

Prise en flagrant délit !

Lorsqu'il me rejoint à nouveau je sens son regard lourd sur moi. Je sais que nous ne verrons pas la fin du film.

Mathias prend la télécommande, met le film sur pause tout en me tendant le mouchoir.

— Je ne savais pas que tu étais aussi sensible, Princesse !
— Désolée…

Je m'essuie le coin des yeux et fais en sorte de ne pas bousiller mon maquillage.

Noémie me tuerait !

J'en profite pour me loger dans ses bras lorsqu'il se rassoit à côté de moi sur le canapé.

— Fallait le dire tout de suite si tu voulais venir dans mes bras ! fanfaronne-t-il. Pas la peine de pleurer pour avoir un câlin…

Il embrasse mes joues une à une, là où des larmes ont coulé un instant plus tôt. Je plonge mes yeux dans les siens et mon cœur ne tient plus. C'est fou ce que je peux ressentir pour cet homme en si peu de temps. Je suis effrayée par l'ampleur de mes sentiments car tout va trop vite avec lui. Je ne peux pas encore lui avouer à haute voix car je suis sûre qu'il prendrait la fuite.

Je l'embrasse dans un profond baiser, qui, je l'espère, lui donnera un indice sur l'intensité de mes sentiments. Mathias répond immédiatement à ce contact et mord ma lèvre inférieure. Je fonds complètement.

Prise par un élan de courage, je m'installe à califourchon sur ses cuisses. Je veux rapprocher nos corps.

J'ai besoin de lui.

Il écarte mon tee-shirt, passe ses grandes mains chaudes dans mon dos, puis, les ramène devant tout en effleurant ma poitrine. Ses caresses sont délicates. Elles m'électrisent. Nos bouches sont toujours scellées et je ne peux m'empêcher de gémir.

Mathias me soulève comme si j'étais aussi légère qu'une plume. J'enroule mes jambes autour de sa taille pendant qu'il me porte vers une autre pièce de l'appartement. Nous entrons dans sa chambre, toujours collés l'un à l'autre.

— Juliette, si tu veux que ça s'arrête, dis-le-moi maintenant, car après je ne serai plus en mesure de m'arrêter, OK Princesse ?

— Si tu t'arrêtes maintenant, je vais mourir sur place !

Il ne lui en fallait pas plus pour avoir un top départ. Ce n'est plus le prince charmant que j'ai en face de moi, mais un homme empli de désir qui semble ne plus pouvoir se contrôler.

Il referme la porte derrière nous et me plaque violemment contre le mur.

Mes jambes regagnent le sol. Dans l'urgence, nous commençons à nous déshabiller. Les vêtements volent dans la pièce.

Il me dévore avec cette faim dans le regard.

— Tu es encore plus belle que je l'imaginais, me complimente-t-il admiratif.

Je suis complètement perdue dans mes émotions et le laisse me guider vers le lit.

— Si tu savais comme j'ai envie de toi, murmure-t-il en soulevant mon menton avec son index, de telle sorte que je ne puisse pas échapper à son regard.

Mathias appuie sur mes épaules pour me faire assoir sur le lit. Il s'agenouille devant moi, couvre l'intérieur de mes cuisses de baisers brûlants. Sa barbe de deux jours pique ma peau sensible. Cette sensation accentue mon excitation.

Je m'allonge sur le dos et gémis en réponse à ses caresses. Il ôte mon tanga en dentelle, passe la paume de sa main sur mon sexe déjà humide. Puis, très vite, je sens son index en moi et son pouce jouer avec mon clitoris. Ses va-et-vient me rendent folle. C'est encore pire, quand je sens sa langue remplacer ses doigts.

— Oh putain, oui ! juré-je en agrippant les draps.

— Je te savais pas si grossière, me répond Mathias avec un air mutin.

— Tais-toi et ne t'arrête pas ! l'admonesté-je d'un ton suppliant.

— Et en plus autoritaire ? À vos ordres Princesse.

Il effleure la boursoufflure de ma cicatrice avec son pouce. Je sursaute et bouge ma jambe pour lui faire comprendre que sa caresse me met mal à l'aise. Il n'en a que faire, et vient même y déposer un baiser.

Son geste me bouleverse. Je ne sais plus où je suis et ce que je fais. Cet homme me fait perdre la tête. J'en oublie mon harceleur, ma cicatrice. Celle que je cache aux yeux de tous depuis trois mois. Je m'abandonne totalement à lui, à genoux devant moi.

Mathias ne me lâche pas, jouant avec sa langue. Un coup, le long de ma fente puis, l'instant d'après entre mes replis. J'ai l'impression que je vais exploser. Je suis une vraie bombe à retardement.

D'ailleurs, il doit sentir que mon orgasme est proche. Il s'arrête, se lève et vient s'installer au-dessus de moi. Je constate qu'il lui a fallu peu de temps pour enlever le reste de ses vêtements. Mais aussi, pour avoir pensé à mettre un préservatif.

Je n'ai pas eu beaucoup d'hommes dans ma vie, mais le sexe de Mathias est assurément plus imposant que ce que j'ai déjà pu voir. Cette vision est aphrodisiaque. Il n'est pas encore en moi que je gémis en fermant les yeux.

— Princesse, regarde-moi.

C'est plus un ordre qu'une simple requête. Au moment où j'ouvre les yeux il s'enfonce doucement en moi.

Ses mouvements sont d'abord lents et doux, puis, il accélère le rythme.

Notre corps à corps prend petit à petit une tournure plus bestiale, plus sauvage. Les râles de mon amant m'excitent et je ne peux plus reculer. Mon orgasme explose en terrassant tout sur son passage. Je le sens dans chaque cellule de mon corps.

— Juliette, je tiens plus.

Ce dieu vivant est en plus un dieu du sexe ! Je n'ai jamais ressenti ça auparavant avec qui que ce soit.

Mon orgasme déclenche le sien et il s'écroule sur moi. Haletant, épuisé, sa tête contre mon cou. Je sens son sourire se dessiner sur ma peau.

Je ne suis pas sur le tapis de danse de la scène de l'Opéra, mais j'ai de nouveau la tête dans les étoiles.

9

MATHIAS

*M*a relation avec Juliette semble trouver son équilibre. Je suis le premier surpris de donner autant d'importance à une histoire avec une fille. Je ne pensais pas que ça soit possible.

On se voit régulièrement, en dehors de la salle de sport où on essaye de passer inaperçus. Juliette ne veut pas que notre relation soit affichée au travail.

Soi-disant, on ne mélange pas sa vie privée et sa vie professionnelle. Honnêtement, je trouve ça complètement frustrant de ne pas pouvoir l'embrasser quand j'en ai envie. Surtout, que j'ai sans cesse le besoin de la toucher.

On ne fréquente plus le centre médical Marie Curie. Ma jolie brune a terminé ses séances de rééducation, et moi j'en ai fini avec mes heures de jardinage.

Putain, j'ai enfin payé ma dette !

Depuis deux mois, on sort comme un couple normal, alternant entre les balades, les sorties au cinéma ou au restaurant. Là, encore, je suis étonné d'aimer ça. En même temps, elle pourrait m'emmener n'importe où que je la suivrais sans rechigner.

On passe aussi beaucoup de temps à l'intérieur, jamais rassasiés l'un de l'autre. On se voit surtout chez moi, c'est plus intime que chez ses parents dans sa chambre d'adolescente.

Une chose inédite pour moi également, je l'ai présenté à mes parents. Ils ont été aussi surpris que moi par cette initiative. Je n'avais jamais ramené de petite copine à la maison depuis que j'ai quitté le nid.

Cette rencontre s'est passée sans accroche. Évidemment en bonne avocate, ma mère l'a bombardée de questions pour vérifier que Juliette était digne de son cher fils unique.

En plus, nos origines italiennes n'ont pas arrangé les choses. Mes parents sont très protecteurs envers moi et les membres de la famille. Ils ne laissent pas rentrer n'importe qui dans le clan Marcelo. Cette rencontre était un peu comme un examen de passage, que Juliette a remporté haut la main.

Le lendemain, j'ai eu mes parents au téléphone et ils n'ont pas manqué de me faire des éloges à son sujet. Leurs aveux m'ont libéré. J'avais ce poids dans la poitrine que je gardais depuis que j'avais pris la décision de leur présenter Juliette.

Je suis tombé dans les filets de cette mystérieuse jolie brune et je n'arrive plus à me passer d'elle. Je la croise tous les jours au travail, mais j'ai constamment envie de la séquestrer chez moi. Je n'ai jamais ressenti ça pour une fille. Même avec Marie avec qui je suis resté six mois, je n'avais pas cette forme de dépendance.

Parce que c'est bien de cela qu'il s'agit. Je suis dépendant de Juliette.

Putain, je suis amoureux oui !

Avec elle, tout est simple. Je ne me pose pas de question sur ce que je dois faire ou ce que je dois dire. On est connecté en permanence l'un à l'autre. On est sur la même longueur d'onde. C'est comme une évidence entre nous.

Quand elle ne dort pas chez moi le soir, je reste des heures au téléphone rien que pour entendre sa voix.

Je suis pathétique.

Oui, je crois que je suis amoureux d'elle ! Je n'ai pas encore eu le courage de le lui avouer, pourtant ce ne sont pas les occasions qui manquent.

Juliette est allongée dans mon lit, la couette relevée jusqu'au menton. Elle a les yeux fermés et savoure ces derniers instants de tranquillité avant que je vienne la rejoindre après ma douche.

Nous venons de faire l'amour. Je crois que ma performance l'a mise complètement hors service.

Je relève la couette au niveau du pied du lit et me faufile en dessous pour recouvrir entièrement son corps du mien. J'embrasse ses seins, puis titille ses mamelons du bout de la langue. Elle frissonne.

Je poursuis ma course vers le sud en passant par son ventre, ses hanches et l'intérieur de ses cuisses. Son corps se couvre de chair de poule au fur et à mesure que je dépose ma bouche humide sur sa peau.

— Hum Mathias, jamais tu t'arrêtes, proteste ma princesse.

— En ce qui te concerne ? Jamais !

Je continue mon expédition en caressant ses mollets. Je frôle la cicatrice sur son genou et remonte mes mains sur ses fesses lorsqu'elle se positionne sur le côté. Ma petite râleuse peste un peu, mais en même temps se laisse faire. Elle m'encourage avec de petits gémissements ensommeillés.

Je reprends mon souffle en sortant ma tête de sous la couette, puis, viens me loger derrière elle en chien de fusil. Je lui laisse un peu de répit mais je reviens bientôt.

J'ai envie de lui poser ma question. J'hésite. Je ne sais pas du tout comment elle pourrait le prendre. Ça passe, ou ça casse !

— Tu me parleras un jour de ta blessure ? chuchoté-je contre ses cheveux.

— Pas maintenant, Mathias.

Eh bien, pas de chance… ça casse.

Son corps se crispe entre mes bras alors je n'insiste pas. Elle ne me parle jamais de son passé, encore moins de ce qui lui ai arrivé.

D'après ce que j'ai compris, la danse avait une grande importance dans sa vie. Aujourd'hui elle ne veut plus entendre parler de quoi que ce soit qui pourrait la rattacher à un tutu ou des chaussons de danse.

Parfois, je la surprends à la salle de sport quand tout le monde est parti. Elle est allongée sur le parquet au milieu de la salle, ses yeux sont fermés et c'est comme si elle entrait en communion avec cet environnement qui lui est familier.

La semaine dernière, je l'ai vu sur le parking du club avec une jeune fille qui devait avoir à peine dix ans, qui sortait du cours de danse. Elle corrigeait la posture de ses bras et arborait un énorme sourire. Elle m'en parlera bientôt, quand elle sera prête, je l'espère. J'aimerais tellement qu'elle se confie à moi.

J'ai déjà pu voir un grand changement en elle depuis que je la connais. Elle ne sursaute plus quand je touche sa cicatrice. Elle n'a plus honte de la montrer et ose se mettre en jupe avec les beaux jours. Elle est plus enjouée, plus ouverte à ce qui l'entoure.

Le réveil sonne. Il est temps de se lever et de se préparer si on veut être à l'heure au boulot. Comme d'habitude, je suis le dernier à me lever.

Juliette est déjà sortie de la douche et prépare le petit-déjeuner, lorsque j'émerge dans la cuisine.

— Salut beau gosse ! lance-t-elle de bonne humeur.

— Bonjour ma Princesse.

— Allez, dépêche-toi. C'est moi qui fais l'ouverture ce matin et je n'ai pas envie de me prendre les foudres de Jo !

Elle s'avance vers moi et me claque un bisou sur la joue.

— No stress, la rassuré-je tout en m'installant au bar de la cuisine pour prendre mon petit-déjeuner. Tu ne risques rien ! Je crois que Jo t'aime beaucoup tu sais.

— Ce n'est pas une raison ! Je respecte mes engagements c'est tout.

Juliette est du genre stricte et un peu psychorigide parfois. Je crois que cela vient de son passé de danseuse. Ne dit-on pas que la danse exige beaucoup de sérieux et de discipline ?

— Et puis, entre nous, je crois plutôt que c'est toi le chouchou de Jo ! se moque-t-elle en rangeant ses affaires dans le lave-vaisselle.

— Qu'est-ce que tu racontes ?

— Lors de mon entretien d'embauche il m'a mise en garde sur mes intentions envers toi. Il te protège c'est certain ! me confie-t-elle avec un rire taquin.

Cet aveu me choque. Ma tasse à café s'arrête en chemin entre la table et ma bouche. Je regarde Juliette avec des yeux comme des soucoupes.

— Putain, il n'a pas fait ça ? Je vais lui en toucher deux mots. N'importe quoi ! m'insurgé-je.

— Ne le prends pas mal, mon Cœur. C'était gentil et bienveillant de sa part.

Mon Cœur ? D'où ça sort ça ?

C'est la première fois qu'elle me donne un petit surnom affectueux, et putain, je crois que j'adore ça en fait.

Juliette ne se livre pas facilement. Même si notre relation évolue bien, il y a encore des points obscurs entre nous, comme des barrières imaginaires. Elle ne me parle pas beaucoup mais est-ce que moi je le fais ? Il faut peut-être que je fasse le premier pas.

— En fait, Jo a eu un rôle important dans ma jeunesse, ajouté-je sans insister davantage. Comme tu le sais, mes parents sont avocats et ils n'avaient pas beaucoup de temps à me consacrer quand j'étais gosse. Ils étaient souvent à leur cabinet ou au tribunal. Moi, quand je sortais de l'école j'étais un peu livré à moi-même.

Juliette soutient mon regard, attentive à ce que je lui révèle. Je ne pensais pas que ça me ferait autant de bien qu'elle m'écoute.

— Pour ne pas passer mon temps à trainer dehors avec de mauvaises fréquentations, poursuis-je, on avait un deal tous les trois : j'allais directement à la salle de sport de Jo, je faisais mes devoirs dans son bureau et ensuite je pouvais m'entrainer comme je le voulais.

— Tes parents avaient si confiance en Jo pour te laisser seul avec lui ? s'étonne-t-elle.

Je pense qu'elle fait allusion à la mise en examen qu'elle a subi l'autre jour chez mes parents. Comme je le disais, il est difficile de rentrer dans le clan Marcelo.

— C'était notre voisin à l'époque, précisé-je, avec un sourire nostalgique. Lorsqu'il s'est séparé de sa femme, Jo a fait appel à ma mère qui est avocate aux affaires familiales. Elle ne lui a jamais facturé quoi que ce soit et depuis, il se sent redevable envers ma famille.

Je suis toujours ému quand je repense au geste de ma mère. Je suis tellement fier de son engagement envers les autres.

— Quand mes parents ont cherché quelqu'un pour s'occuper de moi, il n'a pas hésité à proposer ses services.

— C'est pour ça que tu es coach sportif ? me demande Juliette. Pour ressembler à Jo ?

Il y a de l'admiration dans sa voix. Elle vient de comprendre que ma relation avec Jo ne relève pas d'un simple rapport patron/employé.

— Peut-être, je ne sais pas, admets-je après y avoir réfléchi une seconde. J'ai passé beaucoup de temps à m'entrainer dans cette salle durant mon enfance et mon adolescence.

Il s'est passé tellement de choses depuis...

— C'est ici que j'ai fait la connaissance de mon meilleur ami Damien.

Damien, putain.

— Il m'a pris sous son aile, raconté-je, mal à l'aise d'y repenser, et il m'a coaché pour que je devienne fort. Je voulais plaire aux filles.

Un ricanement m'échappe. Juliette hausse un sourcil perplexe. J'enchaine :

— Et puis j'ai pris goût au sport et j'ai fait mes études dans cette voie pour en faire mon métier.

— Tu me le présenteras un jour ? me demande-t-elle en toute innocence.

— Qui ?

— Damien.

Je savais que j'étais sur un terrain glissant. Pas le courage, vraiment. Pas l'envie. Pas maintenant.

— Oui. Un jour, esquivé-je en détournant les yeux. Quand l'occasion se présentera.

— Cool ! s'exclame ma belle en affichant un grand sourire.

Elle ne se doute pas...

La conversation a fini par me retourner. Mais, je file me préparer pour partir au travail.

~

Cette journée est interminable. Je ne sais pas si c'est notre conversation de ce matin, mais remuer tout ce passé m'a rendu à cran.

En plus, les allées et venues incessant devant l'accueil commencent à me taper sur le système. Jo devrait être content.

Depuis l'embauche de Juliette, son nombre d'adhérents a grimpé en flèche. Sauf que, la population qui se pavane naturellement devant elle est exclusivement masculine, et ça a le don de m'énerver.

Jaloux ? Moi ? Non !

Juliette fait tellement bien son job qu'elle est aux petits soins, et leur rend à chacun un sourire qui ne devrait être réservé qu'à moi !

Pour couronner le tout, elle a mis une jupe qui lui arrive à mi cuisses. Cette tenue va me rendre fou.

Je profite d'une pause entre deux clients pour l'observer à distance, assise à son comptoir. Elle regarde son téléphone portable. Je devine d'ici que quelque chose cloche. Elle a perdu son sourire et son teint est blafard. Je lui envoie immédiatement un message.

Moi (15:12) : Ça n'a pas l'air d'aller ?

Juliette reprend son téléphone. Elle semble soulagée de voir qu'il s'agit d'un message de ma part car elle lève la tête et m'adresse un sourire.

Ma râleuse (15:13) : Pourquoi tu dis ça ?
Moi (15:13) : Tu fais une drôle de tête...
Ma râleuse (15:14) : Ça va. T'es pas censé bosser toi ?

Moi (15:14) : Si. J'y retourne. À toute.

Durant l'heure qui suit je ne cesse de jeter des coups d'œil vers l'accueil, prêt à intervenir au moindre signe de détresse de ma princesse. Juliette a raison, je suis devenu un prince charmant !

En fin d'après-midi, ce que je vois est sur le point de m'achever. Je dois prendre sur moi pour ne pas péter un câble.

Juliette est assise à l'espace détente avec un client qui ne se gêne pas pour lui faire du rentre dedans. Il a posé sa main sur sa cuisse dénudée. Je vois bien qu'elle est mal à l'aise et qu'elle a dû mal à se débarrasser de lui.

Mes poings se serrent et se relâchent à plusieurs reprises. Putain, je vois rouge et me dépêche pour intervenir.

— Juliette !

Je l'interpelle au loin pour faire diversion.

— Oui ? s'empresse-t-elle de répondre en se levant subitement.

D'abord, son regard est fuyant. Je pense qu'elle a peur que je l'accuse de flirter ouvertement avec l'homme qui est resté assis derrière elle. Et puis, quand elle voit que je le fixe lui, elle s'adoucit. Elle a compris. Je suis venue à son secours.

— Jo t'attend dans son bureau.

C'est le plus gros mensonge de l'année mais cela me permet de l'éloigner de cet enfoiré.

— OK, j'y vais, acquiesce-t-elle en rentrant dans mon jeu.

Juliette s'en va, et laisse le client seul à son grand regret pour ses projets salasses. Il finit son café, rentre dans les vestiaires des hommes pour se changer. C'est parfait, cela me laisse le champ libre pour régler mes comptes.

J'entre dans les vestiaires à sa suite puis, vérifie d'un coup d'œil si personne ne se trouve dans les toilettes ou les douches. Une fois que je me suis assuré qu'on est bien seuls, j'attrape le mec par le col de sa chemise et le coince contre la porte d'entrée.

Comme ça personne ne pourra nous déranger !

— Je te revoie une seule fois poser tes mains sur Juliette, je t'assure que tu ne pourras plus t'en servir pendant un certain temps ! craché-je d'un ton menaçant.

— Oh là ! Du calme, mec ! baragouine-t-il, surpris par mon assaut.

— T'as bien compris le message ? insisté-je en raffermissant ma prise.

— Ça va ! Je ne savais pas qu'elle était prise, OK ?

Il lève les mains en l'air en signe d'abdication. Je relâche la pression sur son col, puis recule d'un pas pour laisser plus de distance entre nous deux. Il en profite pour se dégager rapidement de la porte du vestiaire.

— Maintenant tu le sais ! dis-je en pointant un doigt sévère entre ses pectoraux.

Et je m'en vais rejoindre mon prochain client, encore secoué par cette mise au point. Ou peut-être par mon comportement d'homme possessif, dont je n'avais pas connaissance, encore.

À 21 h 30, Juliette ferme les grilles de la salle de sport, puis se rend dans le bureau de Jo pour finaliser tranquillement une tâche administrative.

On est enfin seuls. J'ai attendu ce moment toute la journée. Surtout depuis que cet enfoiré a posé ses mains sur elle, je suis comme un lion en cage. Je n'ai qu'une envie, la posséder pour marquer mon territoire !

Ma dépendance à elle commence vraiment à me retourner le cerveau. Mes réactions deviennent incontrôlables. En même temps, le fait que notre relation reste secrète à la salle, ça me déplait fortement et ça n'arrange pas les choses. J'ai besoin que tout le monde sache que Juliette est à moi.

J'entre à mon tour dans le bureau. La porte est entrouverte, elle ne m'entend pas arriver. Juliette est dos à moi et cherche un dossier. Elle râle « mais c'est pas possible il est où ce truc ! ». Je colle ma poitrine à son dos et la bloque contre le bureau par surprise.

— Mathias ! Mais qu'est-ce que tu fabriques ? sursaute-t-elle contre moi.

— Chut, l'avertis-je dans un murmure contre son oreille.

Je la pousse un peu, de telle sorte que son buste soit penché en avant. Ses mains reposent à plat sur le bureau au bout de ses bras tendus. Avec mon genou j'écarte ses jambes pour me frayer un passage.

Putain, qu'est-ce qu'elle est sexy comme ça !

Je glisse ma main droite le long de sa jambe gauche. Ses jambes ne sont pas totalement nues. Je retrousse sa jupe sur ses hanches et découvre qu'elle porte des bas couleur chair.

Putain, elle veut ma mort !

Cette vision est ultra bandante. Ma main reprend son chemin entre ses jambes jusqu'à son intimité. Juliette est déjà prête pour moi, j'enfonce un doigt en elle, puis deux.

Ses gémissements m'excitent davantage.

— Tu me rends fou, murmuré-je contre sa nuque entre chaque baiser. Je n'en peux plus de voir tous ces hommes te tourner autour. J'ai cru exploser de rage quand j'ai vu ce mec te toucher.

Je détache ma ceinture, déboutonne mon jean pour le faire glisser sur mes chevilles. Je fais descendre le tanga de Juliette pour qu'il retrouve le sol. J'enfile avec hâte un préservatif et m'enfonce en elle par derrière d'un seul coup.

C'est brutal, sauvage, presque animal mais j'en ai besoin pour me défouler et faire sortir toute la colère que j'ai en moi. Mes coups de rein sont de plus en plus intenses. Je sens mes bourses claquer contre ses fesses magnifiques à chaque mouvement. Il ne nous en faut pas plus pour grimper aux rideaux.

J'embrasse le haut de son dos, pose mon front là où j'ai déposé mes lèvres, puis souffle de soulagement sans même m'en rendre compte.

— Ça va mieux ? grimace-t-elle en se retournant vers moi.

— Pardon. Je t'ai fait mal ? m'inquiété-je.

J'avoue que je n'y suis pas allé de mains mortes. J'ai peut-être été trop violent avec elle. Face à mon regard tourmenté, elle passe une main sur ma joue et plisse les yeux avant de déclarer :

— Pas le moins du monde... c'était diaboliquement bon !

J'entends un sourire dans sa voix. Je suis rassuré qu'elle n'ait pas subi mon comportement de sale con.

On se rhabille chacun de notre côté. C'est assez rapide car Juliette n'a que son tanga à remettre et moi mon pantalon et mon boxer à remonter sur les hanches.

Quand on se retrouve de nouveau face à face, je la prends dans mes bras et l'embrasse tendrement.

— Juliette, commencé-je fébrile. Je ne veux plus que notre relation soit un secret au travail.

J'ai peur de sa réaction. Je sais que c'est un sujet sensible entre nous. Elle m'observe, ne me contredit pas comme elle peut le faire parfois, alors je continue en argumentant :

— Je ne supporte plus l'attitude et le regard des mecs. Ça me rend cinglé tu comprends...

Je passe une main tremblante sur mon visage en soufflant.

— Mathias, soupire-t-elle.

Je l'arrête dans son élan car cette fois-ci, il faut que j'aille jusqu'au bout de ma déclaration.

— Juliette, je suis fou de toi. Je... hésité-je mal à l'aise avant de me reprendre. Je t'aime, finis-je par déclarer en la regardant droit dans les yeux.

Ses yeux s'ouvrent avec étonnement. Je pense qu'elle ne s'attendait pas à ce que ce soit moi qui prononce ces mots en premier.

Mince ! C'était trop tôt ?

J'ai l'impression de manquer d'air et que ce silence dure des heures. Puis je vois dans ces yeux que ce n'est pas une mauvaise surprise. Elle semble même soulagée.

— Je t'aime aussi, Mathias.

Je respire à nouveau.

Après cette confession elle se jette sur mes lèvres pour un baiser passionné. Puis, elle se recule pour nous laisser respirer et ajoute dans un murmure :

— D'accord. Plus de secret.

— C'est vrai ?

À cet instant je suis le plus heureux des hommes.

— Tu es à moi, dès demain je vais pouvoir prouver au monde entier que tu m'appartiens ! ajouté-je avec arrogance.

— Ah ces hommes…

∼

Ce soir, je suis de retour seul chez moi. J'aurais pourtant voulu passer la soirée avec ma princesse après avoir échangé notre premier « je t'aime ».

Mon premier « je t'aime ».

Il a enfin réussi à sortir de ma bouche. Pour la première fois de ma vie j'ai fait cette déclaration en trois mots à une fille, autre que ma mère !

Juliette est rentrée chez ses parents pour la nuit. Elle est de repos demain au travail et moi je commence à 8 h. Du coup, elle en profite pour faire la grasse matinée.

Notre aveu mutuel est libérateur. C'est comme si un obstacle venait de se soulever entre nous. Cette sensation me donne des ailes. J'ai envie de parler de mes sentiments et de les partager avec quelqu'un.

Damien n'est plus là, malheureusement. Comme je peux le faire parfois depuis son enterrement, je prends mon téléphone, lance l'application Messenger et laisse des messages vocaux dans le but de retrouver du réconfort.

« Putain, Dam ! Je l'ai fait. »

« Je lui ai dit que je l'aimais. »

« Oui, je sais, je suis foutu ! Mais c'est la première fois de ma vie que j'ai envie d'aller plus loin avec une fille. »

J'ai tellement envie de lui parler d'elle. Je sais qu'ils s'entendraient bien tous les deux.

« Elle veut te rencontrer ! Sauf que je suis dans la merde. Elle ne sait pas encore que tu n'es plus là.

Je n'arrive pas à lui dire. Ça concrétiserait trop ta disparition, et ça, je ne suis pas prêt à l'accepter, encore. »

10

JULIETTE

Les messages de mon « Inconnu » sont de plus en plus fréquents. Avant j'en recevais un de temps en temps, mais depuis deux semaines ses messages sont quotidiens.

J'ai fini par rappeler le Capitaine Da Costa pour lui expliquer l'ampleur de la situation.

J'ai changé de numéro de téléphone, d'opérateur téléphonique et de téléphone, mais rien n'y fait. Il retrouve toujours ma trace.

J'ai dû mentir à mon entourage pour justifier toutes ces nouveautés, en prétextant que mon téléphone était tombé et que je voulais en profiter pour modifier mon forfait.

Tous ces messages ont fait monter mon niveau de stress d'un cran. D'ailleurs, ces derniers jours, je suis sur le qui-vive dès que je me retrouve seule à l'extérieur. Je regarde sans arrêt derrière moi. C'est comme une impression de déjà-vu : cela me rappelle le jour de mon agression.

Tout ce stress me provoque des cauchemars atroces. Même quand je dors chez Mathias je ne suis pas épargnée, alors qu'auparavant je n'en faisais pas lorsque je dormais dans ses bras.

Je vois son regard suspicieux sur moi depuis quelque temps. Évidemment, avoir un cauchemar ça arrive à tout le monde, mais quand cela se répète à chaque nuit, il y a de quoi se poser des questions. Je sens qu'il se doute que quelque chose ne va pas. Pour le moment j'arrive à le laisser en dehors de ça.

Depuis son aveu dans le bureau de Jo, nous sommes de plus en plus proches. Mais j'ai encore du mal à me confier sur mon passé et sur cette menace qui plane au-dessus de ma tête.

Seule Noémie est au courant, car elle était présente lorsque j'ai reçu le premier message de ce fou furieux. Même mes parents ne le savent pas. Je n'ai pas envie d'inquiéter mes proches avec toute cette histoire tant que je n'ai rien de concret.

En parlant du loup, je reçois un appel de Noémie, je décroche :

— Hello ma poulette ! se réjouit-elle à l'autre bout du fil.

— Salut ma blonde, comment ça va ?

— Au top, et toi ? répond-elle, toujours débordante d'énergie dans la voix.

Son enthousiasme est à des années lumières de mon état d'esprit actuel. Je ferme la porte de ma chambre pour plus d'intimité et m'assois en tailleur sur le lit.

— Bof, me lamenté-je dans un souffle.

Je sais qu'en disant cela, Noémie ne va pas en rester là.

— Tu as encore reçu des messages de l'autre taré ? confirme-t-elle plus sérieuse maintenant.

— Oui, et c'est de plus en plus fréquent, avoué-je sur un ton inquiet.

— Que dit le Capitaine JenBranlePasUne ?

Son ton est médisant. Noémie est persuadée que si l'enquête n'avance pas, c'est parce que le Capitaine Da Costa n'en fout pas une.

— Noé...

Je la réprimande comme à chaque fois qu'elle utilise son langage si familier.

— C'est toujours en cours. Ils sont en train de pister la provenance des messages pour trouver qui se cache derrière tout ça, ajouté-je d'un air désespéré.

— Hum, dit-elle sceptique. Et Mathias ? Il n'est toujours pas au courant ? insinue-t-elle d'une voix accusatrice.

Je reste muette. Je pince les lèvres, plisse les yeux pour me préparer à ce qui va suivre.

— Juju ! s'emporte-t-elle. Tu ne peux pas le laisser en dehors de ça. C'est super grave ce qu'il t'arrive. Tu dois le lui dire !

— Oui, me résigné-je. Je vais le faire !

— T'as intérêt, OK ?

Sa voix menaçante me fait presque peur, même à plus de huit cent kilomètres. Elle sait l'effet autoritaire qu'elle peut avoir sur moi. Mon silence est une réponse implicite qui lui confirme que j'ai bien compris sa mise en garde.

— Bon sinon, reprend-elle en plaisantant comme si rien ne s'était passé. Quoi de neuf dans le monde des Princes et des Princesses ?

Je pense à Mathias. En fait, je me repasse surtout le film de nos derniers ébats. Cela me fait rougir et je pouffe avant de lui répondre :

— On n'en est pas encore à « ils vécurent heureux et eurent beaucoup d'enfants » mais ça évolue bien.

Noémie éclate de rire.

Cette fois-ci, je continue en retrouvant mon sérieux :

— Je crois vraiment que je dois lui parler de mon passé si je veux faire sauter nos dernières barrières.

L'autre jour il s'est confié à moi. Je sais qu'il aimerait que je le fasse en retour.

Notre conversation dure encore un bon moment. Je lui raconte comment se passe mon travail à la salle, et elle, ses aventures parisiennes avec tous les hommes qu'elle rencontre. Une vraie briseuse de cœur. Elle ose de plus en plus me parler de la danse, de ses entraînements et de la vie de l'Opéra.

Bizarrement, cela me fait du bien. Je me surprends à ne plus ressentir autant de douleur et de rancœur lorsqu'on aborde le sujet de mon passé. Je crois que cela est dû en grande partie à Mathias, mais aussi à ma présence à la salle.

Toute la semaine, je vois défiler en fin d'après-midi des filles en collant et justaucorps. Parfois, je les observe à travers le hublot de la porte de la salle des cours collectifs. De temps en temps, il m'arrive même de leur donner des conseils lorsqu'elles sortent des vestiaires, ou quand je les croise sur le parking.

À la fin de notre coup de fil, je fais quelque chose que je n'ai pas fait depuis longtemps. À vrai dire, depuis la fois où j'ai littéralement pété un plomb dans ma chambre, lorsque mes parents m'ont mis dos au mur.

Je sors la boîte en plastique où sont rangés mes affaires de danse et prends ma dernière paire de pointes entre les mains. Celle que je mettais avant mon agression, qui ne quittait jamais mon sac à main.

Je touche le satin rose et doux, puis ferme les yeux. Je repense à mes entraînements, mes représentations et aux émotions que je pouvais ressentir grâce à la danse.

Instantanément, je suis prise de frissons.

Elle me manque.

Je sens des larmes incontrôlables couler le long de mes joues. Je referme rapidement la boîte pour la ranger sous le lit, mais au lieu de remettre mes pointes à l'intérieur, je les mets dans mon sac à main.

Je suis chez Mathias et, comme d'habitude, il est aux petits soins pour moi. Je suis installée devant la télévision pendant qu'il prend sa douche, lorsque je reçois un message.

Mon rythme cardiaque s'accélère. J'ai peur d'y voir un message de cet inconnu.

Malheureusement, encore une fois, je n'y échappe pas.

Inconnu (21:17) : TU ES À MOI

Je ferme les yeux, souffle un bon coup et mordille l'intérieure de ma joue pour éviter de partir en sanglots.

Heureusement que Mathias n'est pas dans la même pièce que moi, sinon, j'aurai dû encore inventer un truc complètement débile pour masquer mon trouble.

Noémie a raison : je dois lui dire, cette situation ne peut plus durer.

Durant la nuit, un énième cauchemar me réveille en sursaut me faisant crier de terreur. La voix qui faisait fuir mon agresseur est aux abonnés absents depuis peu. Mes réveils sont encore plus douloureux.

Mon cœur palpite à une vitesse incroyable, je suis en sueur et je suffoque. Mathias se précipite pour allumer la lampe de chevet à côté de lui et me prend doucement dans ses bras.

— Chuuuut, Juliette, ça va aller, je suis là, me rassure-t-il tout en frottant mon dos avec sa main.

Je continue de pleurer dans son cou pendant qu'il me berce.

— Il faut que tu me parles, Juliette. Je sais que quelque chose te tracasse. Et là, putain, ça ne peut plus durer. Je ne vais pas supporter une nuit de plus à te voir dans cet état sans pouvoir rien faire.

Je perçois dans sa voix de l'inquiétude. Il est désemparé face à une situation qu'il ne peut pas contrôler. Je voudrais réagir mais je suis encore sonnée par mon cauchemar et reste murée dans mon silence.

— Tu sais que je t'aime. Il faut que tu me parles et que tu me fasses confiance, me supplie-t-il, après avoir embrassé mon front.

C'est indéniable, je suis au bout du chemin et je ne peux plus reculer. Je dois tout avouer à Mathias. J'ai besoin de son soutien permanent pour affronter tout ça.

Noémie m'appelle souvent pour prendre de mes nouvelles, mais elle est loin et ce n'est pas pareil qu'avoir quelqu'un physiquement à mes côtés.

Blottie dans ses bras, je prends un peu de temps pour me calmer et retrouver mes esprits.

Je commence à tout lui raconter :

— J'étais danseuse dans le corps de ballet de l'Opéra de Paris. J'étais douée et en lice pour devenir danseuse étoile.

Mathias m'écoute attentivement. Pour un sportif comme lui, cette performance ne le laisse pas indifférent. Dans son regard je vois de la fierté. Il m'encourage à poursuivre d'un hochement de tête.

— Je devais passer un concours interne pour obtenir la place de première danseuse. Mon professeur fondait de grands espoirs en moi.

Je repense à Madame Blanche. Ses remontrances me manquent.

— Un soir, m'étranglé-je dans un sanglot.

Je m'arrête un instant pour reprendre le contrôle de mes émotions. Cela me demande un gros effort pour dire à voix haute ce que j'ai sur le cœur.

Mathias me prend la main et entrelace ses doigts aux miens pour me donner du courage.

— Un soir, répété-je encore fébrile, quelques jours avant ce fameux concours, je me suis faite agressée dans la rue. Mon agresseur m'a frappée dans le genou.

Mathias serre ma main. J'ai l'impression qu'il va me broyer les os. Son visage est devenu sévère. Visiblement, il ne supporte pas qu'on ait pu me faire du mal.

— Lorsque je suis tombée, mon ménisque s'est déchiré. Je me suis réveillée vingt-quatre heures après à l'hôpital. On m'avait opérée. Cette blessure a gâché mes rêves et toutes mes chances de toucher les étoiles se sont envolées, achevé-je d'une voix chevrotante.

— Je suis désolé que tu ais dû subir tout ça, me dit-il compatissant en essuyant mes larmes avec ses pouces.

— Mes cauchemars, c'est la scène de cette soirée noire qui se répète encore et encore, finis-je par lui expliquer pour qu'il comprenne pourquoi je suis perturbée depuis toutes ces nuits.

Nous sommes allongés dans les bras l'un de l'autre. Je pose ma tête sur sa poitrine et il resserre son étreinte autour de mes épaules. Je peux entendre son cœur qui bat. Ce son m'apaise. Nous restons un moment dans cette position, avant que je l'entende s'exprimer :

— Je ne peux pas me mettre à ta place c'est certain, mais on ne peut pas revenir sur le passé.

Il déglutit, fait une pause comme s'il n'osait pas m'avouer ce qu'il pense.

— Je ne crois pas que ta blessure ait sonné la fin de ta carrière de danseuse, avance-t-il. Je t'ai vu à la salle avec toutes ces gamines. Tu as ça dans le sang.

Je relève la tête afin que nos regards se croisent. Il devait s'attendre à une rébellion de ma part, car face à mon silence, il trouve le courage de poursuivre.

— Et même si tu ne peux plus prétendre à la place de danseuse étoile, ajoute-t-il, je suis sûr que tu peux toujours avoir une carrière dans la danse. Tu as eu une bonne rééducation pour ton genou, ce n'est pas insurmontable !

Je suis touchée par toute la confiance qu'il a en moi. Je le remercie par un léger baiser sur le menton.

— Je sais que tu es une battante au fond de toi, me confie-t-il en prenant sa voix de coach. On est comme ça tous les deux ! On se bat pour ceux qu'on aime et pour atteindre nos rêves.

J'acquiesce de la tête pour approuver ses dires.

— Ce rêve s'est peut-être envolé comme tu dis, mais tu peux en construire de nouveaux, me rassure-t-il pour me remonter le moral.

— C'est ce que je commence à comprendre aussi.

Je lui adresse un sourire timide, repose ma tête sur son torse avant de lancer ma bombe :

— Ce n'est pas tout, lâché-je d'une seule traite, comme si on arrachait un pansement.

— Comment ça ?

Le corps de Mathias se tend. Il se relève sur ses coudes, ce qui m'oblige à me décaler sur le côté et lui faire face. Il fronce les sourcils et moi je baisse la tête. J'ai trop peur d'affronter son regard quand il apprendra le reste.

— Depuis quelque temps, hésité-je, je reçois des messages de menace de la part d'un inconnu.

Je risque un coup d'œil furtif vers lui. Sa mâchoire tressaute. Ce n'est pas bon signe, mais je dois aller jusqu'au bout.

— Il n'arrête pas de me dire qu'il sait où je me cache, qu'il va venir me chercher et que je suis à lui. Je… bredouillé-je. Je flippe totalement. Je suis tellement stressée que cela multiplie l'intensité et la fréquence de mes cauchemars, avoué-je.

Mathias s'est levé du lit pendant mes explications. Il fait les cent pas dans la chambre. Je n'aime pas la distance qu'il vient de mettre entre nous. L'information que je viens de lâcher le perturbe encore plus que ce que j'aurais pensé.

C'est pour ça que je ne voulais pas lui en parler.

Il pince l'arrête de son nez entre ses doigts, les muscles de ses épaules sont tendus. Ses bras sont raides le long du corps. Ses poings se serrent si forts qu'on peut voir ses phalanges blanchir. Puis, il les relâche. Il est prêt à exploser.

— Je suis désolée, dis-je d'un air coupable. Je ne voulais pas t'inquiéter mon Cœur.

Il s'arrête pour me faire face et me répond d'une voix grave remplie de colère.

— Putain, tu aurais dû m'en parler dès le début ! C'est ce que sont censés faire les gens qui s'aiment et qui se font confiance, bordel !

— Pardonne-moi.

Je ne sais plus quoi dire face à son état de rage.

— En attendant de trouver cet enfoiré, tu vas prendre tes affaires, et t'installer chez moi ! Et me sors pas ta morale « je sais prendre mes propres décisions ». Il vaut mieux que ça ne soit pas moi qui mette les mains sur ce connard en premier, parce que sinon, je vais le tuer !

Encore une fois, Mathias prend les décisions à ma place, mais là, je ne me rebelle pas. J'acquiesce d'un mouvement de tête, je m'en remets totalement à lui. Je n'ai plus la force de me battre seule contre mes démons.

Mon prince charmant est toujours là pour me secourir.

Je profite d'être de fermeture pour rester un peu seule à la salle de sport.

Il y a trois jours, j'ai fait ma valise pour m'installer chez mon amoureux et il ne me quitte plus d'une semelle. Dès que mon téléphone sonne, il est le premier à le prendre pour vérifier les messages. Je n'ai même plus le droit de sortir en solitaire, c'est dire son degré d'inquiétude.

Mathias doit venir me chercher à 22 h. Je lui ai dit que j'avais beaucoup de travail à faire pour Jo, mais en réalité, j'avais envie de me retrouver un peu seule.

J'entre dans la salle des cours collectifs et connecte mon téléphone aux enceintes pour lancer ma playlist spéciale « cœur brisé ». J'aime ces morceaux pleins de mélancolie. Leur dynamique, mêlant passages lents et points culminants, est une source d'inspiration inépuisable.

Comme je le fais souvent, je m'allonge par terre pour m'imprégner des vibrations de la musique et de la voix de la chanteuse qui me transporte.

Quand la chanson démarre, je commence à bouger mes bras et mes jambes en rythme avec la musique. Quelques instants plus tard, je me lève et mon corps ne fait plus qu'un avec la mélodie.

Mes pas s'enchainent en totale improvisation. Ma chorégraphie m'emmène sur le sol, puis, l'instant d'après je suis debout et frôle le parquet avec mes pointes de pieds.

Mes mouvements sont lents et délicats. Je mesure la force de mes appuis car je n'oublie pas ma blessure pour autant.

Ce n'est que lorsque la musique s'arrête que je réalise ce que je viens de faire : je danse. C'est la première fois que je danse à nouveau depuis mon opération.

La porte de la salle s'ouvre et je me retourne instinctivement, comme si j'avais été prise la main dans le sac.

Mince, c'est vrai, Mathias devait passer me chercher.

— Je t'attendais dans la voiture. Je ne te voyais pas sortir alors je suis venu, se justifie-t-il.

Il fait une moue trop craquante avec sa bouche. Il a l'air désolé de m'avoir surprise et regardée en douce.

— Oui, je suis désolée, balbutié-je, toute penaude. Je me suis laissé emporter par les émotions et je n'ai pas vu l'heure.

Je m'avance vers lui et l'embrasse timidement. Je me sens bizarre tout à coup. C'est la première fois que Mathias me voit danser. J'ai l'impression d'être à nue devant lui. Il me connait pourtant par cœur, mais cette facette de moi lui est inconnue.

— Ne t'excuse surtout pas, dit-il en remettant une mèche de cheveux qui s'est échappée de ma coiffure, derrière mon oreille. Te voir danser là, sur cette musique, c'est la plus belle chose que j'ai jamais vu de ma vie.

— Merci mon Cœur, dis-je, émue par sa déclaration.

Mathias me regarde avec tant d'adoration et d'admiration dans les yeux que c'est extrêmement touchant. J'en frissonne.

— Allez viens ma Princesse. On rentre.

Il prend ma main pour m'emmener avec lui. Je passe par les vestiaires pour me changer et nous rentrons chez lui.

Nous sommes couchés dans le lit. Je suis accrochée à Mathias comme à une bouée de sauvetage. Il faut dire que renouer avec la danse ce soir m'a énormément secouée. Je ne pensais pas un jour en être capable. Mais je sais aussi, que c'est en partie grâce à cet homme que j'y suis arrivée.

Je sens sa respiration ralentir, signe qu'il est sur le point de s'endormir. Je sais que c'est mal ce que je m'apprête à faire, mais j'en profite un peu pour lui annoncer quelque chose qui ne le ravira pas à coup sûr.

— Mon Cœur, dis-je à voix basse. Demain, après le boulot, je passerai chez mes parents pour récupérer mes affaires de danse.

— Hum…

Cela sonne plus comme un son rauque qu'un vrai murmure.

— Je prendrai donc ma voiture pour aller à la salle, le préviens-je avec des pincettes. Tu essaies de ne pas t'inquiéter OK ?

— Hum, hum, baragouine-t-il ensommeillé.

Il doit déjà dormir. C'est certain. Dans le cas contraire, je n'aurais pas eu cette réaction. Au moins, il ne pourra pas dire que je ne l'ai pas prévenu.

11

JULIETTE

J'arrive chez mes parents en fin d'après-midi pour récupérer mes affaires de danse. La voiture de Maman est garée à sa place, au bout de l'allée qui mène au garage. Je remarque un SUV noir BMW garé derrière elle.

Tiens, ils ont de la visite ?

Je ne prends pas la peine de sonner et entre avec mes propres clés. En même temps, j'habite toujours chez eux officiellement, même si je suis installée « provisoirement » chez Mathias.

Mon amoureux veut que je vienne vivre chez lui définitivement. Soi-disant, il trouve cela ridicule que je passe mon temps à venir chercher des affaires chez mes parents dès que j'en ai besoin.

Je ne suis pas contre cette idée. Surtout que je suis très attachée à lui. Mais c'est vrai que tout va très vite entre nous. J'ai tendance à me dire que c'est un peu trop beau pour être vrai. Une fois que toute cette histoire de messages sera derrière nous, on en reparlera.

— Maman ! C'est moi ! T'es où ?

— Dans la cuisine !

Je me dirige vers la cuisine pour la rejoindre.

— Ça tombe bien que tu sois là, tu as de la visite, l'entends-je me dire depuis le couloir avec une voix un peu bizarre.

— Ah bon ? tiqué-je en allongeant le pas pour me presser et découvrir qui a bien pu me rendre visite.

Un homme est assis dos à moi sur un des tabourets haut du bar de la cuisine. Il se retourne au moment où j'entre dans la pièce.

— Bonjour, Juju.

— Nathan ? m'exclamé-je surprise, en faisant un pas en arrière. Mais qu'est-ce que tu fais là ?

— Eh bien, commence-t-il par m'expliquer mal à l'aise. Ça fait des mois que tu ne réponds plus à mes messages, alors j'ai fini par venir te voir.

Ses yeux font des allers retours entre ma mère et moi.

— Bon, je vous laisse entre vous les enfants, intervient ma mère qui sent qu'elle est de trop.

Bordel, mais qu'est-ce qu'il fait ici ? Et surtout, comment ose- t-il se pointer chez mes parents sans y être invité. Il n'en fait toujours qu'à sa tête. Il pense qu'il est le maître de l'univers et qu'il a tous les droits !

Je croyais qu'il avait tourné la page. Moi c'est ce que j'ai fait avec Mathias. Mon silence depuis des mois n'était pas un indice sur mon souhait de ne plus le revoir ?

— J'ai trouvé l'adresse de tes parents sur internet, me précise-t-il pour justifier sa présence ici. Pourquoi t'es partie sans rien dire ? Tu me manques, Juliette, m'avoue-t-il d'une voix plaintive.

— Nathan, arrête, l'imploré-je en gardant mes distances. Tu sais comme moi que nous ne sommes plus ensemble.

Je reste ferme pour lui montrer que maintenant, il n'aura plus le dessus sur moi.

— Qu'est-ce que tu fais là, d'ailleurs ? lui reproché-je sévèrement. Ne me dis pas que tu as fait plus de huit cents kilomètres parce que je ne répondais pas à tes messages !

— C'est vrai, tu as raison, m'avoue-t-il. Je suis venu te reconquérir.

Au moins, il ne passe pas par quatre chemins. Il se lève du tabouret, réduit la distance qui nous sépare et pose une main sur ma joue. Ce contact que j'aimais autrefois me gêne aujourd'hui. Je recule instinctivement.

— Nathan, rentre chez toi, OK ? J'ai refait ma vie ici et… je ne suis pas libre.

Il me regarde, interdit. Surpris que je me sois remise en couple, que je l'ai oublié si vite. Il ne s'attendait sûrement pas à être congédié si rapidement. Moi, la faible Juliette, qu'il a essayé de manipuler autrefois.

Son expression est triste, je dirais qu'il est presque malheureux.

Il a changé. Son regard est plus dur et son visage est marqué par je ne sais quoi. On dirait qu'il a souffert. Est-ce à cause de moi ?

— Juliette, j'ai trop besoin de toi dans ma vie, insiste-t-il en faisant un pas vers moi.

— Nathan, dis-je agacée en reculant de nouveau.

— Ne me rejette pas complètement, s'il te plaît. Je peux comprendre que tu aies refait ta vie. Mais, laisse-moi en faire partie. On pourrait être amis tous les deux ?

Virage à cent-quatre-vingts degrés. Il y a quelques secondes, il voulait me reconquérir, et maintenant, il me propose qu'on soit les meilleurs amis du monde. Je reste perplexe et silencieuse.

— S'il te plaît, réitère-t-il d'un ton suppliant en prenant mes mains dans les siennes. L'un n'empêche pas l'autre. On rigolait bien tous les deux. Pourquoi on ne pourrait pas passer du bon temps ensemble ?

Je réfléchis à toute vitesse en fuyant ses yeux. Il n'a pas tout à fait tort. Et puis, nous sommes si éloignés que je ne risque pas de l'avoir dans mes pattes à tout bout de champs.

— Bon d'accord, finis-je par abdiquer avec un petit sourire de réconciliation, avant d'ajouter d'une voix ferme : Mais n'attends rien d'autre que mon amitié, c'est compris ?

— Ça me va. Merci, ma Juju, s'égaye-t-il reconnaissant.

Il me prend dans ses bras pour me remercier.

Comment je vais annoncer cela à Mathias ? « Hey mon Cœur ! Tiens, je te présente mon ex qui veut faire partie de ma vie ! ». Franchement, il ne manquait plus que ça ! Ma vie n'était pas assez compliquée comme ça en ce moment ? Il a fallu que Nathan débarque ici.

Je ne la sens pas cette histoire, mais alors, pas du tout !

De retour chez Mathias et pendant tout le dîner, je n'ai pas su trouver les mots pour lui annoncer la visite surprise de mon ex. Je connais le Mathias qui sera face à moi à ce moment-là et ce n'est pas mon prince charmant.

Cependant, je sais par expérience que si je lui cache quelque chose d'aussi important, ça sera encore pire lorsqu'il l'apprendra. Je dois me jeter à l'eau maintenant.

Nous avons mangé et nous sommes tranquillement installés sur le canapé. Mathias zappe sur la télécommande de la télévision à la recherche d'un programme intéressant pour la soirée.

— Bon, accouche ! dit-il sur le ton de la plaisanterie.

— Hein ? Quoi ? feins-je l'innocence.

— Je t'ai observée toute la soirée. Tu n'arrêtes pas de mordre l'intérieur de ta joue. Je sais que tu veux me dire quelque chose mais tu ne sais pas comment. Je me trompe ?

Il me connait si bien.

— Eh bien... en fait oui, avoué-je toute penaude. Aujourd'hui, lorsque je suis allée chez mes parents j'avais de la visite.

— Et c'est ça qui te tracasse ? me chambre-t-il.

— C'était mon ex. Nathan.

J'attends sa réaction toute crispée sur le canapé.

— Ah ! Je comprends mieux, répond Mathias, tout à coup contrarié. Qu'est-ce qu'il voulait celui-là ?

Comme prévu, il n'est pas fou de joie mais je m'attendais plus à une explosion de sa part. Il jette la télécommande de la télé sur la table basse d'un geste irrité, puis se renfrogne dans le fond du dossier du canapé.

— Juste reprendre contact en toute amitié, et avoir de mes nouvelles, ajouté-je sans lui donner les détails de notre conversation pour qu'il ne pète pas un câble.

— Hum, grogne-t-il en boudant.

— Ne t'inquiète pas mon Cœur, le rassuré-je en lui faisant un bisou sur la joue. C'est juste un ami. Tu sais que je t'aime et que tu n'as pas de soucis à te faire.

— Mouais. Je vais quand même rester sur mes gardes !

Je déteste quand mon prince boude, mais en même temps, sa bouille est tellement craquante.

Je m'installe à califourchon sur ses cuisses, l'embrasse tendrement pour le rassurer et faire passer la pilule plus facilement.

— Qu'est-ce que tu fais, coquine ? se déride-t-il avec une moue joueuse.

— Je crée une diversion, déclaré-je avec un sourire coquin.

Je l'embrasse puis pose ma bouche sur sa mâchoire carrée et piquante. J'entrouvre mes lèvres pour y passer ma langue, puis, parsème son cou et sa clavicule de baisers humides.

Mathias émet un raclement de gorge grave et sexy, preuve qu'il apprécie ce que je suis en train de faire. Je sens son sexe durcir à travers nos vêtements. Je me redresse et ondule du bassin pour augmenter le point de friction entre nous.

Je m'attèle à sa chemise en faisant sauter ses boutons un à un. Mon regard n'est que désir et gourmandise. Je glisse mes mains entre l'étoffe et ses larges épaules pour le déshabiller davantage. Je veux profiter de la vue de ce corps d'apollon. La chemise tombe le long de ses bras, faisant apparaître petit à petit ses biceps bandés, ses avant-bras marqués par cette veine que j'aime tant.

Il faut que je me reprenne, sinon, je n'irai pas jusqu'au bout de mon plan !

Je prends un peu de distance, me mettant debout devant lui. Puis, je débute un striptease sensuel pour me déshabiller à mon tour.

Mathias m'observe avec ses yeux qui disent « tu ne perds rien pour attendre ! ». Je m'en fous, pour le moment c'est moi qui ai tout le pouvoir.

J'enlève délicatement mon pantalon puis mon haut entre deux mouvements lascifs.

Mon spectateur lèche ses lèvres. Ses mains montrent des signes d'impatience. Il a envie de me toucher. Je le sais. C'est un effort considérable pour lui de rester assis sur le canapé.

Ma lingerie rejoint le sol et fait tomber les derrières barrières entre son regard fiévreux et mon corps.

Je poursuis mon spectacle érotique en dansant devant lui tout en effleurant ma peau de caresses sur mes seins et sur mon ventre.

Je me sens aussi libre que sur la scène de l'Opéra. Grâce à Mathias, j'ai repris confiance en moi. J'ai appris à me servir de mon corps comme une arme de séduction et non plus comme uniquement un objet de représentation artistique.

— T'as décidé de jouer avec mes nerfs aujourd'hui, Princesse ? avance-t-il d'un sourire amusé.

— Un peu de patience, mon Prince ! le provoqué-je.

Je m'agenouille entre ses jambes écartées, dézippe son jean et le fais glisser avec son boxer jusqu'à ses chevilles. Mes mains remontent le long de ses mollets, ses cuisses, puis jusqu'à la base de son sexe.

J'attrape son membre dur avec une main et lui prodigue un lent va-et-vient. Son sexe réagit immédiatement et se durcit davantage. Je le regarde une dernière fois dans les yeux, passe ma langue sur ma lèvre supérieure et me penche en avant pour laper le bout de son gland.

Je ne suis que provocation.

Tout en continuant mes caresses avec ma main je le prends profondément dans ma bouche pour le sucer.

— Putain ! gronde Mathias.

Sa supplique m'excite et je redouble d'efforts pour lui faire plaisir.

Mathias attrape mes cheveux et tire légèrement ma tête en arrière pour croiser mon regard. Il en profite pour se lever du canapé. Il prend les commandes, dirige ma tête vers son sexe et donne le rythme.

Il a besoin de contrôler la situation, de me dominer après la révélation que je viens de lui faire. Mais on sait tous les deux que c'est encore moi qui détiens tout le pouvoir sur son plaisir.

Quelques instants plus tard, on ne sait plus qui baise l'autre, chacun prenant son pied. Je sens le corps de Mathias se tendre et se raidir.

— Juliette, je vais jouir !

Je m'accroche à l'arrière de ses cuisses pour raffermir ma prise et éviter qu'il se dégage de ma bouche. Je veux reprendre le contrôle. Encore deux allers retours et Mathias s'abandonne entre mes lèvres. Il laisse sortir son orgasme dans un râle de plaisir rauque et viril.

Quand il reprend son souffle, il attrape mes mains pour me relever, puis m'embrasse.

— Princesse, t'es la reine de la diversion !

Sa remarque me fait rire. Mathias encercle mes cuisses avec ses bras puissants me coupant dans mon éclat de rire, puis, me soulève pour me positionner sur son épaule avant de partir en direction de la chambre.

— Hey ! protesté-je en rigolant.

Il m'assène une petite claque sur les fesses.

Hum….

— À mon tour de te montrer ce que je sais faire !

Et je sais que la suite va m'emmener dans les étoiles.

Nathan n'a toujours pas quitté Aix-en-Provence. Il s'est installé dans un hôtel du centre-ville. Monsieur veut profiter du climat estival du sud de la France. Nous sommes fin mai et les températures commencent à grimper ici. Il m'appelle tous les jours depuis une semaine pour que je le conseille sur les visites sympas à faire dans la région.

Heureusement, Mathias n'est jamais dans les parages lorsqu'il m'appelle, sinon, j'aurais eu droit à une remarque cinglante. En plus de ses appels, il ne manque pas d'insister par texto pour qu'on se revoit et qu'on aille boire un verre ensemble en terrasse. En souvenir du bon vieux temps, paraît-il.

Jusqu'à présent, j'ai toujours réussi à botter en touche et à trouver une excuse plausible. Mais je sens que je vais devoir accepter à un moment ou un autre, avant son retour à Paris.

Moi (10:13) : OK pour un verre. Je finis à 18 h ce soir. On peut se retrouver sur la place des Cardeurs à 18 h 15 ?

Nathan (10:15) : Parfait. On s'appelle une fois sur place pour se retrouver ?
Moi (10:17) : OK à toute.

J'espère qu'après ce rendez-vous il va prendre un peu de distance. Je sais que j'ai accepté de reprendre contact avec lui en toute amitié mais je ne suis pas très à l'aise vis-à-vis de Mathias.

Si Mathias revoyait l'une de ses ex. je crois que je ne le supporterais pas, alors je me mets à sa place. Son intention de départ était quand même de me reconquérir. Je me rassure en me disant que de toute façon il ne va pas rester indéfiniment ici, et qu'il va bientôt rentrer chez lui à Paris.

Mathias arrive au travail à midi. Comme tous les jours depuis que nous avons révélé notre relation, il fait le coq. Il contourne fièrement la borne d'accueil où je suis installée et m'embrasse à pleine bouche, malgré le public, avant de filer dans les vestiaires pour se préparer pour son premier client de la journée.

Heureusement qu'il a Jo dans sa poche car un autre patron l'aurait déjà convoqué pour son comportement inapproprié.

17 h 55, c'est bientôt l'heure pour moi de partir. Je range mes affaires sur mon poste de travail, laissant le comptoir clean pour demain matin.

Un petit peu maniaque sur les bords, je plaide coupable.

J'entends la porte d'entrée du club s'ouvrir et je lève la tête pour dire bonjour, quand je vois Nathan s'avancer vers moi. On devait se retrouver sur la place des Cardeurs et il se pointe comme une fleur sur mon lieu de travail, là où le risque de croiser Mathias est à son maximum.

Je suis dans la merde !

— Nathan, mais qu'est-ce que tu fais là ? m'affolé-je en contournant la borne d'accueil pour aller à sa rencontre. Je t'avais dit de m'attendre sur la place !

Mon agacement n'a pas l'air de l'alarmer pour autant. Il vient me rejoindre, heureux d'être là pour me voir.

— J'étais en avance et j'avais envie de te faire une surprise !

Très mauvaise surprise.

Il me fait la bise, en profite pour m'enlacer et me faire un câlin. Je reste complètement stoïque dans l'entrée tellement je suis effarée par sa présence ici et ce que cela implique.

J'essaie de me dégager tant bien que mal de ses bras. Quand je tourne la tête vers la droite, je comprends immédiatement que les chiens viennent d'être lâchés et que ce qui va suivre ne va pas être beau à voir !

12

MATHIAS

Quand je ne termine pas à la même heure que Juliette, je vais la rejoindre à l'accueil, juste avant qu'elle s'en aille. J'aime l'embrasser pour lui dire au revoir, et surtout, lui dire de faire attention sur le chemin du retour.

Je déteste lorsqu'on ne peut pas rentrer ensemble. Avec ce taré qui la menace et qui se trouve je ne sais où, j'ai tendance à être un peu trop prudent, voire étouffant. C'est pour sa sécurité que je suis ainsi. Un peu de surprotection n'a jamais fait de mal à personne.

J'arrive dans le hall d'entrée et reste cloué sur place. Un mec, du genre mannequin Calvin Klein, est en train d'embrasser *ma Juliette* sur les joues. Il ose même la serrer dans ses bras.

Putain, mais c'est qui ce con ?

Tous les adhérents du club savent que Juliette m'appartient. Il ne faut pas déconner avec elle. Surtout pas la toucher. Visiblement, ce ne doit pas être un membre de la salle. Pourtant, on dirait bien qu'ils se connaissent.

Juliette semble surprise par l'attitude de Ken qui n'a pas l'air de vouloir la lâcher. Elle tourne la tête vers moi et nos yeux se croisent. Je peux lire dans ses yeux tout son désarroi.

Putain, retenez-moi car il va y avoir un mort !

La seconde d'après, je suis à côté d'eux et prends sa main pour l'attirer vers moi. Par ce geste, j'espère faire comprendre au Top model, qu'il vaudrait mieux qu'il s'éloigne d'elle rapidement.

— Hey ! Tu ne vois pas que je suis occupé avec *ma* Juju ! râle-t-il hautain, en fronçant les sourcils.

Ma Juju ? Mais tu délires là !

Il vient d'appuyer sur la gâchette qui signera son arrêt de mort. Heureusement que Juliette est entre nous, car il aurait déjà reçu mon poing dans la gueule.

— Je ne crois pas que t'as saisi, mec, je…

— Mathias, m'interrompt Juliette, je te présente Nathan, un *ami*. Nathan, je te présente Mathias, mon copain, s'empresse-t-elle d'ajouter.

Ah. C'est ce connard d'ex qui essaie de me piquer ma femme !

Juliette fait les gros yeux pour me supplier en silence de me calmer. Elle a peur que je fasse un esclandre sur notre lieu de travail. D'autant plus, qu'il est 18 h, et que la salle comprend de nombreux témoins à cette heure-ci de la journée.

— On va boire un verre à coté, mon Cœur. Tu veux nous rejoindre quand tu as fini ? propose Juliette.

Je sais ce qu'elle est en train de faire. Elle essaie de m'inclure dans son projet avec son ex. pour m'apaiser. Je la soupçonne aussi de vouloir prouver à l'autre enfoiré que je suis important dans sa vie.

— Je n'aime pas trop quand tu traînes dehors le soir… dis-je en encerclant sa taille de mon bras.

À ce stade, je ne sais même plus si c'est de la surprotection, un excès de jalousie, ou une marque de propriété.

— Tu ne veux pas rentrer directement chez *nous* ?

Je l'implore du regard pour qu'elle me dise oui, prenant ses deux mains dans les miennes afin de la ramener face à moi. J'ai volontairement insisté sur le dernier mot, pour faire comprendre à l'autre que c'est sérieux entre nous deux.

— Bon alors, Juju, on y va ? s'impatiente Nathan à coté de nous.

Je fais comme si Ken n'était pas là. Juliette me fixe. Je ne lâche pas son regard en retour. J'y lis sa question muette « ce n'est pas bientôt fini, ce concours de qui a la plus grosse ? ».

La question ne se pose pas. C'est moi.

— Oui, j'arrive, une minute, OK ?

J'aurais dû parier ! Évidemment qu'elle va y aller. Elle ne supporte pas qu'on lui dise ce qu'elle doit faire.

Juliette se met sur la pointe des pieds afin d'atteindre mon oreille. Elle me confirme qu'elle va boire un verre sans s'attarder avec Nathan et qu'ensuite, elle rentrera vite à la maison. Elle me murmure aussi qu'elle m'aime, de ne pas m'inquiéter pour *lui,* car c'est juste un ami. Je ne suis pas sûr que ce sentiment soit partagé par son ex.

Il la veut. Je le sens.

Elle m'embrasse pour me dire au revoir. Je profite de ce contact avec elle pour approfondir notre baiser, qui devient vite digne d'une scène interdite au moins de seize ans. Au moins, si avec ça, il n'a pas compris le message, c'est qu'il est suicidaire !

L'heure qui suit est interminable. Je dois finir à 19 h et je n'arrête pas de regarder ma montre, impatient de sortir pour aller rejoindre Juliette, où qu'elle soit.

Tout à l'heure, je ne lui ai pas répondu concernant sa proposition d'aller les rejoindre. Mais je sais que si je l'aperçois à l'une des terrasses de la place, je ne vais pas hésiter à m'incruster en plein milieu de leur rendez-vous.

Putain, je suis insupportable avec mes clients. Mon mécanisme de défense s'est mis en route. J'augmente l'intensité des exercices. Je n'arrête pas de râler en leur disant qu'ils ne sont pas à la hauteur du programme défini. J'ai besoin de me défouler, et les pauvres, c'est sur eux que ça tombe. Il faudra que je pense à m'excuser à la prochaine séance pour mon comportement de sale con.

S'ils veulent encore de moi comme coach !

Je quitte mon poste sans même prendre le temps de me changer. Je suis en short et en tee-shirt de sport. Ce n'est pas grave, ma tenue passera inaperçue étant donné qu'on est presque au moins de juin.

Je rejoins la place des Cardeurs qui se trouve à cinq minutes de marche de la salle, pour jeter un œil aux terrasses bondées de monde. Mes pieds martèlent les pavés à une cadence soutenue. Je suis vite guidé par une voix féminine et familière, dont le volume sonore s'élève un peu trop haut, à mon goût.

Je me hâte de rejoindre Juliette qui est en train de s'énerver.

— Je t'ai dit que je ne voulais pas ! gronde Juliette sur un ton sec et autoritaire.

Je l'entends d'ici, alors que je suis à l'autre bout de la place.

— Allez… c'est pas loin, insiste Nathan. On n'en aura pas pour longtemps…

Juliette récupère son sac à main aux pieds de sa chaise, ainsi que son téléphone portable sur la table. Il attrape son poignet pour la stopper et la tirer à l'extérieur de la terrasse du café où ils sont installés.

— Arrête ! Tu me fais mal, hurle Juliette.

Putain, cette fois-ci, c'en est fini pour ce crétin. Je vais le mettre en pièces.

Par chance, j'arrive dos à lui. Je le tire en arrière par le col de son polo de petit fils à papa.

Surpris par mon attaque, il reste immobile une fraction de seconde. J'en profite pour lui asséner un coup de poing dans le nez. La violence de ma frappe le fait tomber à terre.

Je me poste à califourchon sur son ventre pour l'empêcher de se relever. Dans cette position, je peux facilement avoir le dessus sur lui.

D'une main, je bloque ses tentatives de m'atteindre, et de l'autre, mon direct atterrit tout droit sur sa pommette.

Il a le visage en sang, mais cela ne m'empêche pas de continuer à le frapper. Moi, je suis en transe.

Il a touché à ce que j'ai de plus cher au monde. J'ai envie de le tuer. Si je ne m'arrête pas, c'est ce que je vais faire, d'ailleurs.

Ça me fait penser à ma dernière bagarre. Cette fois-ci, les heures de travaux d'intérêt général ne suffiront pas à purger ma peine !

J'entends quelqu'un crier au loin comme si j'étais dans un brouillard. Mais après plusieurs cris suppliants, je comprends que c'est la voix de Juliette. C'est elle qui me sort de cet état de rage et de folie.

Elle me supplie d'arrêter.

Je suis essoufflé. Mes poings restent serrés. J'ai du mal à les ouvrir. Je me relève et rejoins Juliette pour m'assurer que tout va bien pour elle. Elle est en larmes et regarde mes mains ensanglantées, puis Nathan qui gît par terre.

— Tu t'approches d'elle encore une fois, je ne m'arrêterai pas, fulminé-je avant de prendre Juliette par les épaules.

J'ai besoin de l'éloigner de cette scène, mais surtout, de déguerpir avant que quelqu'un appelle la police.

Mon premier réflexe en arrivant à l'appartement est de me laver les mains pour faire disparaître les traces de cette bagarre.

Quand je reviens de la salle de bains, Juliette est assise sur le canapé complètement inerte. Je m'agenouille devant elle, mais elle ne perçoit même pas ma présence. Elle regarde dans le vide, comme si elle avait quitté ce monde.

Je l'appelle, lui touche la cuisse pour la faire revenir parmi nous. Elle sursaute à mon contact, puis, chute dans une profonde détresse. Elle pleure à chaudes larmes. Son corps est pris de tremblements incontrôlables. C'est le contrecoup de ce qu'il vient de se passer.

Je la porte dans mes bras pour l'emmener dans la salle de bains. Une fois à l'intérieur de la pièce, je fais couler l'eau dans la cabine de douche pour la faire chauffer.

En attendant, je la déshabille et pose ses vêtements sur le petit meuble, à côté du lavabo. Juliette reste toujours muette et ne cesse de pleurer.

J'ôte mes habits à mon tour pour l'accompagner sous la douche. L'eau chaude coule sur nos corps. Juliette est accrochée à moi comme à une bouée de sauvetage. Je ne l'ai jamais vu dans cet état. Je suis complètement perdu. Je ne contrôle plus rien.

Je sais que son état est en grande partie de ma faute. Toute la colère que j'ai déversée dans mes poings n'était pas belle à voir. Tout à l'heure, je ne pensais qu'à la défendre et me venger de ce connard. Maintenant, je regrette *presque* mon excès de violence.

Dans mes bras, je constate que ses muscles sont tendus. J'y vois une piste sur ce que je dois faire. Je lui masse les épaules, puis, au niveau de ses omoplates. J'espère la détendre. Cela semble faire effet puisqu'elle cesse de pleurer. L'eau chaude a réchauffé son corps et ses tremblements ont disparus.

— Princesse, dis-moi que tu vas bien ?

— Mon Cœur, dis-moi que ce n'était pas toi et que j'ai rêvé ? me répond-elle en ignorant ma question. Cette violence... Je... je ne t'ai jamais vu dans un tel état de rage.

— Je suis désolé, l'imploré-je d'un air coupable. Tu as peur de moi ?

Je sonde son regard en quête d'une réponse négative. Ses yeux se remplissent de larmes à nouveau. Là, c'est moi qui suis tétanisé.

— Je te promets que jamais je te ferai du mal, m'empressé-je de lui dire paniqué. Je ne suis pas violent.

Juliette ne dit toujours rien. Je frotte nerveusement mes cheveux mouillés de mes deux mains, abattu.

— J'avais promis de ne plus recommencer, soufflé-je. Mais quand je l'ai vu te forcer à partir je... je...

— Comment ça, ne plus recommencer ?

Elle me répond enfin, le visage inquisiteur. Elle n'a pas l'air de saisir à quoi je fais référence.

— Rappelle-toi, la bagarre qui m'a valu mes heures de travaux d'intérêt général, lui remémoré-je. J'avais perdu tout contrôle comme tout à l'heure. Sauf que là, c'est ta voix qui m'a sorti de ma transe.

Juliette pose sa main sur ma joue. Son geste m'apaise. Elle ne me fuit pas.

— Mathias, et si la police vient te chercher ?

— Ne t'inquiète pas, OK ?

— J'ai peur mon Cœur, sanglote-t-elle en posant son front sur mon torse.

Elle n'a pas peur de moi. Elle a juste peur de me perdre.

Juliette ne quitte pas mes bras de la soirée. Je vois bien qu'elle est anxieuse. Au moindre bruit, elle sursaute. Elle regarde constamment la porte d'entrée. Elle pense que Nathan va venir se venger ou que les flics vont venir m'embarquer. Putain, j'ai horreur de la voir dans cet état-là, à cause de moi, alors que je ne peux rien faire.

On entend sonner. Ce n'est pas la porte d'entrée mais une notification d'un message reçu sur son téléphone. Je n'ai pas le temps de l'attraper qu'elle a déjà ouvert le message. Je peux y lire sur l'écran.

Inconnu (22:05) : MA PATIENCE A DES LIMITES. TU VAS PAYER

Il faut que je fasse diversion. Juliette ne va pas tenir le coup.

Il ne manquait plus que ça, pour bien finir cette *putain* de journée !

Les messages de l'inconnu étaient moins présents ces derniers jours. Là, c'est la douche froide.

Je récupère le téléphone de ses mains crispées, le pose sur la table basse du salon. J'encadre son visage de mes deux mains pour la forcer à me regarder.

— Juliette, regarde-moi.

Je ne veux pas qu'elle reparte dans son mutisme.

— Regarde-moi, insisté-je.

Juliette lève la tête et verrouille son regard dans le mien.

— Voilà, c'est bien. Je te protège, d'accord ? Je ne laisserai rien t'arriver. C'est promis.

Je l'embrasse tendrement d'abord, puis j'approfondis mon baiser pour continuer de la ramener à moi.

— Mathias, fais-moi oublier tout ça, me supplie Juliette.

— Tout ce que tu veux, Princesse.

J'ai compris sa requête. Je sais ce qu'elle veut de moi.

Elle se laisse guider tel un automate vers la chambre. Ce soir, elle n'a plus la force de prendre en main quoi que ce soit.

Mes baisers couvrent son visage baigné de larmes. Je veux effacer toute cette inquiétude, sa tristesse.

Mes mains ôtent ses vêtements petit à petit, puis, je la conduis vers le lit pour qu'elle s'y allonge. Je la rejoins après m'être déshabillé et nous couvre avec le drap.

Mes caresses suivent le chemin de ses cuisses, ses fesses et de ses seins. Ses mamelons durcissent au contact de mes mains. J'en profite pour en prendre un en bouche. Je le lèche, l'embrasse, le mordille par alternance.

Sa respiration devient plus rapide. Sa poitrine se soulève, comme si son autre sein m'appelait, lui aussi. Je m'applique à la satisfaire. Elle émet des petits sons sexy qui me renvoient tout le pouvoir que j'ai sur elle, en cet instant.

Je glisse ma main en direction du sud pour découvrir son sexe déjà mouillé, excité. Ses hanches montent et descendent vers ma paume lorsque je passe mes doigts entre ses replis et frotte ma paume sur son clitoris. Elle en veut plus.

Mes doigts en elle s'activent dans une cadence folle pour augmenter la friction à l'intérieur de son intimité.

Juliette me supplie de la prendre tout de suite. Je tends le bras vers le tiroir de ma table de chevet pour prendre un préservatif, mais Juliette m'arrête dans ma lancée.

— Non ! proteste-t-elle. Je veux te sentir, entièrement. Sans barrière entre nous.

Sa demande me surprend. On n'a jamais vraiment parlé de faire l'amour sans préservatif auparavant. Évidemment, j'ai confiance en elle. On s'aime. C'est une étape supplémentaire dans notre couple. Pour moi, cela signifie davantage qu'elle est à moi toute entière. Je suis à elle, et elle est mienne.

— Tu es sûre ? m'assuré-je en la fixant ardemment.

— Je n'ai jamais été aussi sûre de moi.

Tes désirs sont des ordres Princesse.

Ma priorité est de la satisfaire. Je me positionne au-dessus d'elle et m'enfonce en elle délicatement.

Cette sensation nouvelle est délicieuse. C'est la première fois que je fais cette expérience avec une fille. Je suis sûr que c'est encore plus divin car c'est avec *elle*.

Je m'arrête de bouger un instant pour apprécier ce contact sans barrière entre nous, puis, reprends mon rythme de va-et-vient.

Je lui fais l'amour avec lenteur car je veux à tout prix prolonger ce moment. Je ne veux pas que nos ébats s'arrêtent.

Plus son esprit est submergé par nos émotions, plus je la garde près de moi et l'éloigne du danger.

Juliette est endormie blottie contre mon corps. Elle a mis du temps pour sombrer dans un sommeil profond.

Moi, je n'arrive pas à m'endormir après tout ce qu'il s'est passé aujourd'hui. J'ai failli franchir la ligne rouge. Encore une fois. Ça me perturbe trop pour fermer les yeux.

J'attrape mon téléphone posé sur la table de nuit, me connecte à Messenger pour envoyer un message à Damien. Je ne veux pas faire de bruit et risquer de la réveiller avec mes monologues.

Salut mon pote !
Est-ce que la vie n'est qu'un paquet d'emmerdes ?
J'ai encore franchi la ligne rouge aujourd'hui. Je me suis battu. Heureusement, Juliette était là et m'a ramené à la raison.

Je revois le regard suppliant de Juliette à ce moment-là. Putain, j'ai déconné.

Son enfoiré d'ex. est ici, à Aix. C'est à cause de lui que je me suis battu.

Mes mains se crispent sur mon téléphone rien que de repenser à la bagarre et à ce connard qui voulait s'en prendre à elle.

Je sais que tu m'as appris à ne pas régler mes différends avec la violence. Mais là, je t'assure, tu n'aurais pas réagi autrement.

Il faut que je lui explique pourquoi.

Juliette, c'est ma raison de vivre. Et si on s'attaque à elle, je ne me contrôle plus.

Mes doigts restent en suspens sur le clavier du téléphone. Puis, se mettent en mouvement pour déballer à toute vitesse le reste de mes pensées.

En ce moment, elle vit à la maison. Un autre taré lui envoie des messages de menace.
Je voudrais la protéger de tout, mais je sais que c'est impossible !
Ce soir, je n'arrive pas à dormir. Je me suis dit que tu pouvais me tenir compagnie et éloigner mes angoisses ?

Je suis réveillé par la sonnerie de mon téléphone. Je regarde l'heure rapidement avant de décrocher. Putain, il est déjà 10 h 30. Juliette est partie depuis un moment pour ouvrir la salle.

— Oui, allô ? dis-je la voix rocailleuse.
— Monsieur Marcelo ? Capitaine Da Costa à l'appareil.
— Heu, oui ?

Des semaines, que je n'avais pas eu de nouvelle de lui. Qu'est-ce qu'il veut ?

— On a retrouvé l'agresseur.
— Qu… Quoi ? balbutié-je, stupéfait en me redressant contre la tête de lit.
— On a arrêté son agresseur, répète le Capitaine.

C'est un électrochoc. Je ne m'attendais pas à ça.

— OK. Je suis à Paris ce soir, annoncé-je avant de raccrocher sans prendre la peine de dire au revoir.

J'enclenche le mode pilotage automatique. Cette nouvelle vient de me retourner le cerveau. Je n'y croyais plus en fait.

Je saute du lit, passe sous la douche rapidement et prépare un sac à dos avec quelques affaires de rechange. Je dévale les escaliers de mon immeuble jusqu'au parking souterrain. Je mets mon casque, enfourche ma bécane et mets les gaz.

13

JULIETTE

Moi (15:47) : Mon Cœur, t'es où ?

C'est mon troisième message resté sans réponse depuis ce midi. Je rentre de ma journée de travail et je n'ai pas vu Mathias à la salle aujourd'hui.

Je ne comprends pas trop ce qu'il se passe. Il devait commencer à 12 h, mais il ne s'est pas présenté comme prévu. Même Jo n'a pas eu de nouvelle de sa part.

Je tourne en rond dans l'appartement. Je me sens seule et impuissante. Je commence à m'inquiéter et à imaginer toutes sortes de scénarios.

Il me quitte ?

Non, ce n'est pas possible. Après tout ce que nous avons vécu ensemble. Et puis, il serait venu reprendre les clés de son appartement qu'il m'a confié et mise à la porte.

Il a eu un accident ?

Sa moto n'est plus dans le parking. Non, sa famille m'aurait prévenue, tout de même.

La police est venue le chercher ?

Non plus. Il m'aurait appelé du commissariat.

Mais alors, pourquoi ce silence ? Je mords l'intérieur de ma joue et continue de ruminer.

Mon téléphone sonne alors que je m'apprête à me préparer à manger. Je me dis que c'est enfin Mathias qui me rappelle. Sauf que le numéro qui s'affiche n'est pas celui que j'attendais. C'est avec appréhension que je décroche.

— Allô, bonjour.

— Mademoiselle Granvin, j'ai du nouveau, lance le Capitaine Da Costa sans prendre le temps de me saluer.

— Ah ?

Je me demande silencieusement si c'est une bonne ou une mauvaise chose.

— Nous avons retrouvé votre agresseur.

Il me faut quelques secondes pour bien saisir l'information.

— P... Pardon ? Vous êtes sérieux ?

— J'ai quelques éléments à vous révéler dans votre affaire.

Tiens, tiens, le Capitaine se met enfin à table...

— Vous m'avez parlé un jour de votre cauchemar et de cette voix que vous entendiez au loin.

J'avais l'impression à l'époque qu'il ne me prenait pas au sérieux.

— Mon sauveur ? déclaré-je avec une pointe d'espoir.

— Oui. En fait, ce n'était pas que dans votre imagination. Il y a bien une personne, ce soir-là, qui a fait fuir votre agresseur. Votre subconscient s'en ai rappelé et s'est manifesté au cours de vos cauchemars.

Il existe vraiment, alors...

— Cette personne ? Vous l'avez retrouvée ? bredouillé-je, encore sous le choc.

— En quelques sortes, Mademoiselle Granvin. Votre agresseur a pris peur lorsqu'il est intervenu pour vous porter secours.

J'ai un mauvais présentiment, lâche mon couteau qui tombe sur le plan de travail dans un bruit sourd.

— Avant de prendre la fuite, il s'est battu avec votre sauveur qui était un témoin gênant pour lui. La bagarre ne s'est pas bien terminée, Mademoiselle.

Non, non, non...

— Votre sauveur est mort, m'avoue le Capitaine. Blessé au thorax par un coup de couteau. Je suis désolé.

Oh. Mon. Dieu. Je suis horrifiée. Mes mains couvrent ma bouche pour masquer mon cri de stupeur.

— Juliette ? Vous êtes toujours là ?

— Je... oui... bégayé-je. Je suis là. Vous venez d'apprendre sa mort en retrouvant l'agresseur ?

Je pose cette question, mais au fond de moi, je connais déjà la réponse.

— Non, répond le Capitaine d'une voix lasse. Nous le savons depuis le début. Nous avons pensé que vous en parler, n'était pas judicieux, vu votre état psychologique après l'incident.

— Nous ? Qui ça nous ?

J'insiste sur le dernier mot d'un ton ferme.

— Vos parents et moi-même, Mademoiselle Granvin.

Il a le mérite de paraître désolé.

— Écoutez, reprend-il, je sais que ça fait beaucoup de choses d'un coup. Je vous laisse digérer cette nouvelle et je vous rappelle demain, d'accord ?

C'est comme si je recevais en plein cœur le coup de couteau qui a tué mon sauveur.

Je sentais bien que quelque chose n'allait pas et que le Capitaine Da Costa me cachait la vérité sur mon agression. Mais découvrir que mes parents étaient de mèche dans ce mensonge, c'est pire que tout.

Non, le pire dans tout ça, c'est qu'un innocent est mort parce qu'il a voulu me porter secours. Faisant de moi une coupable incontestable !

Je ne peux pas attendre. Je dois aller voir mes parents et les confronter pour avoir des explications. Je ne peux pas croire qu'ils aient fait ça. Qu'ils aient pu me mentir comme ça.

En plus, Mathias qui n'est pas là...

J'ai besoin de toi mon Prince et tu es parti avec ton fidèle destrier.

Je claque la porte d'entrée, entre comme une furie dans la salle à manger où mes parents sont en train de dîner.

— Juliette ?

Ma mère est surprise de me voir ici, mais surtout, par mon entrée fracassante.

— Comment avez-vous osé me mentir ? les accusé-je avec rage.

— De quoi tu parles ? me questionne mon père.

— Votre putain de mensonge ! hurlé-je sans retenue. Le Capitaine Da Costa m'a appelée. Ils ont retrouvé mon agresseur. Je. Sais. Tout.

Mon père et ma mère échangent un coup d'œil furtif. Ils posent leurs couverts sur la table, prennent une grande inspiration avant de m'inviter à m'assoir.

Je reste stoïque à l'autre extrémité de la table de la salle à manger. Plutôt mourir que de m'assoir avec ces traîtres. Je croise les bras et les fusille du regard.

— C'était pour te protéger, Juliette, commence à s'expliquer ma mère.

Elle me confirme leur mensonge. C'est comme si elle appuyait davantage sur la lame de ce couteau qu'ils m'ont planté en plein cœur.

— Fallait voir dans l'état que tu étais à l'hôpital, renchérit mon père.

— Ça va faire plus de six mois, putain ! m'égosillé-je en frappant du poing sur la table.

— Tu étais si mal, si fragile ma chérie, se défend ma mère. Tu acceptais de voir personne à l'hôpital. Ensuite, tu t'es mise en tête de te détruire. Si oncle Phil n'avait pas été là pour nous prévenir, Dieu sait comment cette histoire aurait fini.

— Oncle Phil est au courant ?

Pitié, dis-moi que non... ma respiration se bloque en attendant la réponse.

— Non. Bien-sûr que non.

Ouf. Mon cœur se remet en route.

— C'est sûr, *lui*, il n'aurait jamais gardé le secret ! les critiqué-je.

— Juliette, il faut nous comprendre, plaide mon père. Tu vas mieux, mais il n'y a pas si longtemps que ça, la communication était difficile entre nous !

— Et aujourd'hui elle est rompue ! lâché-je d'un ton amer.

Je ne reste pas une minute de plus dans cette maison. Je sens que ça va mal finir si je continue de leur parler. Je n'ai que du venin dans ma bouche. Mes mots vont dépasser mes pensées.

Ils ont voulu que je sorte de ma bulle, et bien aujourd'hui, elle vole en éclats !

La porte d'entrée claque derrière moi comme à mon arrivée, alors que j'entends la voix de ma mère crier au loin dans la maison.

— Juliette ! Attends ! Reviens !

Je cherche mes clés de voiture dans mon sac à main, mais je suis tellement en colère contre eux, que mes mains tremblent. Mon sac tombe, ainsi que tout son contenu qui se déverse sur le trottoir. J'essaie de ranger le tout, le plus vite possible, fébrile. Je m'attarde juste quelques secondes sur mes pointes qui sont dans ce sac depuis un moment déjà. Elles n'en sont pas sorties depuis le jour où elles ont atterri là.

Deux heures plus tard, je suis à la salle de sport. Tout le monde est parti. Je profite de l'avantage d'avoir les clés pour m'y introduire en dehors des horaires d'ouverture.

Je passe par les vestiaires pour mettre un legging et enfile mes pointes. J'ai tellement fait ce geste auparavant que je serais capable de le faire les yeux fermés.

Une fois dans la salle, je m'allonge sur le sol, pour ne faire qu'un avec mon environnement.

J'ai du mal à me concentrer. Je pense à Mathias qui ne m'a toujours pas donné signe de vie. Je pense à cet inconnu qui a tout risqué pour moi.

Je pleure pour moi. Je pleure pour lui. Je me sens coupable.

Ce n'est pas toi qui as porté le coup de couteau ! essaie de me raisonner ma conscience.

Pour moi, c'est certain que j'ai joué un rôle déterminant dans sa mort. Si je n'avais pas été là, à ce moment, dans cette ruelle. Si ça se trouve, il avait une femme et des enfants. Cette réflexion me plonge aussitôt dans une tristesse incontrôlable. Mes pleurs sont doublés de cris plaintifs qui résonnent dans la salle.

Je pense aussi à ce mensonge. J'en veux tellement à mes parents. Si j'avais eu cette information plus tôt, peut-être que mes cauchemars ne m'auraient pas autant hanté.

Savoir que quelqu'un m'a porté secours, ce n'est pas rien, dans un processus de guérison. J'aurais pu tout faire pour remercier cette personne, même si elle n'est plus parmi nous aujourd'hui. J'aurai trouvé un moyen.

Est-ce-que cela aurait atténué ma culpabilité ?

Les musiques de ma playlist défilent en même temps que mes larmes sur mes joues. J'écoute les paroles de cette chanteuse, qui parlent d'une fille qui pleure, dont l'âme souffre. Elle dit que les grandes filles pleurent quand leurs cœurs se brisent. Le mien, est cassé en mille morceaux.

La chanson m'insuffle l'énergie nécessaire pour bouger. Je cale mes premiers mouvements sur la mélodie.

Je suis toujours allongée par terre. Ma tête rejoint mes genoux tout en cambrant le bas de mon dos. J'encercle mes jambes avec mes bras et fais tourner ma tête dans un cercle délicat.

Puis, je bascule sur le côté, me positionne sur mes genoux et me lève avec grâce. Ma chorégraphie improvisée est un mélange de classique et de pas plus modernes.

Tantôt, je m'élève sur mes pointes avec légèreté, tantôt, j'effectue des contractions avec mon corps et des enchaînements plus saccadés.

Je vis pleinement la musique et mon corps exprime mes émotions intérieures.

Dans cette danse, on retrouve toute la tristesse que je peux ressentir s'accorder à merveille avec les paroles de la chanson.

C'est uniquement lorsque la musique s'arrête que je m'aperçois de ce que je viens de faire. Mon corps a pris le contrôle. Je viens d'effectuer des pirouettes sur pointes, et d'autres pas qui requièrent énormément de force et de technique. Jamais, mon genou n'a faibli.

Sans vraiment y faire attention, j'ai retrouvé mes appuis ainsi que mes équilibres. D'habitude, je danse mais je fais toujours attention à ne pas trop solliciter mon genou. La peur de me blesser à nouveau me terrifie.

Ce soir, j'ai retrouvé l'espoir que j'avais perdu. Je sais que l'Opéra n'est plus envisageable mais la danse fait partie de moi. Je dois trouver mon avenir dans cette voie.

∼

Jour 2 sans nouvelles de Mathias.

Je ne peux plus laisser de message sur sa boîte vocale, car elle est saturée. De toute manière, à chaque fois que j'appelle, je tombe directement sur sa messagerie. Il n'a même pas dû écouter ceux que j'ai déjà enregistrés.

Je me contente donc de lui envoyer des textos, dont le contenu ne change guère. Je lui demande où il est, lui dis que je suis inquiète et que je l'aime. Mais le résultat est le même. Ils restent tous en attente de réception.

Je suis au travail, complètement désespérée. Heureusement, Jo est là pour me remonter le moral. Il n'arrête pas de me dire qu'il doit y avoir une raison valable pour son silence, et qu'il va bien finir par réapparaître.

Durant ma pause déjeuner, je profite de mon temps libre pour appeler ma meilleure amie, afin d'obtenir un peu de réconfort.

Je m'isole dans le bureau.

— Toujours pas de nouvelle ? me demande Noémie sans préambule.

— Nan… j'ai beau réfléchir je ne comprends pas ce qu'il se passe.

— J'ai essayé de l'appeler moi aussi, mais sans succès, se désole Noémie.

Notre conversation téléphonique ne s'éternise pas trop. Je dois aller manger avant de reprendre ma place derrière le comptoir de l'accueil.

Depuis deux jours, j'ai perdu mon sourire. Les adhérents se

demandent tous ce que j'ai, moi qui d'habitude suis aux petits soins pour chacun d'entre eux.

Au moment de reprendre mon poste, je sens mon téléphone vibrer dans la poche arrière de mon short. Je me précipite pour le récupérer avec l'espoir qu'il s'agisse de Mathias.

Inconnu (13:33) : JE SUIS LÀ

Ses menaces sont de plus en plus effrayantes. Je me sens tellement vulnérable sans mon homme protecteur. J'ai l'impression que mon agresseur se rapproche de plus en plus de moi, chaque jour.

Le soir, à l'appartement je me sens plus seule que jamais. Les seuls coups de téléphone que je reçois sont ceux de mes parents et du Capitaine Da Costa. Mes parents tentent à tout prix de me parler pour s'excuser. Quant au Capitaine, il m'a rappelée pour me donner des détails sur l'identité de mon sauveur et la suite de mon affaire.

En ce qui concerne mes parents, pour le moment, je ne suis pas en mesure de leur pardonner. J'ai trop de rancœur enfouie en moi. Peut-être plus tard.

Mathias me manque. Dès que j'entends une moto passer dans la rue, je me précipite à la fenêtre pour vérifier si c'est bien lui. Mon niveau de déception ne cesse d'augmenter au fil des heures qui passent.

Je devrais lui en vouloir pour être parti sans me donner de nouvelle, mais je n'y arrive pas. Mon besoin de lui est bien plus important que mon ego. Je l'aime tellement que je suis prête à lui pardonner n'importe quoi, du moment qu'il revient vers moi.

Je prie en silence pour que ça soit une raison valable et non pour une autre fille. Je suis prête à accepter beaucoup de choses, mais ça, je ne suis pas sûre que mon petit cœur le supporterait.

Il est passé minuit lorsque je reçois un message. La peur au ventre, je déverrouille mon écran.

Mon Prince (00:24) : Pardonne mon silence et mon absence. J'ai eu une urgence. J'ai dû partir à Paris. Je n'avais plus de batterie. J'ai oublié mon chargeur. Je peux enfin le rallumer et tombe sur tous tes messages. Je t'aime. Moi aussi j'ai besoin de toi. Je rentre demain.

C'est enfin le message que j'attendais et qui me délivre de mes angoisses.
Il va bien.
Il m'aime.
Il a besoin de moi.
Il ne me quitte pas.

Moi (00:25) : J'ai eu tellement peur. Qu'est ce qui s'est passé ?
Mon Prince (00:26) : Je te raconterai tout demain soir à mon retour. Ça va, toi ?
Moi (00:26) : J'ai hâte que tu sois là. J'étais morte d'inquiétude pour toi. J'ai encore reçu des menaces... Et je me suis embrouillée avec mes parents !
Mon Prince (00:27) : Je suis bientôt de retour. Désolé de t'avoir laissé. Tes parents ?
Moi (00:27) : Longue histoire, je te raconterai ça demain. Je t'aime mon Cœur.

Mathias me souhaite une bonne nuit et m'embrasse par message. Je suis tellement soulagée que je m'endors, apaisée, en quelques minutes seulement, après avoir posé mon téléphone sur la table de chevet.

∼

Mathias m'a dit qu'il devait rentrer aujourd'hui. Je ne sais pas exactement quand, mais je suis impatiente de le tenir à nouveau dans mes bras. À mon avis, ça ne sera pas avant ce soir, vu le trajet qu'il va devoir faire pour regagner Aix-en-Provence.
Je suis une vraie boule de nerfs durant toute la journée. Ça a

commencé ce matin, quand j'ai renversé mon café sur la table basse du salon.

Puis, en fin de matinée, quand j'ai cassé le scan au boulot en voulant retirer le bourrage papier.

Ce midi, quand j'ai failli me faire renverser par une voiture, en allant m'acheter à manger à la boulangerie. J'avais la tête ailleurs, je n'ai même pas pensé à vérifier la route avant de traverser. Heureusement, le klaxon m'a sortie de mes pensées.

J'espère en avoir fini avec Miss Catastrophe pour aujourd'hui.

Il n'est que 15 h. Mathias n'est pas encore rentré. Tant qu'il ne sera pas en face de moi, le risque de faire n'importe quoi est bien présent.

Jo m'a demandé de finir la comptabilité du mois de mai, mais quand il a vu mon état émotionnel, il m'a ordonné de rester derrière mon comptoir et de me contenter de dire bonjour. En même temps, il n'a pas tort, je crois que c'est le mieux à faire.

Une belle plante verte quoi !

Je rentre à la maison à 17 h passé, après cette journée interminable et catastrophique au boulot. Mon premier réflexe, est de passer par le parking souterrain, pour vérifier si la Ducati blanche de Mathias est déjà là. Bien entendu, je me retrouve face à une place de parking encore vide.

Je monte à l'appartement déçue de ne pas trouver mon amoureux qui m'attend. Je dois m'occuper l'esprit pour ne pas péter un câble, tellement je suis sous tension.

Une vraie bombe à retardement qui est prête à exploser !

Je décide de commander le repas avec une pizza en livraison à domicile. Il est préférable que je ne touche pas un couteau ou les fourneaux ce soir. Il ne manquerait plus que je me retrouve à l'hôpital, ou que je mette le feu à l'appartement en l'absence de Mathias !

En attendant que ma pizza arrive, je vais prendre un bain pour me détendre et faire passer le temps plus vite.

Et si je me noie ?

Gnagnagna, je grogne pour moi-même. Même me prélasser dans la mousse et l'eau chaude est un calvaire. Au bout de quinze minutes, je décide de sortir et de me rhabiller.

Au moment où je sors de la salle de bains, j'entends le bruit d'une clé dans la serrure de la porte d'entrée. Je fonce dans le couloir qui mène au salon et vois Mathias poser son casque de moto et son sac dans l'entrée. J'ai l'impression que je peux respirer de nouveau. Il est là. Mon prince charmant est enfin de retour auprès de moi.

Je cours vers lui à toute vitesse et saute dans ses bras. Il m'attrape in-extremis et me serre fort contre lui. Ma tête est logée dans son cou, mes jambes sont enroulées autour de lui et mes bras encerclent ses épaules. Je respire son odeur. C'est fou comme ça sent bon. C'est l'odeur de ma maison.

— Princesse, je peux plus bouger ! se plaint Mathias.
— Ne me quitte plus jamais ! lui ordonné-je.
— Je suis désolé, c'était un cas d'urgence.

La sonnette nous surprend tous les deux. Je réagis enfin, et regagne le sol pour aller ouvrir. C'est le livreur de pizza.

14

MATHIAS

*P*utain, il n'y a rien de mieux que d'être chez soi avec la personne que l'on aime. Si certaines personnes m'entendaient à l'heure qu'il est, elles ne se seraient pas privées de se foutre de moi.

Je ne le savais pas, mais si la mort de Damien m'a fait prendre conscience d'une chose, c'est bien que le temps et les gens que l'on aime sont précieux. Il faut en profiter dès qu'on en a l'occasion.

Je suis assis dans le canapé avec Juliette. On vient de finir notre pizza. J'ai sauté beaucoup de repas ces derniers jours. C'est maintenant que je me rends compte que j'avais faim !

J'étais bien trop occupé et perturbé émotionnellement parlant pour m'en rendre compte et prendre le temps de manger quelque chose.

Rien que le fait d'avoir ma princesse à mes côtés je me sens plus apaisé. Je vais pouvoir revenir à une vie normale.

Elle m'a tellement manqué.

Je sais que je vais devoir expliquer mon départ précipité pour Paris. Je n'ai pas le choix. Mais je n'ai vraiment pas envie de repenser à ça, ni la force d'en parler maintenant. Si au moins, j'arrivais à décaler cette conversation à demain, cela me permettrait de reprendre des forces.

En plus, je vois bien que Juliette est préoccupée. Je ne veux pas en rajouter une couche. La pauvre, elle a assez donné ces derniers temps.

— Alors, Paris ? me demande Juliette en se pelotonnant à moi.

Merde c'est loupé pour mon instant de répit !

— On peut remettre ça à plus tard, s'il te plaît ? la supplié-je en lui faisant un baiser sur le front. Le trajet m'a fatigué... je n'ai qu'une envie, c'est de t'emmener au lit, te faire l'amour, et dormir !

Elle me sonde, sérieuse.

— Si tu me promets que tu n'es pas partie rejoindre une femme, alors d'accord.

— Quoi ? ricané-je. Tu as cru que je te trompais ou que je te quittais ?

— J'avoue que cette idée m'a traversé l'esprit.

Elle fait une moue trop mignonne alors qu'elle joue avec une mèche de mes cheveux sur ma nuque.

— N'importe quoi. Je t'aime trop pour faire un truc aussi débile, la rassuré-je.

Elle me donne un magnifique sourire qui meurt sous l'attaque de mes lèvres. Mon baiser est passionné. Je la domine de toute ma hauteur, un genou à côté d'elle, sur le canapé.

Je plaque mon entrejambe contre son bas ventre pour lui donner un aperçu de l'effet qu'elle me fait en ce moment. Même si mon envie d'elle ne s'estompe jamais, elle m'a tellement manqué, que ce soir, mon désir pour elle est encore plus brûlant.

Je l'emmène dans la chambre pour poursuivre le programme que j'avais en tête, il y a quelques minutes, avant qu'elle passe en mode interrogatoire.

Notre besoin de l'autre domine l'air ambiant. C'est électrique. On est déjà à bout de souffle après quelques baisers échangés.

Elle se déshabille avec hâte et je cale mes mouvements sur les siens. Il nous faut peu de temps pour nous retrouver nus, allongés l'un sur l'autre.

Je dois ralentir le rythme si je veux profiter de chaque instant. Je la déshabille du regard, prends mon temps pour la caresser, mais Juliette n'est pas du même avis. Elle m'incite à passer à la vitesse supérieure.

— Mathias, je t'en prie, touche-moi…
— Laisse-moi prendre le temps de te faire l'amour, susurré-je à son oreille.
— Je ne veux pas que tu me fasses l'amour. J'ai besoin de *toi*, tu comprends ?

Elle a l'air si désemparée, si fragile. Nos ébats sont de vrais exécutoires pour elle, lorsqu'elle est submergée par ses émotions.

— Je suis là, la rassuré-je.
— Alors baise-moi, me supplie-t-elle.

Je ne peux pas faire autrement que de lui donner ce qu'elle me demande. Elle a tout pouvoir sur moi, je n'ai aucune volonté pour lui résister. Ma princesse a parfois besoin de notre corps à corps sauvage pour se sentir vivante.

Alors, je ne perds pas de temps. Je la baise comme elle aime.

Vite. Et fort.

Je la pénètre sans ménagement, remonte sa cuisse contre ma hanche pour m'enfoncer encore plus profondément en elle. Elle plante ses ongles dans mes omoplates, tandis que je mordille son cou. Ses gémissements sont de plus en plus rapprochés et leurs volumes gagnent en intensité.

Je me dégage, la retourne d'une poigne ferme, à plat ventre sur le lit. J'attrape son bassin pour relever ses fesses vers moi afin de la positionner à quatre pattes. Ses fesses sont magnifiques et me rendent encore plus dingue. C'est un appel au péché. Je lui octroie une claque sur sa fesse gauche, puis la prends par derrière.

Hum. Putain, c'est bon, comme ça.

Juliette halète de plaisir. Elle agrippe les draps dans ses poings serrés, mords l'intérieur de sa joue pour ne pas succomber tout de suite.

Malheureusement, cela ne suffit pas car elle me prévient :

— Je vais jouir mon Cœur.
— Ne te retiens pas.

C'est comme si je lui avais donné ma bénédiction. Son orgasme se déclenche instantanément. Je sens son corps se tendre, puis exploser lorsque je colle mon torse à son dos.

Après nos ébats, on semble tous les deux apaisés. Comme quoi, elle avait sans doute raison. La douceur ne pouvait pas être au programme aujourd'hui.

Une demi-heure plus tard, on est sous la douche. Cette fois-ci, je peux enfin prendre mon temps pour lui faire l'amour et prendre soin d'elle, comme je le souhaitais au départ et comme elle le mérite. Finalement, on a obtenu tous les deux gains de cause.

Juliette est en train de s'habiller dans la chambre pour se préparer à aller dormir, tandis que je suis dans la cuisine pour récupérer une bouteille d'eau.

Quelqu'un sonne à la porte. Il est 22 h, ce n'est pas dans mes habitudes de recevoir de la visite à cette heure-ci. Du moins, plus depuis que je suis en couple avec Juliette.

J'ouvre la porte et reste complètement abasourdi par cette visite.

— Marie ?

— Je… Je suis désolée Mathias, hésite Marie. Je peux entrer ?

Des mois que je n'ai pas eu des nouvelles d'elle. Il faut dire que notre dernière entrevue ne s'était pas bien terminée. Une histoire de mensonge, à propos d'une grossesse après notre rupture.

— Heu… bégayé-je.

— Merci.

Elle n'attend même pas ma réponse et force le passage pour que je la laisse entrer.

Juliette et Marie sous le même toit, ce n'est pas une bonne idée !

— Qu'est-ce que tu fais là ? Tu as des ennuis ? m'inquiété-je.

Même si on s'est quitté fâchés, de l'eau à couler sous les ponts depuis. Je suis passé à autre chose. Et puis, je ne peux pas m'en empêcher, je dois prendre soins des gens qui m'entourent.

— Non, bien-sûr que non, me rassure-t-elle.

Putain, je n'étais pas prêt à entendre qu'elle était enceinte, pour de vrai cette fois. Après tout, j'avais joué au con et recouché avec elle avant de la mettre à la porte.

— Marie, tu ne peux pas rester, je...me hâté-je de lui dire avant qu'elle me coupe.

— Mathias, je n'arrive pas à t'oublier.

— Ne dis pas de bêtise. Ça fait des mois que nous ne sommes plus ensemble.

Pitié, je ne veux pas que ça recommence ! Marie est la championne du harcèlement après rupture. À l'époque, j'avais lutté pour lui faire entendre que c'était fini entre nous. Mais malheureusement, le message a vraiment du mal à passer.

— Je n'y arrive pas. Je t'aime encore, tu sais. Donne-moi une autre chance, je t'en supplie.

— Non, c'est impossible.

Je la regarde froidement. Comment ose-t-elle se pointer ici et me demander une autre chance, après ce qu'elle m'a fait.

— Mon Cœur ? Qu'est-ce qui se passe ? intervient Juliette.

Et voilà, ne me voyant pas revenir dans la chambre, elle a fini par venir voir ce qu'il se passait. La situation ne pourrait pas être plus gênante. Ma copine et mon ex, face à face, dans mon appartement.

— Je comprends mieux, lance Marie d'un ton acerbe après avoir regardé Juliette avec mépris et compris que je n'étais pas seul.

— Pardon ? Mais vous êtes qui, d'abord ? s'impose Juliette dans la conversation.

— Je suis, Marie.

— Désolée, jamais entendu parler.

Ma râleuse sort les crocs et défend son territoire.

— Juliette, je te présente Marie, une ancienne amie qui allait partir, dis-je en insistant sur le dernier mot.

Marie doit partir maintenant, avant que la situation ne dégénère. Elle n'est pas la bienvenue ici.

Juliette et Marie s'affrontent du regard. Ma râleuse est vraiment sexy quand elle joue le chien de garde jaloux !

— Marie ? la pressé-je.

— C'est bon, je vais y aller, abdique-t-elle.

Elle regarde une dernière fois Juliette avec défi, vient m'embrasser sur la joue et s'en va.

Au moment où la porte d'entrée se ferme, j'entends l'écho de la porte de la chambre qui claque. Juliette a tourné les talons et semble être furieuse.

Nos ex. ont vraiment décidé de nous pourrir la vie !

Je me dépêche de la rejoindre dans la chambre pour éclaircir la situation. Il faut qu'elle comprenne qu'elle n'a rien à craindre pour Marie.

Elle fait les cents pas devant le lit, ses joues sont toutes rouges. C'est comme si je pouvais voir la trace de ses dents qui mordent l'intérieur de sa bouche tellement elle appuie fort.

— Je...

— C'est une blague ? me coupe Juliette.

Ses poings sont si serrés contre son corps que je vois apparaître des marques blanches sur ses phalanges.

— Princesse, je...

— Mais pour qui elle se prend, cette pétasse ? T'as bien vu comment elle m'a regardée ?

— Juliette, je suis dés...

— Elle débarque à 22 h, chez nous, sans prévenir !

Je m'apprête à lui répondre mais referme la bouche tout de suite, voyant qu'elle s'arrête face à moi pour continuer :

— Bon OK, techniquement ce n'est pas chez moi. Mais bon merde ! En plus, elle te fait du rentre dedans comme si je n'étais pas là. Tu l'as vu ça aussi, hein ? Mais elle est folle ? C'est la dernière...

Juliette est partie dans un monologue sans fin. Elle me pose des questions mais ne me laisse même pas le temps de lui répondre.

La bombe a explosé. Je me jette sur ses lèvres pour la faire taire. Il n'y a que comme ça que je peux la ramener à la raison.

— Du calme, dis-je d'un ton ferme. Laisse-moi parler, OK ?

Elle me fait un signe du menton pour m'enjoindre de continuer.

— Marie est une ex. J'ai rompu avec elle en septembre dernier. Je ne savais pas du tout qu'elle allait venir ici ce soir. J'ai été aussi surpris que toi.

Elle se radoucit et vient se loger dans mes bras.

— Je ne l'ai jamais revu depuis notre rupture, lui expliqué-je. Je crois qu'elle n'a toujours pas tourné la page.

— Bah si elle a du mal à tourner la page, je vais la tourner à sa place moi ! Elle t'approche ? Elle est morte, OK ?

Finalement, je ne suis pas sûr qu'elle se soit si adoucie que ça.

— Un vrai petit chien de garde ma parole ! plaisanté-je. Tu sais que t'es sexy comme ça ?

Je la taquine en pinçant l'une de ses fesses.

— Hum. Fais pas trop le malin toi, dit-elle en se dégageant de mes bras. Tu veux que je te rappelle la visite de Nathan ?

— Allez... C'est bon, ne fais pas ton boudin, lui lancé-je sur le ton de la rigolade tout en la rattrapant pour l'enlacer à nouveau.

Ce n'est pas vraiment une dispute, mais ça mérite bien une réconciliation sur l'oreiller.

On est installés dans le salon pour le petit-déjeuner. On se regarde dans les yeux. Le silence et notre communication non verbale parlent pour nous.

Malgré les événements de ces derniers jours, notre amour est indestructible. Nos crises de jalousie ou de colère montrent notre attachement l'un à l'autre. Je ne pourrais plus me passer d'elle, comme elle ne pourrait pas vivre sans moi. Notre dépendance est indéniable.

Le silence est brisé par le téléphone de Juliette qui n'arrête pas de bourdonner sur la table basse. Elle le regarde mais ne répond pas. Au bout de la troisième fois, je prends son téléphone pour vérifier qu'il ne s'agit pas de son harceleur.

— Tes parents. Tu ne réponds pas ?

— Non, reconnait-elle. Je n'ai pas envie de leur parler pour le moment.

— Toujours fâchée ?

Elle roule des yeux, agacée, et je comprends que oui.

— Tu me racontes ?

J'en profite pour la faire parler avant d'être obligé de passer au grill pour mes révélations concernant mon séjour imprévu à Paris.

— J'ai appris que mes parents m'avaient caché un élément très important au sujet de mon agression, me révèle-t-elle.

— C'est si grave que ça ?

— Oui. Un homme est mort en me portant secours, m'apprend Juliette d'un air coupable.

Je vois. Il y a bien plus qu'une histoire de cachoterie là dessous.

— Juliette, ce n'est pas ta faute, d'accord ? essayé-je de la rassurer.

— C'est ce que tout le monde me dit, mais mets-toi à ma place. Si je n'avais pas été là, cet inconnu serait toujours en vie aujourd'hui !

C'est bien ce que je pensais... sa culpabilité prend toute la place dans ses émotions.

— C'est la destinée, dis-je fataliste. Cette personne était au mauvais endroit, au mauvais moment, c'est comme ça.

Comme Damien. C'est le moment de lui parler de Paris, de lui.

— Et je pense que je peux facilement comprendre ce que tu ressens, risqué-je. Ton histoire me fait penser à celle de Damien. C'est pour lui que je suis allé à Paris.

— Comment ça ? Il a été agressé lui aussi ?

— Oui. Et il est mort.

L'avouer à voix haute me coûte.

— Oh mon Dieu, Mathias ! Je suis désolée, s'exclame-t-elle. Pourquoi tu ne me l'as pas dit plus tôt ?

Elle s'empresse de prendre ma main et de la serrer dans la sienne.

— Tu dois être tellement dévasté, mon Cœur. J'aurai pu venir avec toi, être là pour toi, pour te soutenir.

— C'était il y a plusieurs mois déjà, précisé-je. On ne se connaissait pas encore, tu sais.

Juliette est confuse. Elle ne comprend pas le timing. J'en viens à mon aller-retour à Paris :

— Si je suis remonté à Paris, c'est parce que Da Costa m'a appelé pour m'informer qu'ils avaient enfin chopé cet enfoiré qui l'a tué ! J'avais besoin de voir l'assassin de mon frère de cœur en face pour clore ce chapitre.

Juliette me regarde paniquée. Ses yeux sont grands ouverts. Elle porte ses mains à sa bouche, puis bondit du canapé pour rejoindre la partie cuisine qui est ouverte sur le salon.

Je savais que cette nouvelle allait lui faire penser à de vieux démons. C'est pour cette raison que je ne lui ai jamais parlé de Damien, et de son histoire tragique.

— Da Costa ? Comme, le Capitaine Da Costa ? m'interroge Juliette d'une petite voix hésitante, redoutant plus que tout ma réponse.

C'est comme si je voyais les rouages de son cerveau tourner dans sa tête. À l'instant même, où elle prononce le mot Capitaine, mon cerveau se connecte au sien.

Je comprends tout. C'est *elle*.

Je hoche la tête en signe de confirmation.

— Oh. Mon. Dieu.

Juliette recule, se heurte contre le bar de la cuisine.

— Damien ? C'est *lui* ? démystifie-t-elle à voix haute.

— Je... je crois que... bredouillé-je, je viens de le comprendre, comme toi.

— Non, non, non, répète-t-elle sans vouloir y croire. Ce n'est pas possible.

— Je n'étais pas au courant.

Je m'approche d'elle pour la prendre dans mes bras. Je voudrais la consoler mais elle se dégage rapidement avant de foncer telle une furie dans la chambre.

Je la rejoins sans plus attendre. Elle est en train de faire sa valise.

Putain, c'est du délire. Quand est-ce-que tout ça va s'arrêter ?

— Qu'est-ce que tu fais ? l'interromps-je en refermant la valise posée sur le lit.

— Je suis désolée, Mathias. Je ne peux pas rester. C'est impossible. Je ne peux pas continuer avec cette bombe entre nous.

— Mais, qu'est-ce que tu racontes, enfin ?

Elle rouvre la valise, et continue de vider ses affaires dedans.

— Je ne veux pas lire chaque jour, dans tes yeux, que je suis celle qui a tué ton meilleur ami, se justifie-t-elle.

— Pourquoi tu dis des débilités pareilles, bordel ! Je t'aime. Tu sais bien que nos sentiments n'ont rien à voir avec cette histoire !

J'ai l'impression d'avoir manqué une étape. Je pensais que notre amour était plus fort que ça. Qu'on était lié, elle et moi.

— Ah bon ? dit-elle moqueuse. Et qui me dit que tu n'as pas essayé de t'approcher de moi, pour me faire payer ce que ton pote a subi ?

On nage en plein délire. Elle me jette sa tirade à la figure, comme si elle cherchait à me blesser, alors qu'elle n'en croit pas un mot.

Juliette ferme sa valise, passe devant moi sans un regard pour sortir de la chambre. Elle met ses chaussures et prend son sac à main. J'essaie de m'opposer à son départ en me glissant entre elle et la porte d'entrée.

Je ne veux pas qu'elle parte. Pas maintenant. Pas quand cette histoire vient nous bouleverser tous les deux.

— Juliette, je t'en supplie, ne pars pas.

— Mathias, sois raisonnable, laisse-moi passer !

Nos corps bougent de droite à gauche, en miroir. Elle veut que je me décale, moi pas.

— Putain, tu ne peux pas me quitter comme ça, m'indigné-je. Je t'aime. Et puis, tu vas aller où ?

— Je vais bien trouver un hôtel avec une chambre de libre. Laisse. Moi. Passer, insiste-t-elle.

Même son corps n'est pas d'accord avec ce qu'elle dit. Elle pleure et n'arrive pas à me regarder dans les yeux. Je ne sais pas pourquoi elle s'inflige encore plus de peine qu'elle en a déjà.

Je n'ai pas le choix que de la laisser partir pour le moment. Elle a peut-être besoin de temps pour digérer tout ça. Moi aussi, remarque…

Je me déplace sur ma droite pour la laisser partir. La porte claque. Son départ déclenche en moi une crise de colère incontrôlable. On vient d'appuyer sur mon interrupteur. La machine est lancée, je ne peux plus l'arrêter !

J'attrape la première chose à portée de main, et j'éclate le vase sur le mur d'en face, tout en hurlant de rage. Je prends mon casque et file rejoindre ma bécane dans le parking souterrain. Il faut que je sorte d'ici, ou je vais tout casser dans l'appartement.

Sortir et conduire n'est pas forcément une bonne idée non plus !

15

JULIETTE

J'ai réussi à trouver une chambre d'hôtel libre pour la nuit. Ce n'est pas un palace, mais cela fera bien l'affaire pour une seule fois. Je n'avais pas envie de chercher pendant des heures et à travers toute la ville. Je m'occuperai de trouver quelque chose de plus décent demain.

Je n'ai pas d'autre choix que de loger à l'hôtel. Je ne veux pas retourner chez mes parents et je n'ai pas vraiment d'amis ici, chez qui je pourrais être hébergée.

Comme quoi, mes parents avaient raison sur ce coup-là. J'aurai dû m'ouvrir aux autres.

Je pourrais très bien rejoindre Noémie à Paris, mais j'ai des engagements professionnels. Je ne peux pas partir comme bon me semble. Jo m'a tendu la main quand j'en avais besoin, je lui dois beaucoup, je ne veux pas le mettre en difficulté.

Si je reste, je vais devoir côtoyer Mathias tous les jours à la salle.

Cette réflexion m'anéantie davantage. Ma tête est pleine, prête à exploser. Mes pensées se manifestent tour à tour et ne me lâchent pas. Je pense à Mathias, à Damien, au boulot, à Jo…

Le lendemain, j'arrive au travail avec des valises sous les yeux. Je n'ai pas fermé l'œil de la nuit. J'ai tellement pleuré que mes yeux sont rouges et gonflés.

J'appréhende ma confrontation avec Mathias. Car c'est certain qu'il ne va pas en rester là. Je le connais par cœur, il ne lâchera pas l'affaire aussi facilement.

Il est 8 h. J'ai quelques heures tranquilles devant moi avant son arrivée. Une arrivée, qui sans nul doute, ne passera pas inaperçue.

Je passe ma tête dans l'entrebâillement de la porte du bureau de Jo qui est déjà là, pour lui dire bonjour.

— Salut, Jo.

— Bonjour, Juliette ! Ça n'a pas l'air d'aller ?

Je ne m'avance pas plus. Je préfère rester à distance pour masquer mon trouble.

— Je suis désolée si je ne suis pas de bonne compagnie aujourd'hui, annoncé-je. J'espère que tu ne m'en voudras pas.

— Ça concerne Mathias ?

Jo est trop perspicace.

— Je préfère ne pas en parler pour le moment, éludé-je d'un revers de la main.

— Donc, ça concerne Mathias, rouspète-t-il. Qu'est-ce qu'il a fait ?

— Rien, Jo. Ne t'en fais pas, d'accord ?

Il me scrute avec insistance. Il ne lâche pas mon regard qui se remplit de larmes.

— OK, je laisse tomber, abdique-t-il. Pour le moment…

Je referme la porte du bureau et vais m'installer derrière mon comptoir. Les premiers adhérents, les matinaux, ne tardent pas à arriver pour leur séance de sport.

En général, la salle est assez calme le matin. Il n'y a pas beaucoup de courageux qui viennent mouiller le maillot. Le pic d'affluence est entre midi et quatorze heures et le soir à partir de dix-sept heures. Quand les coaches sont présents et que la salle des cours collectifs est occupée. Je profite toujours de ce calme pour avancer dans mes tâches administratives.

Aujourd'hui, j'ai une mission bien plus importante : trouver un hôtel pour les prochains jours et réfléchir à ce que je vais bien pouvoir faire pour le futur.

Car il est certain qu'il est hors de question que je retourne vivre chez mes parents ! Il est peut-être temps de me chercher un petit appartement. Je ne roule pas sur l'or, mais mon salaire me permettrait de trouver quelque chose de correct.

Après quelques consultations sur internet, j'arrive à réserver un logement Airbnb. Cela me paraît être un bon compromis en attendant de prendre une décision.

Retourner chez Mathias par exemple ?

Cette pensée vient semer le trouble dans mon esprit et me torture à petit feu.

La décision que j'ai prise, de partir, n'est pas facile à assumer. Je l'aime et j'ai du mal à imaginer ma vie sans lui.

Mais cette révélation qui nous lie a tout bouleversé. Comment pourrait-il aimer la personne qui est responsable de la mort de son meilleur ami ?

Aujourd'hui, il dit que cela n'a rien à voir avec notre relation. Mais je ne veux pas prendre de risque. Si je vois ma culpabilité se refléter dans ses yeux, ainsi que sa rancœur, je ne le supporterai pas.

J'ai fait ce choix pour moi. Mais surtout pour lui. Pour lui laisser une chance de refaire sa vie avec une personne qui n'aura pas d'implication avec son passé.

Marie ?

Non, celle-là, si je la vois, je ne réponds plus de rien. D'ailleurs, je préfère ne penser à aucune autre fille, car imaginer une autre femme dans ses bras, j'en ai la nausée.

La porte d'entrée s'ouvre. Mathias entre et se dirige directement vers moi. Je souffle un bon coup, mords l'intérieur de ma joue pour me concentrer et ne pas pleurer devant lui. Je dois être forte.

— Princesse, il faut qu'on parle, me supplie-t-il, la mine triste.

— Mathias, je n'ai rien à te dire. La situation est telle qu'elle est, on ne peut pas la changer.

— Mais tu ne peux pas tirer une croix sur nous comme ça ! Je t'aime. Tu peux pas nous laisser tomber, putain !

Il contourne le comptoir pour se rapprocher de moi. Déjà, ses mots sont difficiles à entendre, alors, un rapprochement physique, je ne pourrais pas le supporter.

Une larme coule sur l'une de mes joues, trahissant mes sentiments pour lui.

Je fais un pas en arrière et lève mes mains entre nous pour ériger une barrière. Je sais qu'il ne peut pas s'empêcher de me toucher.

— Reste où tu es, le préviens-je fermement.

— Juliette, j'ai besoin de toi, tu comprends ?

Il est à deux doigts de se mettre à genoux pour m'implorer. Je suis mal à l'aise d'être le centre de l'attention. Les adhérents entrent et s'arrêtent pour assister à notre spectacle.

— Mathias ! Ton client t'attend, nous interrompt Jo.

Sauvée par le gong !

Jo me regarde un moment. Il évalue mon état émotionnel à distance. Pendant ce temps, Mathias baisse la tête et se dirige tout penaud vers son vestiaire pour pendre son poste. Il a l'air si malheureux que cela déclenche mes pleurs.

Jo me demande d'aller prendre ma pause déjeuner maintenant, pour m'aider à reprendre mes esprits. Je préfère m'installer à une terrasse d'un café, plutôt que de rester à l'espace détente, comme je peux le faire souvent. Je dois m'éloigner le plus possible de Mathias.

Je suis perdue dans mes pensées. Mes réflexions tournent en boucle dans ma tête.

J'appelle Noémie pour tout lui raconter car je n'ai pas encore eu le temps de le faire. J'ai vraiment besoin de son optimisme en cet instant.

— Tu sais, tu es mon amie, commente Noémie. Je te soutiendrai quoi que tu fasses. Mais Juliette, tu ne crois pas que tu y vas un peu fort, là ?

J'ai un peu de mal avec le fait qu'elle remette en question ma décision. En vérité, elle n'est pas à 100 % derrière moi.

— Et que va devenir le monde des Princes et des Princesses sans Juliette et Mathias ? ajoute-t-elle pour essayer de dédramatiser la situation.

— Pfff... arrête tes bêtises ! soufflé-je, un brin agacée. Écoute, c'est la seule solution que j'ai trouvée pour le moment.

— Je pense que tu as besoin de prendre un peu de recul. Pourquoi tu ne viendrais pas à Paris ce week-end ? C'est le week-end de Pentecôte, en plus. On a trois jours de break.

J'observe les passants autour de moi. Leurs mouvements me donnent le tournis. Je fixe la table où je suis installée. Je n'ai même pas touché à mon assiette.

— Pourquoi pas, finis-je par dire après un délai de réflexion. C'est une bonne idée. Il faut que je voie avec Jo si je peux modifier mon planning pour vendredi et ne pas faire la fermeture.

— OK. Tu me tiens au courant ?

De retour à la salle, je passe par le bureau de Jo pour m'arranger avec lui sur mes horaires. Je lui explique que je compte partir trois jours à Paris ce week-end, et que, ça m'arrangerait beaucoup si je n'étais pas de fermeture vendredi soir. Cela me permettrait de prendre un train en fin d'après-midi et de profiter pleinement de Noémie sur place.

Jo ne fait aucune difficulté. Il me surprend même en me disant de ne pas venir mardi pour prolonger mon repos. Il m'a ordonné de régler mes histoires de cœur. Décidément, cet homme me surprendra toujours.

J'accepte sa proposition, en priant en silence qu'il ne découvre pas que c'est par ma faute que son petit protégé a le cœur brisé. Je lui ai fait une promesse quand j'ai été embauchée ici.

Est-ce que, si j'ai moi aussi le cœur brisé, on peut dire que j'ai tenu ma promesse ?

J'essaie de jouer mon propre avocat à la cour pour prendre ma défense.

Avant de reprendre mon poste de travail, je m'active pour m'organiser pour la fin de la semaine, réserver mes billets de train et prévenir ma copine.

Moi (13:17) : J'arrive vendredi soir vers 21 h. Tu l'auras voulu, tu m'auras sur le dos pendant 3 jours.

Noémie (13:20) : Même pas peur ! Hâte que tu sois là, ma Juju. Tu vas voir, je vais m'occuper de toi.

Rien que le fait de savoir que je serai avec Noémie quelques jours, cela m'enlève un poids énorme dans la poitrine. Je sais qu'elle fera tout pour me changer les idées.
Au moins, pendant ce temps-là, je serai loin de tout ça. Loin de *lui*.

Tous les jours de la semaine, Mathias essaie de m'approcher, tant bien que mal, pour me parler et me raisonner. C'est une véritable torture pour mon cœur et ma santé mentale.
Lorsqu'il ne vient pas me voir, je l'épie au loin, dans la salle de musculation avec ses clients. Je me fais du mal pour rien, mais il me manque tellement.
Jo, quant à lui, veille sur moi comme un ange gardien.
Si tu savais la vérité.
Le vendredi, assise sur mon siège dans le TGV, je peux enfin respirer. Les paysages défilent à la fenêtre à la vitesse grand V. Chaque kilomètre qui me sépare davantage de Mathias est une bouffée d'oxygène. J'opte pour la politique de l'autruche, mais sur le coup, j'ai besoin de ça pour y voir plus clair.

Je suis chez Noémie, dans son appartement luxueux du 16ème arrondissement de Paris. C'est son père qui le loue pour elle. Il est le gérant et fondateur d'une marque célèbre de sacs à main. Pour eux, l'argent n'a jamais été un problème et cela se ressent. Son appartement est très moderne, girly, à l'image de sa locataire.
Je suis assise devant le miroir de sa coiffeuse et finis de me préparer. Repetto, son chat, est en train de se frotter contre mes jambes dénudées. Je n'ai pas le temps de faire un câlin, je suis légèrement à la bourre, car j'ai été obligée de me changer.
Noémie sort de son immense dressing attenant à la chambre, puis,

s'accroche à l'un des barreaux de son lit à baldaquin pour enfiler ses escarpins.

— Allez, Juliette ! me presse-t-elle. Dépêche-toi, c'est l'heure de partir !

— J'arrive ! pesté-je en appliquant mon rimmel. C'est ta faute aussi.

Je suspens mon geste, me tourne pour lui faire face avant de la réprimander.

— Je t'avais dit qu'un jean et un top serait suffisant. Mais non... madame a absolument voulu me prêter une robe.

Je retrouve ma position initiale et reprends ma tâche pour allonger mes cils avec la brosse noire.

— Tu sais bien qu'on ne sort pas en boîte avec un jean ! me sermonne Noémie. Tu vas faire fuir tous les mecs !

— C'est bien ce que je cherche à faire, en fait !

À l'intérieur de la boîte de nuit, je retrouve facilement les habitudes que j'avais, lorsque je sortais avec Noémie. Nous ne nous séparons jamais. Même pour aller aux toilettes ou commander une boisson au bar. Nous n'acceptons jamais de verre de provenance inconnue également.

Nous passons la plupart de notre temps sur la piste de danse. Des hommes essaient de nous approcher. Je les repousse sans même m'y attarder. Je ne suis pas venue ici pour me compliquer la vie avec un autre homme.

Noémie, quant à elle, reste en éveil sur de potentielles proies qu'elle pourrait ramener chez elle.

Au bout d'une heure, la soif se fait sentir et j'entraîne Noémie pour qu'on fasse une pause au bar.

— Deux mojitos s'il vous plaît, demandé-je au barman en m'accoudant au comptoir.

— OK ma belle, je te fais ça tout de suite.

Ses yeux sont joueurs et son sourire enjôleur.

Nous sommes assises sur les tabourets de bar en attendant que nos consommations soient prêtes. J'observe la piste de danse, avec ses mouvements et ses jeux de lumière. Noémie, elle, regarde le barman avec insistance.

— Il est pas mal hein ? m'interroge Noémie.
— Hum ? Qui ça ? feins-je l'innocence en reportant mon regard sur elle.
— Le barman.
Elle me fait un signe discret de la tête vers l'homme de l'autre côté du bar. Je risque un coup d'œil furtif.
— Oui. Pas mal. Mais pas trop ton genre, pourtant, précisé-je.
— Ça tombe bien, parce que c'est toi qu'il est en train de manger du regard !
Si elle compte m'embarquer dans un plan drague, elle est mal tombée.
— Je ne suis pas intéressée et tu le sais bien !
— Deux mojitos pour ces jolies demoiselles, nous interrompt le barman.
Je récupère nos consommations et bois mon cocktail bien frais, mais Noémie me gâche tout le plaisir.
— Allez… s'amuse-t-elle. Je ne te parle pas de t'engager, mais de prendre du bon temps pour oublier Mathias !
Elle et sa manie de jouer avec les hommes. Je ne suis pas vraiment d'humeur à entrer dans ce jeu-là.
— Je ne pense pas que coucher avec le premier venu, soit la meilleure des façons à mon avis ! ajouté-je agacée.
— Ou peut-être, que tu ne *veux* pas l'oublier, tout simplement.
Noémie me sonde sans sourciller.
— Je vais danser, annoncé-je sur un ton sec.
Je délaisse mon verre sur le comptoir pour fuir Noémie et ses insinuations plus que douteuses. Un peu plus, et je pourrais croire qu'elle le fait exprès pour me provoquer. Si l'autre jour j'avais des doutes, maintenant j'en suis presque sûre : ma meilleure amie n'est pas à 100% de mon côté en ce qui concerne ma décision de quitter Mathias.
Noémie me rejoint sur la piste danse, puis me prend dans ses bras pour danser. C'est comme si elle avait un pouvoir magique. Je lui pardonne instantanément sa maladresse et profite de notre première soirée ensemble.

Mon arrivée à Paris commence sous le signe de la fête. Je crois que Noémie veut mettre le paquet pour me changer les idées.

Nous rentrons à son appartement vers 4 h du matin. Nous sommes épuisées par cette sortie. J'avais perdu l'habitude de danser toute la nuit et j'ai mal aux pieds ! Pourtant, autrefois, mes orteils étaient habitués à souffrir le martyre.

Une fois prête pour aller dormir, je jette un coup d'œil à mon téléphone. Mathias a envahi ma messagerie. Je ne prends pas le risque d'ouvrir ses messages. Je pourrais craquer…

Encore dans mes pensées, j'entends Noémie m'annoncer le programme de demain, samedi.

— On ira se balader aux jardins des plantes, si tu veux ? Je sais que tu aimais bien qu'on aille là-bas, avant.

Elle est prête à quitter la chambre, où je suis installée, puis se ravise et fait demi-tour.

— Par contre, m'avertit-elle, j'ai regardé ta valise. Un passage shopping dans la journée est obligatoire !

— Mais qu'est-ce que tu as, à la fin, avec ma garde-robe ?

C'est quoi cette manie de toujours fouiller dans mes affaires ? C'est un tyran de la mode c'est fille.

— Le problème avec ta garde-robe, c'est que t'as pas de robe, justement !

Qu'est-ce-que je disais.

— Et alors ? J'en n'ai pas besoin ! me rebiffé-je tout en m'installant dans le lit.

— Ma belle, avec le programme de ce week-end, je t'assure que tu en auras besoin.

Noémie a tendance à exagérer et prendre les choses un peu trop à cœur. Elle m'explique sa théorie complètement bancale. Soi-disant que si je ne veux pas me faire belle, c'est qu'inconsciemment je ne veux pas attirer les hommes. Tout ça, parce que je n'assumerais pas ma rupture avec Mathias.

Oui, je n'arrive pas à l'assumer, car je l'aime encore. Si je l'ai quitté, ce n'est pas parce qu'il m'a fait du mal, qu'il m'ait trompé, ou une quelconque autre raison. Et même si j'assumais mes actes, j'aurai le droit de ne pas vouloir d'autres hommes dans ma vie pour le moment !

Noémie éteint la lumière et s'en va. Me laissant seule, dans le noir avec sa dernière remarque comme unique compagnie.

Après une bonne nuit de sommeil réparatrice, je me prépare pour cette nouvelle journée en compagnie de ma meilleure amie.

Aujourd'hui, si j'ai bien compris le programme, c'est balade en extérieur et dans les magasins, pour finir ce soir par un dîner au restaurant et par une sortie en discothèque.

Le téléphone de Noémie sonne. Elle fronce les sourcils tout en décrochant.

— Mathias ?

Oh. Non. Je la supplie du regard pour lui faire comprendre de ne rien révéler sur ma présence, ici. Elle écoute attentivement Mathias à l'autre bout du fil.

— Je suis désolée, Mathias. Je ne sais pas où elle est. La dernière fois que je l'ai eu au téléphone, c'était le lendemain de votre rupture.

J'entends la voix de Mathias parler à travers le combiné.

— Oui. Je n'y manquerai pas, répond-elle en me fusillant du regard.

Pitié, que cette conversation s'arrête. Je vais encore en prendre pour mon grade !

— Au revoir, Mathias. À bientôt.

Noémie raccroche et me menace avec son index pointé vers moi.

— La prochaine fois que tu m'obliges à lui mentir, je te jure, que tu vas me le payer !

— Merci ma poulette, dis-je gênée. Je n'ai pas envie qu'il sache où je suis. Il serait capable de débarquer ! finis-je par lui expliquer.

— Oui, et bien tu n'as qu'à assumer et décrocher ton téléphone, qui est saturé de ses appels en absence. Il avait l'air tellement malheureux, Juliette... Si tu avais entendu sa voix...

— STOP ! l'interrompe-je.

Je préfère couper court à cette discussion.

— Allez, on y va ? ajouté-je avec entrain pour masquer mon trouble.

La journée se passe bien. Un peu comme au bon vieux temps, lorsque j'habitais encore Paris. Nous rigolons beaucoup avec Noémie. Nous profitons des magasins et nous nous arrêtons de temps en temps, pour boire un verre, ou manger quelque chose, dans nos endroits parisiens favoris.

Le soir venu, je me prépare avec l'une des robes qu'elle m'a obligé à acheter, dans l'après-midi. S'il n'y a que ça pour lui faire plaisir, je n'insiste pas et me plie à ses exigences de femme fatale. Je ne voudrais surtout pas compromettre sa réputation !

Au restaurant, je me fais ouvertement draguer par le serveur que je repousse sans ménagement. Noémie saute sur l'occasion pour remettre le sujet Mathias sur le tapis. J'en suis fortement agacée. Il va falloir que je trouve un moyen de lui faire comprendre que j'ai pris ma décision et que c'est bel et bien fini.

Une fois sur la piste de danse, je pense avoir trouvé un moyen assez radical pour lui faire fermer son clapet.

Un homme danse face à moi. Il n'arrête pas de me fixer depuis bientôt une demi-heure. Je finis par lui rendre son sourire et il en profite pour amorcer une tentative d'approche. Il colle son corps au mien, se calant sur mes mouvements pour suivre le rythme de la musique. Puis, il pose ses mains sur le bas de mes reins et approche sa bouche de mon oreille, pour me parler.

Je ne comprends rien de ce qu'il me dit avec le volume assourdissant dans la discothèque. Ce qui est sûr, c'est que je n'entends rien, mais je ne ressens rien non plus.

Pourtant, ses mains sont sur moi. Mon corps ne réagit pas.

Pas comme avec Mathias. Mon corps est un traître !

Il tourne son visage, rapprochant ses lèvres des miennes.

C'est le moment parfait pour démontrer à Noémie que je suis capable de passer à autre chose. Après ça, elle pourra me ficher la paix avec Mathias.

Quand ses lèvres entrent en contact avec les miennes, je ne ressens pas la douceur de celles de Mathias. Je reste immobile quelques secondes. Ce baiser ne me fait rien. Très vite, je panique et plante là le mec, puis pars en courant jusqu'aux toilettes. J'ai à peine fermé la porte que Noémie tambourine contre celle-ci.

— Juliette, ça va ? s'inquiète-t-elle. Ouvre cette porte !

Je peux voir à travers le bas de la porte qu'elle s'est accroupie. Comme moi, de l'autre coté la porte.

— Qu'est-ce qui s'est passé ? insiste-t-elle d'une voix douce.

On entend juste mes pleurs à travers la cloison des toilettes.

— Il t'a forcé à faire quelque chose que tu ne voulais pas, ce connard ?

— Non, reniflé-je.

— Alors pourquoi tu pleures comme ça ? Ouvre-moi ! réitère-t-elle.

Je me relève et déverrouille la porte.

— T'avais raison.

J'ouvre la porte puis me jette dans ses bras.

— Je n'y arrive pas, avoué-je, tout en continuant de pleurer. Je ne peux pas être avec un autre que lui. Je l'aime trop Noé.

— Allez ma poulette, ne pleure pas, me console-t-elle.

Elle caresse mes cheveux. Son geste m'apaise.

— Bien sûr que tu l'aimes, approuve-t-elle. C'est une évidence. Et il t'aime aussi. Prends un peu de temps pour toi, et ça va s'arranger, OK ?

J'opine du chef en essuyant les larmes sur mes joues avec le dos de la main.

— Allez viens, on rentre ! dit Noémie en m'encerclant les épaules pour me faire avancer à ses côtés.

Je passe le reste de notre week-end à parler de mes doutes. Je suis assez surprise que Noémie ne m'ait pas encore demandé de me taire. Au contraire, elle m'écoute sans relâche, me rassure et me console par alternance. Parfois, elle me lance quelques remarques rigolotes et elle arrive à me faire sourire un instant. Elle joue son rôle de meilleure amie à la perfection !

Je suis si triste et en manque de lui. Un coup, j'annonce que dès mon retour à Aix, j'irai le retrouver pour me faire pardonner et le supplier qu'il me reprenne. L'heure suivante, j'affirme que notre passé, qui se télescope avec notre présent, complique tout et rend notre relation impossible.

Je suis étonnée de ne pas avoir un trou dans ma joue gauche à force de la mordre pendant mes éternelles réflexions contradictoires.

Je. Suis. Perdue.

Quand vient le moment de se dire au revoir à la gare de Lyon, à Paris, Noémie me fait une remarque pertinente.

— Au fait, tu ne m'as pas reparlé de ton taré de harceleur ?

— Il a disparu depuis une semaine, l'informé-je. Mais je reste quand même sur mes gardes.

Notre accolade s'éternise sur le quai. Je n'ai pas envie de la quitter.

— Fais attention à toi ma poulette, d'accord ? m'avertit Noémie. Et tu m'appelles quand t'es arrivée ?

— Oui, Maman !

Ma réponse la fait sourire. Je monte dans la voiture avec l'image de ma meilleure amie souriante. Cette vision me fait du bien au moral. Cela me redonne des forces pour l'épreuve qui m'attend à mon retour. Quelque chose que je me suis juré d'affronter dès demain, étant donné que Jo m'a donné un jour de repos.

16

MATHIAS

Ma soirée de la veille a failli tourner au drame. Je suis parti faire un tour sur ma bécane pour fuir mon appartement. Après avoir roulé pendant une heure, profitant des sensations de la vitesse, j'ai atterri dans un bar sur la côte. J'ai commencé par regarder la mer et les vagues s'échouer sur le sable, puis très vite, je suis allé noyer mon chagrin dans l'alcool.

La dernière fois que je me suis retrouvé dans cet état, c'était après l'enterrement de Damien. Après quelques verres, je m'étais embarqué dans une altercation avec un autre client du pub où j'étais. La bagarre qui s'en était suivie m'avait menée tout droit vers les heures de travaux d'intérêt général.

Et donc, vers Juliette.

Il faut dire que j'avais bien amoché le type en face de moi. Un peu plus, et il finissait dans le coma.

Je repense à Nathan, à mes poings qui atterrissent sur son visage. J'ai l'impression que la même scène se répète. Heureusement pour moi, Juliette était là cette fois.

Hier, j'ai bu quelques bières, mais lorsque j'ai senti que mon voisin de bar commençait à me titiller, j'ai vite pris le large. J'ai conduit sous l'emprise de l'alcool, l'esprit embrumé par l'image de Juliette et notre conversation. Si Juliette était là, elle me dirait que c'était totalement inconscient et irresponsable.

Ce matin, je dois faire face à mon reflet dans le miroir. Putain, ce n'est pas beau à voir. Tout à l'heure, je dois me rendre au travail. J'espère qu'elle sera là, car je dois absolument la convaincre de revenir sur sa décision. Juliette m'appartient et je ne la laisserai pas rompre avec moi.

Lorsque j'arrive à l'accueil, Juliette est à sa place habituelle. Elle est dans le même état que moi. Elle a les yeux rougis par les larmes, un teint blafard et des cernes sous les yeux. Elle non plus, n'a pas beaucoup dormi.

J'essaie de lui faire comprendre qu'elle commet une grave erreur en laissant notre relation tomber.

Les clients me regardent dans ce moment de faiblesse. Je m'en fous. Je suis prêt à tout pour la récupérer.

Son corps lutte pour ne pas flancher face à mes suppliques. Elle me contraint de rester à distance avec ses mains. C'est encore plus dur à encaisser. Je suis à deux doigts de franchir la limite qu'elle m'impose, quand Jo me rappelle à l'ordre pour aller voir mon premier client.

Ma première tentative a échoué, mais je ne me laisse pas abattre pour autant.

Le combat n'est pas terminé. Je reviendrai !

Malheureusement pour moi, Jo s'est improvisé comme son garde du corps personnel. Je n'arrive pas à l'approcher de la journée.

Je travaille sans grande utilité pour mes clients parce que je n'ai pas le moral pour les soutenir et les encourager dans leurs efforts.

Davi, mon collègue de travail, me prend à part dans les couloirs du club pour sonder mon humeur. Il n'a pas l'habitude de me voir dans cet état. Je crois que la dernière fois qu'il m'a vu aussi mal, c'était lors de l'épisode de la fausse grossesse de Marie. Mais là, c'est encore pire. J'ai l'impression que mon cœur a été lacéré.

Sentant mon besoin de décompresser, il me propose une séance de boxe avec lui, entre deux rendez-vous. Le sac de frappe a pris cher.

Le lendemain, Jo me convoque dans son bureau, avec la mine sombre du père de famille, qui va donner une bonne leçon de morale à ses enfants. J'ai à peine posé mes fesses sur le fauteuil en face de lui, qu'il attaque :
— Qu'est-ce que tu as fait ?
Qu'est-ce que je disais ?
— Comment ça ? dis-je pour l'obliger à éclaircir ses propos.
Je sais qu'il va me parler de Juliette. Ce que je ne sais pas, c'est son degré de connaissance concernant les détails de notre histoire.
— Pourquoi Juliette te fuit comme la peste, passe son temps à pleurer et toi à lui courir après, malheureux comme les pierres ?
— Elle veut rompre, lâché-je dans un souffle.
Jo m'observe en silence.
— C'est à cause de Marie ? se renseigne-t-il accusateur.
— Marie ? Mais pourquoi faut-il que Marie revienne sur le tapis ?
— Donc, c'est bien ce que je pensais. C'est à cause d'elle, me sermonne Jo.
Que dois-je faire pour qu'on me laisse tranquille avec cette fille ? Pour moi, elle n'a aucun intérêt.
— Non ! grondé-je en me levant de mon siège. Tu te trompes complètement !
Il m'enjoint de lui donner plus d'explication d'un signe de tête. Je me rassois, presque intimidé par son autorité naturelle.
— Oui, Marie est passée chez moi l'autre jour, commencé-je à développer. Mais ce n'est pas pour ça. Et d'ailleurs, pourquoi tu me parles subitement d'elle ?
— Elle est passée plusieurs fois à la salle la semaine dernière et a demandé à te voir, me précise Jo. Je ne t'en ai pas parlé, car je sais que tu ne voulais plus entendre parler d'elle.
Il a laissé tomber sa voix sèche. Maintenant, il s'adresse à moi avec un ton protecteur.
— Mais alors, qu'est-ce qu'il se passe avec Juliette ? Elle ne veut rien me dire, la p'tite... déclare Jo d'un ton inquiet.
— Nous avons découvert qu'elle est la fille que Damien a tenté de sauver, le jour de sa mort.

Il sursaute sur son fauteuil. Cette nouvelle inattendue le laisse sans voix. Je me racle la gorge pour chasser les trémolos dans ma gorge.

— Juliette nourrit une sorte de culpabilité vis-à-vis de Damien, exposé-je pour qu'il comprenne pourquoi Juliette a rompu. Elle pense que c'est entièrement sa faute, s'il est mort.

Jo fait une sorte de grondement sourd accompagné d'un mouvement dépité de la tête, qui veut clairement dire « n'importe quoi ! ».

— Et avec ce passé qui nous lie désormais, maintenant qu'elle sait que Damien était mon meilleur ami, c'est encore pire. Elle dit que notre relation est impossible.

Je m'accoude contre le bureau, cache mon visage dans mes mains et soupire fort.

— Je comprends mieux... Je suis désolé de t'avoir accusé à tort, mon garçon. Tu sais, je t'aime.

Son aveu me surprend. Je relève la tête et l'observe abasourdi, alors qu'il poursuit sur sa lancée.

— Tu fais partie de ma vie depuis que tu es né. Je... Je ne veux que ton bonheur.

Comment en est-on arrivé à l'instant « confidence » ?

— Et Juliette, je m'y suis attaché. Elle me plaît beaucoup, cette petite. Elle est faite pour toi, Mathias.

— Tu... tu ne m'avais jamais dit tout ça, Jo, bredouillé-je ému. Je...

J'hésite. Moi qui, il y a quelque temps, n'avais jamais dit je t'aime, me voilà prêt à le dire à une autre personne.

— Toi aussi tu comptes vraiment pour moi. Je t'aime aussi, tu es comme un deuxième père pour moi.

Jo est à son tour déstabilisé. Il déglutit. Ses yeux sont humides. Il ne craque pas devant moi, car c'est un homme et qu'il a sa propre fierté. Comme moi.

Parfois, dans des moments aussi tristes on a de bonnes surprises. Je savais que Jo m'appréciait beaucoup, mais il ne m'avait jamais dit qu'il m'aimait.

Il fait partie de ces personnes qui constituent notre famille de cœur. Celle qu'on choisit pour nos valeurs, nos convictions, et nos affinités, comme Damien, mon frère de cœur.

À la fin de notre conversation, Jo me conseille de laisser Juliette tranquille quelques jours et d'arrêter d'essayer de lui parler. Elle a besoin de temps pour se faire à l'idée que Damien est certes entre nous, mais pas pour les mauvaises raisons, comme elle peut le croire.

Je suis alors les conseils de Jo et laisse Juliette tranquille, tout en la surveillant de loin.

Je découvre alors qu'elle a établi ses quartiers dans une résidence du centre-ville. Je me demande bien chez qui elle peut loger.

Depuis qu'on s'est rencontrés, les seules personnes qu'elle m'a présentées sont Noémie, qui vit à Paris, ses parents, avec qui elle est fâchée et dont je connais bien l'adresse, et Nathan son ex.

Pitié, ne me dites pas qu'elle est retournée avec lui ?

Non. Je suis sûr que ce connard est rentré chez lui à Paris, après la leçon que je lui ai donnée. Et puis de mémoire, il était de passage ici, et séjournait à l'hôtel.

Je décide de rendre visite à mon pote, chose que je n'ai pas faite depuis son enterrement. Il faut que j'arrête avec mes messages vocaux sur Messenger. Je sais pertinemment que je n'aurai jamais de réponse. Je pense qu'il est temps de me rendre sur sa tombe, si j'ai envie de lui parler.

Je passe le portail gris en fer forgé et pénètre dans le cimetière. Les allées sont impeccables. Les pelouses sont tondues au millimètre et les tombes reposent à l'ombre des cyprès et des grands platanes.

Le cimetière est désert. Il faut dire que l'heure est plutôt tardive pour se rendre dans ce genre d'endroit. Mon emploi du temps ne m'a pas permis de venir plus tôt dans la journée. Et puis, vendredi, veille de week-end prolongé, les gens sont partis pour rejoindre leurs proches ou leurs amis et profiter d'un break.

Je plonge dans mes souvenirs pour me rappeler où repose Damien. Cela fait trop longtemps que je ne suis pas venu ici.

Honte à moi.

Je retrouve enfin sa tombe, m'assois par terre et commence à parler sans m'arrêter.

« Hey mon frère ! Je sais, ça fait un bail... pourtant je n'ai jamais cessé de penser à toi, tu sais.

Je suppose que tes parents sont venus pour t'annoncer la nouvelle. Ouais. Ils ont choppé ce fils de pute ! Je suis allé à Paris pour le voir de mes propres yeux. Et putain mec, j'avais tellement envie de lui faire la peau !

Aujourd'hui, je ne peux plus fuir ni nier ce qu'il s'est passé. C'est aussi pour ça que je ne venais pas te voir. Car si je n'étais pas face à ta tombe, peut être que ça voulait dire que tu n'étais pas réellement parti. Mais... »

Je fais une pause, car mes émotions me submergent. Je vais m'effondrer comme une pauvre mauviette. C'est ce que dirait Damien, s'il était encore en vie. Relever la tête fièrement et continuer d'avancer. Ne jamais s'apitoyer sur son sort et se comporter en homme. C'est ce qu'il m'a appris et toujours répété depuis mon enfance. Je desserre mes poings, me reprends et poursuis mon monologue.

« Mais... Dam... t'es vraiment parti. Tu es mort et tu m'as laissé tout seul ! Tu étais mon meilleur ami, mon frère, mon guide.

Et maintenant, je dois te dire merci, car t'es aussi mon putain d'ange gardien. Tu as mis la femme de ma vie sur ma route. Oui, sans toi, je n'aurais jamais rencontré Juliette.

Un jour, par message, je t'ai raconté que j'avais fait sa connaissance au centre Marie Curie, où j'effectuais mes heures de travaux d'intérêt général. Ma punition pour avoir pété un câble après ton enterrement. Alors ouais, si tu n'étais pas mort, je n'aurais jamais tabassé ce type et je ne me serais jamais retrouvé dans ce centre, où elle faisait sa rééducation. T'as été son putain de sauveur et tu m'as guidé vers elle mon pote. »

Je chasse les larmes avec mes paumes pour me comporter en homme et faire honneur à mon frère. Je souffle un bon coup avant de lui parler de Juliette.

« Juliette, c'est toute ma vie, mec. Ouais. Je suis devenu une belle guimauve bien dégoulinante qui transpire l'amour, les cœurs et les engagements que tous les mecs cherchent à fuir !

Elle ne le sait pas encore, mais un jour, elle sera ma femme. Je t'en fais la promesse, Dam. De toute façon, je n'ai pas le choix. Mes parents l'adorent et Jo a donné sa bénédiction. Selon lui, c'est la bonne et elle est faite pour moi !

Mais aujourd'hui, pour le moment, elle ne veut plus de moi. Je suis à deux doigts de péter un câble. Elle culpabilise tellement pour ta mort. Elle se sent responsable. Elle dit que notre relation est vouée à l'échec.

Je vais la récupérer. Je pourrai enfin te la présenter mon frère. Je te le jure, sur ce que j'ai de plus cher. »

Je reste un moment assis, là, dans le silence et la pénombre de la nuit, seul avec mes pensées et mes réflexions. Je suis convaincu que Damien a mis Juliette sur ma route. Je dois tout faire pour la raisonner. Je dois aussi honorer la mémoire de mon frère de cœur et tenir ma promesse de profiter de chaque instant.

Comme un serial killer, je rode dans le quartier où loge Juliette depuis qu'elle est partie de l'appartement. J'essaie juste de l'apercevoir de loin.

Maigre lot de consolation, je sais.

Elle ne le sait pas, mais dès que je le peux, je la suis dans ses déplacements. Même si elle a décidé qu'elle ne voulait plus de moi, je n'oublie pas qu'elle n'est pas en sécurité avec les menaces qu'elle reçoit.

Cela fait deux heures que je me planque derrière ce cyprès pour la voir sortir. Aucun mouvement ne se pointe à l'horizon. C'est quand même très étrange. Sur le planning de la salle, j'ai bien vu qu'elle commençait à 10 h, aujourd'hui. Il est 11 h 30, je l'ai peut-être manqué plus tôt ce matin. De toute façon, il est l'heure pour moi d'aller bosser.

Sur le chemin qui me mène à la salle, j'en profite pour appeler Noémie qui aura sûrement plus d'information à me donner.

— Salut, Noémie.

— Mathias ?

Noémie a l'air embarrassée que je l'appelle.

— Oui, c'est moi. Je t'appelle, car je ne sais pas où est Juliette. Je me suis dit qu'avec un peu de chance, tu pourrais m'aider…

— Je suis désolée, Mathias. Je ne sais pas où elle est. La dernière fois que je l'ai eu au téléphone, c'était le lendemain de votre rupture.

Vraiment bizarre qu'elle ne sache pas où elle est, pour une meilleure amie…

— Merde ! Je comptais tellement sur toi. Elle ne répond plus à mes messages. Je sais plus quoi faire pour qu'elle revienne… Si tu as des nouvelles, tu m'appelles ?

— Oui. Je n'y manquerai pas.

Tu parles ! Je vais faire comme si je la croyais.

— Merci. À bientôt, finis-je à voix basse, déçu de ne pas en savoir plus.

— Au revoir, Mathias. À bientôt.

Quand j'arrive à la salle, je remarque immédiatement qu'elle n'occupe pas sa place habituelle à l'accueil. Mon cœur fait un bond et mon rythme cardiaque s'accélère. Mon pire cauchemar serait que cet enfoiré de harceleur lui fasse du mal. Je me précipite dans le bureau de Jo.

— Où est-elle ? aboyé-je en ouvrant la porte sans frapper.

— Bonjour à toi, Mathias !

Rien qu'avec son ton sec, il n'a pas besoin d'en dire plus. Je me conduis comme un con.

— Excuse-moi, dis-je coupable. Bonjour.

— Je lui ai donné son week-end, m'explique-t-il sans plus de détails.

J'en veux plus. Je referme la porte et m'adosse en croisant mes bras sous la poitrine.

— Pourquoi ?

— Parce qu'elle me l'a demandé et que je pense qu'elle en a besoin ! C'est moi le patron, à ce que je sache ! s'emporte Jo.

Je frotte nerveusement mon visage avec mes paumes et souffle de désespoir.

— Jo, je veux bien la laisser tranquille comme tu me l'as demandé. Mais j'ai besoin de la savoir en sécurité, c'est plus fort que moi.

— Elle est en sécurité, affirme Jo avec aplomb. Crois-moi.
— Ça veut dire quoi, ça ?
Lui aussi, en sait plus qu'il ne veut bien le dire.
— Fais-moi confiance, veux-tu, mon garçon ?
Il s'est levé et s'est rapproché de moi. Il place ses mains sur mes épaules et me rassure silencieusement.
— OK... abdiqué-je, vaincu.
Jo réduit la distance qui nous sépare et m'offre une accolade réconfortante. Je me laisse aller et lui avoue dans quelle détresse je suis.
— Je suis complètement perdu sans elle, Jo. Elle me manque. Je ne sais pas quoi faire, ni où elle est. J'ai l'impression que le contrôle m'échappe.
— Donnez-vous du temps, c'est la meilleure chose à faire, Mathias.
Il m'octroie une petite tape amicale sur l'épaule et retourne s'assoir sur son siège.

Après ma journée de travail, je passe chez les parents de Juliette pour vérifier qu'elle ne s'est pas réfugiée chez eux, malgré leurs différends.
Je sonne à la porte et c'est sa mère qui m'ouvre.
— Bonjour.
— Bonjour, Mathias. Que se passe-t-il ? dit-elle surprise de me trouver là.
— Juliette n'est pas chez vous ? demandé-je, même si je connais déjà la réponse.
— Malheureusement non. Elle ne veut toujours pas nous parler. Tous mes appels et mes messages restent sans réponse. Elle n'est pas avec toi ?
La mère de Juliette fronce les sourcils, étonnée par le fait que je sois à la recherche de sa fille.
— En fait non, avoué-je, triste. Nous avons eu un petit différend nous aussi. Et comme elle sait bien le faire, elle a pris la fuite !
— C'est grave ? s'inquiète la mère de Juliette.
Comment je peux lui révéler ça le plus simplement possible ?

— On a découvert que la personne qui est morte en la sauvant était mon meilleur ami Damien, confessé-je.
— Oh !

Elle porte les mains sur sa bouche en écarquillant les yeux.

— Je peux faire quelque chose pour toi, mon grand ?
— M'appeler, si vous avez des nouvelles, dis-je.
— D'accord.

Elle me sourit. Je ne sais pas si c'est de la compréhension ou de la pitié. Je suis tellement mal.

— À bientôt alors. Passez le bonjour à votre mari de ma part.
— Ça sera fait ! À bientôt.

Mais putain, où est-elle passée ?

Je la cherche partout durant tout le week-end. Ça me rend fou. J'ai l'impression que tout le monde me ment et me maintient à l'écart d'elle.

Que ses parents ne sachent pas où elle se trouve, je veux bien le croire. Mais Noémie, sa meilleure amie, avec qui elle partage tout, j'ai sacrément des doutes. Même Jo sait où elle est. C'est ce qu'il m'a bien fait comprendre dans son bureau. Il a délibérément esquivé la question. Je me demande de quel côté il est.

Et s'il était de notre côté, à tous les deux ?

La journée de samedi se termine enfin. Dimanche et lundi me semblent tout aussi interminables sans Juliette près de moi. Je tourne en rond dans mon appartement. Je fais le pied de grue devant la résidence où elle s'est installée.

J'ai hâte de quitter cet enfer, car je ne donne pas cher de ma peau, si cela s'éternise. Je me demande comment j'ai fait, pour vivre sans elle, toutes ces années.

Je repense à Enzo, mon cousin, qui un jour m'avait dit qu'on pouvait être capable de tout par amour. À l'époque, je ne voulais pas le croire. Aujourd'hui, je comprends ce qu'il insinuait. Je ferais tout pour elle. Je remuerais ciel et terre pour l'avoir à mes côtés.

17

JULIETTE

J'entends les cigales qui chantent sans relâche. Leur chant est calé sur mon rythme cardiaque qui vient de s'accélérer. Je marche dans les allées avec mon bouquet de fleurs à la main et regarde partout autour de moi en direction du sol. Mon regard tombe sur cette écriture gravée dans le marbre :
Damien Chapelain 1988-2018
Je m'approche de la pierre tombale, me mets à genoux devant elle, pose mes fleurs et pleure à chaudes larmes.
Le premier quart d'heure, je reste là, sans bouger. Puis, mes pleurs se tarissent et ma respiration retrouve peu à peu sa danse habituelle. Je ferme les yeux, respire un bon coup avant de les rouvrir et me lance :
« Bonjour Damien. Je m'appelle Juliette. Je suis désolée de ne pas être venue plus tôt, mais il y a encore quelques jours je ne connaissais même pas ton existence.
Je te demande pardon, Damien. De tout mon cœur. Pardon, pour ce qui t'est arrivé par ma faute. Pardon, de ne pas être venue à tes funérailles. Pardon, pour ta famille à qui tu manques tous les jours. Pardon, pour avoir laissé Mathias sans son meilleur ami.
Je... Je te serai éternellement reconnaissante pour tout ce que tu as fait pour moi. Tu sais, tu m'as sauvée bien des fois sans le savoir. Le

jour de notre agression, mais aussi, dans chacun de mes cauchemars où j'entendais ta voix. À chaque fois, ta voix me sortait de cet enfer que je revivais sans cesse. Alors aujourd'hui, je te fais une promesse, Damien. Chaque jour, je viendrai te voir pour te remercier, et honorer ta mémoire. À demain, Damien. »

Est-ce que venir ici chaque jour pour implorer son pardon va réduire ma culpabilité ?

C'est mon salut vers la guérison. Si j'arrive à me pardonner moi-même, peut-être que je pourrais regarder Mathias dans les yeux et vivre de nouveau à ses côtés.

J'ai rempli ma mission. Je me félicite d'avoir été jusqu'au bout de ma démarche. C'était une étape nécessaire pour mon avenir.

Sur le chemin qui me ramène à ma location temporaire, je m'arrête dans un petit fast food pour manger sur le pouce. Je reprends des forces pour le reste de la journée, et profite de mon temps libre pour me reposer tranquillement. Mes sorties nocturnes avec Noémie m'ont achevée.

Demain, je retourne au travail. Je vais devoir côtoyer Mathias tous les jours. Je ne sais pas du tout comment cela va se passer. J'appréhende un peu.

Je pense qu'il m'a cherchée partout depuis la fin de la semaine dernière. La foudre va s'abattre sur moi dès mon arrivée à la salle. Je ne sais pas comment je vais réussir à gérer tout ça : sa proximité, ses discours, sans oublier son corps musclé et viril en action devant mes yeux toute la journée.

Je suis faible.

J'ai à peine ouvert la porte d'entrée de la salle du club, que je vois Mathias au loin lâcher ses haltères et foncer droit sur moi, tel un bulldozer. D'ici, je peux voir qu'il a l'air furax contre moi. Ses traits sont durs, ses sourcils froncés et sa bouche forment une ligne sévère. Il m'attrape par le poignet et tire dessus pour me faire avancer jusqu'au bureau de Jo. Une fois la porte refermée derrière moi, il explose de rage.

— Mais putain, t'étais où, bordel ? fulmine Mathias. Je t'ai cherchée partout pendant quatre jours !

Mon absence a vraiment dû le perturber. Il y a de la colère sur son visage, mais également une grande inquiétude. Sa barbe, habituellement de deux jours, est beaucoup plus longue. Signe qu'il n'a même pas pris un moment pour la tailler. Il a sûrement passé son temps dehors, à droite à gauche, pour me trouver.

Il est fou de rage. Sa mâchoire carrée est crispée, ses poings serrés et les muscles de ses biceps et ses avant-bras sont bandés laissant apparaître la veine qui me rendait folle auparavant.

Hum… Je m'égare, il faut que je riposte.

— Hey ! Je n'ai pas de compte à te rendre à ce que je sache !

Je tire mon bras en arrière d'un coup sec, pour me dégager de sa poigne.

— Tu rigoles ou quoi ? s'étrangle-t-il.

— Je suis des plus sérieuses, Mathias, m'obstiné-je. Je vais où je veux et je fais ce que je veux. Je suis majeure, et tu n'es pas mon père, lui rappelé-je.

— Je suis ton mec ! J'ai le droit de savoir ! s'emporte-t-il.

Il parle tellement fort que je suis sûre qu'on doit nous entendre à l'autre bout de la salle des cours collectifs.

— Non. Tu *étais*, mon mec, Mathias, rectifié-je.

C'est fou comme ça sonne faux quand je le dis à voix haute.

— Juliette, souffle-t-il en pinçant l'arrête de son nez. Sois raisonnable, je t'en supplie. Tu ne peux pas m'ignorer et me laisser comme ça.

— S'il te plaît, Mathias. Ne rends pas les choses plus compliquées qu'elles ne le sont.

Notre proximité met mes nerfs à rude épreuve. Le bureau est exigu. Il prend tellement de place. J'étouffe. Il faut que je sorte d'ici. Je me retourne pour ouvrir la porte, quand Mathias m'interrompt :

— Et ta sécurité ? Tu l'as oublié ?

Ah. Je comprends mieux son état. Il est anéanti, car je suis partie. Je lui manque. Mais à côté de ça, il y a sa part protectrice qui prend le dessus. Et en ce moment, il ne contrôle rien.

— Tout va bien, le rassuré-je. Je te le promets, d'accord ? Cela fait au moins une semaine que je n'ai pas eu de nouveaux messages. Je crois que c'était une blague et qu'il a lâché l'affaire !

— Je veux bien te laisser un peu tranquille, mais promets-moi de me prévenir si ça recommence. J'ai besoin de savoir que tu es en sécurité.

C'est bien de ça qu'il s'agit. Il a peur pour moi et ça le rend fou. On se regarde sans parler quelques secondes. Il y a toujours cette électricité dans l'air quand nous sommes dans la même pièce. Il m'implore du regard avant d'ajouter :

— Pour ma santé mentale, s'il te plaît, Princesse.

Je ne le reprends même pas lorsqu'il m'appelle « Princesse ». Je n'ai pas la force de me battre pour ça. En plus, ce surnom me fait fondre et me touche en plein cœur. Quand il m'appelle comme ça, c'est doux, chaud et réconfortant. Comme la promesse qu'il m'a faite, en me disant qu'il veillerait toujours sur moi. Peut-être a-t-il raison ? Nous ne pouvons pas rester séparés ?

Mon silence est une vraie torture pour lui. Il ne peut même pas faire les cent pas dans cette pièce si étroite pour se défouler. Il mordille la chair au bout de son pouce et fronce les sourcils. Il y a tellement de peine sur son visage.

— OK…concédé-je. Je te le promets. Mais… mais promets-moi de ton côté, de me laisser du temps.

— Ça veut dire que tu veux toujours de moi ? demande Mathias avec espoir.

— Ça veut dire que j'y travaille.

Son regard s'illumine d'un coup.

— Alors d'accord. Je te laisse tout le temps dont tu as besoin, si c'est pour que tu me reviennes.

— Ne mets pas la charrue avant les bœufs ! me moqué-je pour détendre l'atmosphère.

— L'espoir fait vivre, Princesse.

Mathias sort du bureau avec un grand sourire de vainqueur.

Quelle arrogance !

Ce mec passe d'une émotion à l'autre en un rien de temps. Je ne sais pas comment il fait ! Je n'aurais jamais dû lui dire que je pensais nous donner une seconde chance. Il connaît mes faiblesses. Je sais qu'il va tout faire pour les exploiter au maximum, afin de me convaincre et que je retombe le plus rapidement possible dans ses bras.

J'ai encore beaucoup de travail à faire sur moi-même avant de nous donner cette autre chance. Sans ça, cela ne fonctionnera jamais entre nous, c'est certain. Je dois faire disparaître cette culpabilité qui me ronge coûte que coûte. C'est le seul moyen pour que j'arrive à le regarder de nouveau dans les yeux et y voir que j'ai ma place à ses côtés.

Après notre confrontation, je reprends mes habitudes derrière mon comptoir. C'est bizarre, mais le fait de voir Mathias, j'ai retrouvé mon petit sourire. Ce n'est pas encore la Juliette des jours heureux, mais mon état est nettement mieux que celui que j'avais en fin de semaine dernière.

Jo sort de la salle des cours collectifs et vient me rejoindre à l'accueil.

— Bonjour, Juliette, un café ?

— Euh... en fait, je viens d'arriver, Jo, et...

— C'est le patron qui te le propose ! m'interrompt-il joyeux. Tu ne peux pas refuser !

— OK, va pour un café alors.

Je crois que je n'ai pas le choix de toute façon. Je pense qu'il veut sonder mon moral après ces quelques jours de repos.

— Alors, Paris ? C'était comment ?

Pas d'introduction. Jo va droit au but.

— Génial, dis-je sans grand enthousiasme. Noémie est la pro des sorties pour remonter le moral !

— Ça se voit. Tu as l'air d'aller mieux.

Jo me tend mon gobelet de café.

— Merci. Jo, je voulais te remercier pour ce week-end et pour avoir gardé le secret, aussi.

Je regarde mon café, ne voulant pas l'affronter directement. Je ne suis pas très fière de moi. J'ai obligé tout mon entourage à mentir ou à garder pour soi les informations me concernant.

— Hum. Pour le week-end ce n'est pas grand-chose.

Il balaye l'air d'un revers de la main et moi je lui souris, reconnaissante.

— Par contre, lance-t-il solennel, pour le reste, je l'ai fait pour vous deux. Tu vas faire quoi pour Mathias ?

Je hausse les épaules, ne sachant pas quoi dire. Je ne sais pas moi-même, ce que je suis certaine de vouloir.

— Il t'a cherché partout, me raconte-t-il. Il était comme un lion en cage et je ne l'ai jamais vu comme ça, encore moins pour une fille !

— Je prends du recul.

Je bois une gorgée de mon café et continue toujours aussi mal à l'aise :

— J'essaie déjà d'y voir plus clair, de travailler sur mes propres problèmes. J'ai été voir Damien, hier.

— Oh, s'étonne Jo. Mathias m'a raconté.

Ah. Il sait tout.

— Écoute, Juliette, poursuit-il bienveillant. Je t'apprécie beaucoup. Je ferais n'importe quoi pour Mathias et toi. C'est moche ce qui vous arrive, je ne dis pas le contraire. Mais...

Jo prend le temps de formuler ce qu'il veut me dire. C'est fou comme il peut prendre les choses à cœur. Cet homme est entièrement dévoué à ses protégés.

— Mais ? insisté-je pour connaître la suite de ses pensées.

— Mais tu ne crois pas que dans cette triste histoire, il n'y a pas quelque chose de beau ?

Où veut-il en venir ? Pour moi, il n'y a que de la tragédie dans cette histoire.

— Vous êtes en vie tous les deux, non ? Alors, pourquoi gâcher ça ?

Nous sommes en vie, oui.

Après mon agression, j'ai souvent pensé qu'il aurait mieux valu en finir dans cette ruelle. Je suis entrée dans un mécanisme d'autodestruction.

Et puis, j'ai rencontré Mathias. Il m'a redonné le sourire et l'envie de danser à nouveau. Je ne peux pas nier le fait qu'il ait joué un grand rôle dans ma « petite » guérison. Je suis presque redevenue moi-même grâce à lui. Jusqu'à ce que j'apprenne la mort de Damien, et qui il était pour lui. Cela m'a anéantie.

— Enfin bref, finit par dire Jo face à ma méditation silencieuse. Je te laisse travailler tranquille. Je serai dans mon bureau, si tu as besoin de moi.

Je retourne à mon poste, perturbée par tout ce qu'il vient de me dire. Voilà encore de quoi me faire réfléchir et me torturer le cerveau.

Je retrouve avec joie le parquet de la salle des cours collectifs. Cela fait plusieurs jours que je n'ai pas mis mes chaussons de danse et ça m'a horriblement manqué. Je me demande comment j'ai fait pour m'en passer pendant tout ce temps après mon agression.

Durant mon séjour à Paris, j'ai beaucoup parlé avec Noémie de mon avenir et de mon souhait de reprendre plus sérieusement les entraînements. C'est décidé, dès demain, je me renseigne sur les cours de danse classique que je pourrais intégrer. Ça, et un appartement à louer aussi.

En attendant, j'enfile mes pointes et mets en route la musique. Je choisis un morceau que j'adore et qui raisonne au plus profond de moi, compte tenu de ce qu'il se passe dans ma vie. Deux cœurs brisés, capables de s'aimer à nouveau malgré les épreuves.

Ma danse est légère, comme si je flottais sur mes pointes. Dans cet adage, mes bras forment des vagues souples et gracieuses. Mes jambes, quant à elles, sont tendues et montent dans des arabesques vertigineuses.

Quand le rythme de la musique s'accélère, j'augmente en même temps ma cadence. Mes pas sont plus rapides, saccadés, sans oublier la maîtrise de la technique. Je me déplace sur le parquet en tours piqués, glissades et grands jetés. Mon corps et mon esprit ne font plus qu'un.

La musique s'arrête. Je suis essoufflée, en sueur, et en pleurs, mais je me sens plus vivante que jamais. Comme si la danse était un remède miracle. Je me sens mieux grâce à elle. Je me sens prête pour aller rendre visite à Damien.

18

MATHIAS

Je sors du bureau de Jo en conquérant. Juliette vient de me donner sa bénédiction pour la séduire à nouveau. Pour moi, il n'y a jamais eu de rupture. On a toujours été ensemble. Je dois juste faire en sorte qu'elle ait confiance en moi et surtout en nous. Je suis persuadé que notre relation n'est pas vouée à l'échec comme elle le prétend. Au contraire, elle nous réserve de grands moments de bonheur pour le futur.

Néanmoins, j'ai du pain sur la planche, si je veux que Juliette soit à mes côtés le plus rapidement possible. Pour cela, je dois établir un plan d'action. Je ne vais pas la lâcher, c'est certain !

Je me rappelle notre rencontre. Ce qui avait marché le mieux était de la pousser dans ses retranchements. De ne pas trop lui laisser le temps de réfléchir pour qu'elle ne prenne pas la fuite.

Certes, je dois lui laisser un peu de temps pour qu'elle prenne du recul, mais je sais aussi au fond de moi qu'il ne faut pas trop que cette période s'éternise. Au risque pour moi, qu'elle réfléchisse trop dans le mauvais sens.

Dès demain, Juliette, je m'occupe de ton cas !

Jeudi, premier jour de la mise en place de mon plan, je reste à distance tout en jouant la carte du meilleur ami.

Lorsqu'elle arrive au travail, je lui fais la bise pour lui dire bonjour. Je mène ma petite vie dans la salle. De temps en temps, je lui offre un sourire pour lui montrer que je veille sur elle. Je lui ai promis de lui laisser du temps, alors c'est ce que je fais.

Pendant sa pause déjeuner, je lui paie un café et parle de tout et de rien, comme si de rien n'était. Juliette est surprise par ce contact familier et en même temps à des années-lumière de nos précédents échanges.

Étape 1 : regagner sa confiance.

Vendredi, je continue mon petit manège du super pote. Je garde mes distances physiquement et me concentre sur la consolidation de notre lien privilégié. Je lui pose des tonnes de questions sur ses envies, Noémie, la danse, son quotidien et sa relation conflictuelle avec sa famille.

Sans prendre parti et me la mettre à dos, j'essaie de lui faire entendre que son père et sa mère ne sont pas les méchants dans l'histoire. Les parents sont parfois prêts à tout pour le bonheur de leurs enfants et pour les préserver. Chez nous, la famille c'est très important. Je sais que les miens feraient n'importe quoi pour moi. Ils doivent compter pour elle aussi, c'est obligé. C'est dommage de rester fâché avec les gens qu'on aime, alors que certains ne sont plus là pour apprécier ceux qui nous entourent.

Pendant les temps calmes sur mon planning, j'en profite pour faire des exercices de musculation. Je fais exprès d'exhiber mes muscles luisants de transpiration, à chaque fois que je me rapproche de l'accueil, pour aller chercher à boire à la fontaine à eau. Ma stratégie semble marcher. Juliette déglutit et devient rouge à chaque rapprochement.

Étape 2 : la déstabiliser et lui montrer que tout ce qu'elle fait m'intéresse.

Samedi, je l'attends devant son appartement pour l'accompagner au travail. J'ai opté pour ma bécane, même si je sais qu'elle n'aime pas trop monter dessus.

J'ai besoin de sentir son corps se blottir contre le mien. Cette solution m'a semblé la meilleure excuse que j'ai trouvée ce matin, en me levant. Mais aussi, c'est un excellent moyen pour amorcer un contact physique entre nous.

Durant toute la journée, je la suis comme son ombre, jusqu'à ce que je vois la porte de son immeuble se refermer derrière elle. Je lui envoie quelques textos. Je suis ravi de voir qu'à présent elle me répond.

Étape 3 : la déstabiliser, lui donner de l'importance, mais aussi, la rendre dépendante de ma présence.

Dimanche, je décide de jouer la carte de l'ignorance toute la journée. On est de repos tous les deux, on ne se verra donc pas au travail. J'entreprends aucune visite surprise chez elle et j'envoie aucun message.

Étape 4 : créer un état de manque.

Malheureusement pour moi, cet état de manque, je le ressens aussi. Je me sens vraiment seul et perdu lorsqu'elle est loin de moi. Je me fais violence pour ne pas lui envoyer un seul petit message.

Pour passer le temps et éviter de céder à la tentation, je décide de rendre visite à Damien.

En arrivant au cimetière, je remarque que sa tombe est inhabituellement fleurie. Un bouquet de roses jaunes, et cinq fleurs de variétés et couleurs différentes sont apposées tout autour de la tombe. Je me demande qui a bien pu faire ça.

« Salut mon pote. Alors comme ça, tu as eu de la visite ? Tu m'avais caché que tu avais une admiratrice secrète !

Encore une fois, tu es mon ange gardien. Tu viens de me donner une idée pour Juliette.

Je suis en train de la récupérer, Dam. Je le sens, tu sais. Tu m'as conduit à elle une fois, et tu le feras une seconde fois. Je t'ai promis que je ferai tout pour la récupérer et je vais tenir ma promesse. Il faut juste un peu de patience…

Je reviendrai te donner des nouvelles très vite, mon pote. À bientôt. »

Le soir, avant de me coucher, je reçois un message de Juliette. La carte de l'ignorance est un franc succès. En craquant la première, elle me montre qu'elle ne peut pas se passer de moi.

Ma râleuse (22:37) : Salut Mathias. J'espère que tu as passé une bonne journée. À demain. Bisous

Un message qui l'air de rien me supplie de répondre. Je ne vais pas céder maintenant et préfère suivre mon plan. Si elle veut des nouvelles, elle devra attendre demain matin.

Lundi matin, lorsque j'arrive au travail, Juliette est déjà installée à son poste. Je m'approche d'elle pour lui faire la bise comme ces derniers jours, mais je reconnais tout de suite le regard qu'elle me lance. Celui rempli d'éclairs.

Putain, elle est en colère, car je n'ai pas répondu à son message !
— Salut, Juliette !
— Salut, répond-elle en boudant.
— Hey, Princesse ! Tu boudes ?
— Non, nie-t-elle très mal. Tu as reçu mon message, hier soir ?

C'est bien de ça qu'il s'agit. Juliette est en rogne, car je n'ai pas répondu à son message.
— Ah ! Ton message ! Oui, désolé je n'ai pas eu le temps de répondre.

Elle plisse les yeux, l'air de dire « tu te fous de moi ? ». Je ne rentre pas dans son jeu et continue comme si de rien n'était.
— Mais, merci. Oui, j'ai passé une bonne journée hier.
— OK. Ton client est là.

Juliette m'envoie balader, mécontente de voir que je ne lui porte pas l'attention qu'elle souhaite et que je lui portais ces derniers jours.

Pour couronner le tout, Marie débarque à la salle en milieu d'après-midi. Au vu, des coups d'œil qu'elle n'arrête pas de lancer dans ma direction, je parie qu'elle doit demander à Juliette si elle peut aller me chercher. Sans le vouloir, je remplis avec brio mon étape suivante.

Étape 5 : la mettre en colère pour qu'elle prenne conscience de ses sentiments envers moi.

Je me rapproche doucement de l'accueil et surprends une dispute naissante entre elles deux.

— T'as pas compris qu'il ne voulait plus te voir ? s'agace Juliette.

— Je ne t'ai pas demandé de parler à sa place, rétorque Marie, agressive. Il est ici. Je l'ai vu de l'extérieur, alors va le chercher !

Le corps de Juliette se tend.

— Tu m'as prise pour ton esclave ou quoi ? s'indigne Juliette. Tu perds ton temps, et tu me fais perdre le mien aussi. Dégage ! la menace-t-elle.

— Tu crois que tu es différente ? Qu'il va faire sa vie avec toi ? s'acharne Marie pour la rabaisser.

Putain, je sens que la situation va dégénérer. Marie ne s'arrête pas là :

— Il va faire comme avec toutes les autres ! Dès que ça devient sérieux, il prend le large !

Juliette est prête à en venir aux mains. Ce qui me rassure dans toute cette histoire, c'est qu'elle défend son territoire, même si elle prétend qu'on n'est plus ensemble.

J'interviens rapidement :

— Un problème, les filles ?

— Oui, répond Marie.

— Non, objecte Juliette, simultanément.

On se regarde tous les trois. On s'évalue. Lequel de nous va parler en premier.

— Ton chien de garde ne veut pas me laisser entrer pour venir te voir ! ajoute Marie agacée.

OK. Là elle va vraiment trop loin. Je ne la laisserai pas insulter Juliette.

— D'une, ce n'est pas mon chien de garde. De deux, Juliette est la mieux placée pour savoir si elle doit te laisser entrer ou non. Et de trois, je t'ai dit que je ne voulais plus te voir.

À chaque décompte, Marie perd un peu plus de sa superbe.

Juliette toise son ennemi avec suffisance. Je viens de prendre son parti. Cette petite victoire ne passe pas inaperçue.

— La porte est de ce côté, tu trouveras la sortie toute seule, renchérit Juliette pour clore la discussion.

Marie me regarde avec insistance, espérant que j'intervienne cette fois-ci en sa faveur. Mon regard, lui, se porte sur Juliette. Elle n'obtiendra rien de moi.

Après quelques secondes d'hésitation, elle tourne les talons et sort de la salle pendant que je continue de fixer Juliette avec mon petit sourire de vainqueur.

— Quoi ? me questionne Juliette toujours avec colère.

— Rien. Je constate, c'est tout.

— Tu constates, quoi ? Que je t'ai évité une grosse galère pour te débarrasser d'elle ?

Elle transpire la jalousie par tous les pores de son corps.

— Si c'est ce que tu veux croire… la provoqué-je.

— Je t'avais prévenu, Mathias ! s'énerve-t-elle. Je t'avais dit qu'elle n'avait pas intérêt à revenir !

Je fais mine de ne pas écouter ce qu'elle me dit et repars en direction de la salle de musculation. Je crois que ça l'énerve encore plus. Moi j'adore ça ! Ma petite râleuse tient à moi. Elle ne veut pas qu'une autre fille s'intéresse à moi. Je jubile.

— Mathias ! Reviens ici ! Je te parle, merde !

Si avec ça, elle ne prend pas conscience qu'on est fait pour être ensemble, je ne sais plus quoi faire pour lui faire comprendre.

Maintenant qu'elle est bien énervée contre moi, il va falloir que je passe en mode séduction pour arriver à mes fins.

Dès le lendemain, je fais livrer des fleurs chez elle avant son départ pour le travail. J'ai choisi des roses rouges, ses fleurs préférées, que j'accompagne d'un doux message.

« Chaque jour loin de toi est un réel supplice. J'ai hâte que tu sois à mes côtés. »

∼

Étape 6 : la séduire.

Juliette arrive de très bonne humeur à la salle. J'ose espérer que c'est en grande partie grâce à moi et à ma livraison de ce matin.

Toute la journée, je lui porte une attention particulière. Des regards doux, des sourires étincelants, ceux qui font brûler sa petite culotte, comme elle le dit.

Le soir, je ne manque pas de la raccompagner et de lui envoyer un dernier message de bonne nuit.

Je l'approche doucement après ma phase d'indifférence. Surtout qu'hier, elle était vraiment en colère contre moi.

Mercredi, je continue de la couvrir de fleurs. Cette fois-ci, je lui fais livrer un bouquet de pivoines rouges, au travail. Je me suis inspiré des fleurs supplémentaires que j'ai trouvées hier, sur la tombe de Damien.

J'ai comme l'impression que quelqu'un lui rend visite tous les jours et dépose une fleur sur sa tombe. Depuis ma précédente visite, j'y ai trouvé une pivoine et une rose blanche.

Comme hier, j'y glisse un message rempli de tendresse.

« Mon amour pour toi est éternel. Je suis à toi pour toujours. »

J'ai la chance de pouvoir la surprendre de loin, lorsque le livreur vient lui apporter les fleurs, et qu'elle lit la petite carte cachée à l'intérieur du bouquet.

Son sourire en dit long sur ce qu'elle pense et sur ses émotions. Je sais que ces petites attentions la touchent profondément. Ce n'est qu'une question de jours pour qu'elle cède.

Maintenant que je la sais charmée, il faut que je la pousse vers moi, sans option de fuite pour elle.

Jeudi, je renouvelle ma livraison de fleurs chez elle. Pour cette fois, je prends le risque de lui apporter en mains propres. Je dois passer à la vitesse supérieure.

Je sonne à sa porte, me cache derrière mon bouquet. Lorsqu'elle ouvre et se trouve face à moi, elle m'accueille avec un grand sourire.

J'ai marqué des points, c'est sûr !

J'opte pour l'humour, pour une prise de contact plus facile.

— La fleuriste m'a proposé une carte de fidélité ce matin !

— Tant que c'est qu'une carte qu'elle te propose... merci Mathias, elles sont magnifiques, ajoute Juliette, les joues rouges.

— Tout le plaisir est pour moi, Princesse.

Elle m'invite à entrer dans son appartement.

— À ce rythme-là, la prochaine fois, tu vas devoir prévoir un vase ! plaisante-t-elle en se dirigeant vers un placard.

— D'accord, j'y veillerai demain, alors.

Elle plisse les lèvres, gênée.

— Mathias, tu n'as pas besoin de faire tout ça, tu sais ?

Juliette installe les fleurs dans un vase qu'elle pose sur la table de la salle à manger. Je remarque le bouquet de roses rouges sur le petit meuble de l'entrée et le fixe avec insistance.

Au moins, elle ne jette pas mes fleurs !

Face à mon silence, elle me surprend en ajoutant qu'elle les a placées ici pour que ça soit la dernière chose qu'elle voit en partant, et la première en arrivant chez elle.

Cette confession me touche bien plus qu'on ne pourrait le croire. Pour ne pas montrer ma faiblesse, je l'invite à me suivre pour se rendre à la salle, si on ne veut pas être en retard.

Vendredi, ce n'est pas des fleurs que je lui fais livrer, mais une jolie robe, couleur prune. Comme le pull qu'elle portait pour notre premier rencard au *Bistrot des amis*. Cette couleur fait davantage ressortir ses yeux verts magnifiques. C'est aussi un clin d'œil à notre premier rendez-vous, et à la nouvelle chance que je veux qu'elle me donne.

Je dépose un message dans la boîte contenant la robe qui ne lui laissera guère le choix. C'est le moment de la mettre devant le fait accompli et qu'elle agisse sans réfléchir.

Ça passe, ou ça casse !

« Je t'attends ce soir à La Terrasse à 20 h 30 avec cette robe. Si tu ne viens pas, je viendrai te chercher avec mon engin de la mort ! »

Je sais que ce message va lui faire lever les yeux au ciel, mais je prends le risque. Elle déteste qu'on prenne des décisions à sa place, et encore plus qu'on lui donne des ordres.

Juliette n'est pas de fermeture à la salle aujourd'hui. J'ai choisi précisément ce jour pour qu'elle puisse avoir le temps de se préparer, comme toutes les filles en ont besoin avant un rendez-vous. Même si elle n'est pas superficielle, je sais qu'elle aime bien se maquiller et se coiffer. Je crois que c'est Noémie qui est responsable de ça. C'est une dictatrice de la mode cette fille !

C'est étrange, mais je suis un peu nerveux ce soir en l'attendant devant le restaurant. Ce n'est pas notre premier rendez-vous, mais je sais aussi qu'elle peut faire le choix de ne pas venir.

Pourtant, je ne devrais pas être inquiet. Ces derniers jours, elle m'a montré tous les signaux qui me font penser qu'elle est prête à revenir dans la course, *notre* course.

Cette soirée est décisive pour notre avenir. Pour ça, j'ai mis le paquet pour la séduire. J'ai revêtu mon plus beau costard et une chemise. J'ai même fait un passage chez le fleuriste pour lui prendre cette rose rouge que je tiens dans la main.

Je regarde mon téléphone, surfant sur le net pour faire passer le temps plus vite, quand j'entends une voix féminine derrière moi.

Ce que j'entends me fait froid dans le dos. Le ton est sec et autoritaire.

— Je t'avais pourtant prévenu que je ne voulais plus que tu prennes les décisions pour moi !

19

JULIETTE

Mathias se tient dos à moi devant le restaurant, La Terrasse. Un peu plus, je ne l'aurais pas reconnu. Il porte un costume gris clair. Cela change des tenues sportives, des jeans et des tee-shirts habituels.

C'est la première fois que je le vois habillé ainsi. Il faut dire qu'il s'est mis sur son trente et un. Sans doute pour aller avec la robe qu'il m'a offerte ce matin, et qu'il m'a ordonné de porter pour notre rendez-vous.

Il sait que je n'aime pas qu'on me force la main ou qu'on décide pour moi. Mais je pense qu'il a voulu faire un clin d'œil à notre première sortie ici, où il ne m'avait pas trop donné le choix.

J'ai décidé de lui faire une petite blague pour le faire un peu mariner pour cet excès d'autorité ! Je sais qu'il a certainement dû souffrir ces derniers temps, mais qu'à cela ne tienne, j'ai envie de m'amuser un peu.

— Je t'avais pourtant prévenu que je ne voulais plus que tu prennes les décisions pour moi !

Mathias se retourne au son de ma voix. Il a la mine inquiète. Il n'a pas saisi que c'était de l'humour, et le pauvre, j'ai l'impression qu'il ne va pas s'en remettre.

Bon, on repassera pour la touche d'humour !

— Pardon. Je voulais faire de l'humour, mais je crois que ça n'a pas fonctionné cette fois !

Maintenant rassuré, les traits de son visage se détendent. Il m'offre son sourire diabolique. Ce sourire-là, mon Dieu ! Il va me conduire tout droit en enfer tellement il m'inspire des pensées coquines.

Je m'avance vers lui et c'est là que je porte une plus grande attention à sa tenue. Son costume gris clair fait ressortir le noir de ses yeux. Il porte une chemise blanche repassée, et ses cheveux sont sauvagement disciplinés avec du gel. C'est certain, il a fait les choses en grand.

J'en ai le souffle coupé tant il est beau. Comment peut-on résister à tant de virilité et d'élégance à la fois ?

— Bonjour, Juliette. Tiens, c'est pour toi.

En plus de cela, il me tend une rose rouge, mes fleurs préférées. C'est romantique, c'est juste parfait.

— Bonjour, Mathias. Merci.

— J'avais peur que tu ne viennes pas, m'avoue-t-il, soulagé.

— Je ne pouvais pas manquer une occasion de porter cette robe magnifique !

Je blague un peu pour faire redescendre toute cette tension qui règne entre nous :

— Merci. Comme d'habitude, tu as l'œil. Elle me va parfaitement bien.

Ses yeux balayent mon corps avec chaleur. Je risque la combustion instantanée, si on ne bouge pas.

— Je l'ai trouvée belle dans le magasin, et j'ai pensé qu'elle était faite pour toi. Tu es canon ce soir, Princesse.

Son compliment me fait rougir. Pourtant ce n'est pas la première fois qu'il me dit qu'il me trouve belle. Mais ce soir, j'ai l'impression que nous nous redécouvrons pour la première fois.

— Mais tu sais comme moi que tu n'as pas besoin de *ça* pour être belle.

Mes paupières s'abaissent, ne voulant pas affronter son regard.

— Allez, ne fais pas ta timide, me charrie Mathias. On entre ?

Comme la première fois que nous sommes venus, je retrouve une ambiance feutrée et romantique. Le personnel est aux petits soins. Nos plats sont une fois de plus divins.

Mathias fait la conversation et brode autour de sujets sans grande importance. Je crois qu'il a peur d'aborder *le* sujet qui nous a menés jusqu'ici : Damien.

Je pense qu'il en a assez fait comme ça. C'est à moi de briser la glace et de faire le premier pas.

— Je suis allée rendre visite à Damien, me hâté-je de lui révéler.

— Ah ? Alors c'est toi, l'admiratrice secrète qui dépose des fleurs sur sa tombe ?

— Démasquée, ajouté-je timidement.

— Merci pour lui en tous les cas.

— C'est le moins que je puisse faire, Mathias.

Un voile de tristesse apparaît dans mes yeux. Mathias prend ma main dans la sienne pour me réconforter. Il frotte son pouce sur le dessus et semble hésiter quant à la manière de poursuivre cette conversation. Celle-là même qui a causé notre rupture, quelques jours plus tôt.

— Tu sais, j'ai pensé à une théorie, prétend-il, peu sûr de lui.

— Vas-y je t'écoute, l'encouragé-je.

— Et si la mort de Damien était écrite dans notre histoire ? Si Damien était notre ange gardien, à tous les deux ? Il est peut-être né pour qu'un jour, on puisse se rencontrer toi et moi ?

Je ne m'attendais pas à quelque chose d'aussi philosophique.

— Car on est fait l'un pour l'autre. Nous sommes des âmes sœurs, dit-il ému en embrassant le dos de ma main.

Je reste silencieuse face à cette théorie qu'il vient de m'exposer. C'est vrai que pensé comme ça, cela rend les choses plus supportables pour ma culpabilité. Comme me l'a si bien dit Jo l'autre jour, pourquoi gâcher ce qui est beau alors que nous sommes en vie tous le deux.

— C'est une belle théorie, Mathias. Il y a sûrement du vrai dans ce que tu dis là.

— Je suis sûr d'une chose, affirme-t-il, c'est que rester éloignés, ne fera pas revenir Damien.

Je déglutis pour retenir mes larmes qui menacent de s'inviter.

— Je sais.

Je me sens encore un peu coupable, mais je dois aller de l'avant. Il faut que je me lance :

— Moi aussi, je suis sûre d'une chose. C'est que je ne pourrai jamais te remplacer.

— Encore heureux ! ricane Mathias.

Je mordille l'intérieur de ma joue, preuve que quelque chose me tracasse. Il fronce les sourcils, interrogateur.

— Juliette ? Ne me dis pas que t'as essayé de me remplacer ?

Je baisse les yeux sur nos mains jointes. Ma réponse tourne à plein régime dans ma tête. Le serveur vient débarrasser nos assiettes et cela me laisse quelques minutes de répit pour lui répondre.

Je sais que ce que je m'apprête à lui révéler va le blesser. Mais je ne peux pas recommencer une histoire avec lui sur un mauvais départ, d'autant plus avec un mensonge.

Mathias fait une légère pression sur ma main avec son pouce. Il cherche à me faire réagir et me faire sortir de mes pensées. Il attend impatiemment que je lui réponde.

— Disons… hésité-je penaude, qu'il y a eu une histoire de baiser volé dans une soirée.

— Putain, t'es pas sérieuse ? gronde-t-il entre ses dents.

— Ça n'a duré que quelques secondes, je te jure ! enchaîné-je pour le rassurer.

Sa mâchoire tressaute. Il a lâché ma main. Je me sens abandonnée. Je dois lui expliquer pourquoi j'ai fait ça.

— J'avais besoin de savoir si j'étais capable de passer à autre chose, avoué-je. J'étais tellement perdue, je ne savais plus quoi faire. J'ai voulu me prouver à moi-même que je pouvais vivre sans toi !

Son poing fermé tapote sur la table. Il essaie de se contenir, car nous sommes en public.

— Mais… quand ses lèvres ont touché les miennes, ce n'étaient pas les tiennes, j'ai pris la fuite !

— Je n'arrive pas à croire que tu aies osé faire ça ? répond Mathias outré.

Moi non plus. Je n'arrive pas à y croire, mais je ne peux pas le laisser m'accuser sans me défendre.

— Bon, je te ferais remarquer que techniquement, on n'était plus ensemble !

— Parle pour toi ! me reproche-t-il. Pour moi, on n'a jamais été séparé !

— Je pourrais aussi me poser des questions au sujet de Marie.

Je l'attaque. Ma technique est de retourner le centre de l'attention sur lui et non sur mon dérapage.

— Tu sais bien qu'il n'y a rien entre nous !

— Alors pourquoi elle n'arrête pas de venir te voir ? D'abord chez toi, puis à la salle, elle te suit à la trace ou quoi ? dis-je en montant sur mes grands chevaux.

Mathias me fixe. Il a délaissé sa mauvaise humeur et arbore un sourire sexy.

— Jalouse ?

— Mathias, tu es à moi !

Le serveur nous interrompt à cet instant pour nous demander si nous souhaitons prendre un dessert pour la suite. Mathias et moi sommes rivés l'un à l'autre dans un échange de regards fiévreux. Nos yeux communiquent ensemble, puis, nous répondons un non à l'unisson au serveur.

Je crois que le dessert sera servi à la maison !

Trente minutes plus tard, Mathias a payé l'addition, gentleman jusqu'au bout. Je suis garée sur le parking de son immeuble, puisque nous sommes venus séparément au restaurant. Il m'attend devant la cage de l'ascenseur avant de monter à son appartement.

Les portes s'ouvrent quand j'arrive à sa hauteur. Mathias me guide à l'intérieur de la cabine en posant une main sur mes reins. Sa main est bouillante. Je sens la chaleur de sa peau à travers le tissu de ma robe.

Une fois l'accès fermé derrière nous, je ressens l'air ambiant se charger d'électricité. Ça a toujours été comme ça entre nous. Mais aujourd'hui, c'est encore plus intense. Il y a toute cette abstinence accumulée, ce manque de l'autre, et cette jalousie maladive qui nous habitent.

D'un coup, je suis poussée par un bloc de muscles contre la paroi. Mathias s'empare voracement de mes lèvres. Je peux sentir son désir contre mon bas-ventre à travers nos vêtements.

— Je n'en reviens pas que tu aies laissé un autre type poser ses lèvres sur les tiennes ! râle-t-il. Putain, elles sont à moi. Tu m'appartiens, Juliette.

Ses baisers ne s'arrêtent plus. Il m'embrasse sur chaque centimètre de peau dénudée.

— Tu n'auras qu'à me punir tout à l'heure, minaudé-je.

— Je vais tout faire pour effacer ce type, tu vas voir ! Je t'aime, Princesse.

Je retrouve Mathias. Avec sa part de possessivité et avec toute sa douceur à la fois.

— Je t'aime aussi, mon Cœur.

Une fois à l'intérieur de l'appartement, je me retrouve sans plus attendre allongée sur le lit. C'est fou comme cette chambre m'a manqué.

Mathias est à califourchon sur moi. Il m'embrasse tout en ramenant mes mains au-dessus de ma tête. D'une main ferme, il maintient les miennes immobiles, tout en faisant coulisser la ceinture de ma robe de l'autre.

Je commence à croire que le choix de la robe n'était pas anodin. C'est une robe portefeuille, fluide, qui se ferme par devant avec une ceinture qui affine ma taille. L'accès à mon corps est des plus rapides !

Mathias ramène la ceinture sur nos mains jointes, enserre mes poignets ensemble au-dessus de ma tête. Il me regarde avec amour et tant de désir dans les yeux que j'ai l'impression de tomber amoureuse de lui, encore une fois. Il noue la ceinture avec délicatesse. Ce qui me surprend quand on connaît son côté animal.

— Tu me fais confiance ? me sonde-t-il.

— Je te confierais ma vie.

La réponse m'est venue sans réfléchir. Je ne peux pas être plus sincère.

— Tu es prête à t'abandonner, entièrement, et à laisser notre passé derrière nous ?

Il veut s'assurer que je ne ferai pas machine arrière. Que je suis bien prête à nous donner cette nouvelle chance.

— Mon Cœur, je n'ai pas le choix. Tu l'as dit toi-même, nous sommes des âmes sœurs.

Mathias sème de nombreux baisers sur mon visage, puis sur la peau sensible de ma nuque. Je frissonne au contact de sa barbe. Il m'a tellement manqué. Lui, ses mains, sa bouche, son corps tout entier.

D'un seul coup, je me retrouve à plat ventre sur le lit, ma croupe légèrement relevée. Les mains de Mathias caressent mes fesses, l'intérieur de mes cuisses, tout en frôlant à chaque passage mon intimité. Ce contact est enivrant. Perdue dans mes pensées, je ne vois pas la claque arriver sur l'une de mes fesses.

— Aïe ! couiné-je.

— Je crois que c'est l'heure de ta punition, Princesse !

Mathias passe en mode rebelle. Une autre fessée tombe sur mon postérieur.

Je suis confuse. Cette sensation est aphrodisiaque. La douceur de ses mains, mêlée à la douleur de sa paume qui claque contre mes fesses, est un cocktail étonnant.

Mathias m'avait déjà donné une petite claque sur les fesses, mais jamais avec cette intensité.

Je halète, gémis de plaisir quand il insère un doigt en moi pour vérifier mon état d'excitation.

Subitement, je suis de nouveau sur le dos. J'arrive à passer mes bras autour de sa tête pour l'approcher de mon visage et l'embrasser.

Il s'enfonce en moi avec un râle grave et sexy. Ses coups de butoir sont rapides, sauvages, comme s'il voulait me marquer et reprendre ce qui est à lui.

Je suis à sa merci avec mes poignets attachés. J'ai besoin de le toucher et de lui rendre coup pour coup.

— Mathias, détache-moi ! le supplié-je haletante.

— Plus personne ne te touche, c'est compris ? me prévient-il, avec un soupçon de domination dans la voix.

J'opine du chef en silence.

— Tu. Es. Ma. Femme.

Il détache chaque mot pour que je mesure bien l'importance de ce qu'il ressent.

— D'accord, mais laisse-moi te toucher, insisté-je pour qu'il me libère.

Il dénoue les liens qui m'empêchaient de caresser sa peau. Je peux enfin parcourir son corps avec mes mains et sentir ses muscles rouler sous mes doigts. Ses pectoraux sont fermes et imposants. Puis je descends sur la ligne de ses abdominaux parfaitement bien dessinés. Sa peau se parsème de chair de poule au passage de mes paumes.

Mathias redouble d'efforts pour nous emmener au septième ciel. La friction de nos corps, le rythme effréné de ses coups de reins ne cessent d'augmenter et nous font basculer dans les étoiles.

Mathias s'écroule sur moi à bout de souffle. Il grogne de plaisir alors que je gémis et enfonce mes ongles dans ses omoplates.

Nous restons quelques instants collés l'un à l'autre sans bouger ni parler.

Je crois que ces retrouvailles se passent de tout commentaire !

Nous passons la journée de samedi à rattraper le temps perdu. Nous avons énormément de mal à quitter la chambre et de manière générale, à éloigner nos corps l'un de l'autre. Pourtant, en fin d'après-midi, j'arrive à persuader Mathias de sortir de l'appartement. Il y a un endroit où j'ai vraiment envie de me rendre avec lui.

La main serrée dans la sienne, j'ai la gorge nouée d'émotion. Je suis émue d'être ici, avec lui. Je suis bouleversée par la réaction qu'il a eue lorsqu'il a compris où je l'emmenais. C'est la première fois que je le vois pleurer. Je l'avais vu vulnérable lorsque je l'avais quitté, mais jamais à ce point.

— Bonjour, Damien, dis-je gaiement. Aujourd'hui, je t'ai apporté des roses rouges. Ce sont mes préférées. Je voulais te témoigner tout mon amour. J'ai également apporté une surprise.

Je fais face à Mathias et lui adresse un sourire timide sans lui lâcher la main.

— Salut mon pote. Eh oui, c'est que moi la surprise ! ricane-t-il.

— Non. La surprise c'est que nous soyons enfin réunis, comme notre ange gardien le voulait.

Je contemple Mathias les yeux larmoyants et l'embrasse tendrement.

— Merci, Damien, chuchoté-je troublée.

— Chose promise, chose due, ajoute Mathias, solennel.

Je l'interroge du regard, ne sachant pas où il veut en venir.

— Une histoire entre mecs, tu ne peux pas comprendre ! finit-il par dire d'un air amusé.

Notre week-end se passe à merveille. Nous passons la journée de dimanche à déménager mes affaires de ma location temporaire, ainsi que l'intégralité de mes effets personnels encore restés dans ma chambre.

Notre visite chez mes parents est un peu tendue au départ. Mais j'ai quand même fait un pas vers ma mère et mon père en leur proposant de venir dîner chez Mathias, chez nous désormais, en guise de réconciliation. Je ne peux pas leur en vouloir indéfiniment. C'est ma famille, je sais qu'ils ont toujours tout fait pour mon bonheur.

J'ai vraiment envie de reprendre ma vie en main et de repartir sur de bonnes bases.

Le lundi matin, nous arrivons main dans la main au travail et passons la porte du club avec un sourire qui ne veut pas s'effacer de nos visages.

Jo est dans son bureau, comme d'habitude. Il est alerté par nos éclats de rire à la machine à café. Il nous rejoint avec sa bonne humeur légendaire.

— Alors les enfants ? On dirait que vous avez passé un bon week-end ?

— On ne pouvait pas rêver mieux, Jo, gloussé-je. Tu veux un café ?

— Avec plaisir, Juliette, dit-il tout sourire.

Pendant que je lui prends son café, Jo observe Mathias avec félicité.

— Et toi, Mathias, c'est quoi cet air stupide sur ton visage ?

— Ah, ah, très drôle ! grimace-t-il avec humour. Juliette a accepté de venir s'installer chez moi, hier.

— Ah je vois... Je suis content pour vous les enfants. Vous le méritez !

Jo regagne son bureau pour finir le travail qu'il était en train de faire, mais avant de refermer la porte derrière lui, il se retourne et me lance à la volée :

— Attention, Juliette ! Vu le sourire béat de ce grand nigaud, je parie que dans peu de temps, tu auras la bague au doigt !

— N'importe quoi ! pouffé-je.

J'étudie Mathias qui continue de sourire bêtement. Il me regarde en retour d'un air interrogatif.

— Arrête. N'y pense même pas ! m'opposé-je en me dirigeant vers mon comptoir.

— Quoi ? Je n'ai rien dit, plaide Mathias. Ça serait si horrible que ça ?

Il me rejoint en une enjambée, s'accoude au comptoir et me fixe de manière insistante.

— Je n'ai pas dit ça, mon Cœur. Mais on peut aussi profiter de l'instant présent et de nos retrouvailles, non ? Je viens à peine de poser mes valises chez toi ! lui fais-je remarquer.

Mathias semble réfléchir puis me lance :

— OK. Mais on en reparlera !

Il s'éloigne de l'accueil pour se rendre à son vestiaire et commencer sa journée.

Franchement je l'aime, mais parfois, il m'épuise !

La journée passe à une vitesse phénoménale. À 15 h, mon amoureux quitte les lieux pour rentrer chez nous. Moi, j'ai encore quelques heures devant moi, car je fais la fermeture à 21 h 30.

Le bureau de Jo est en ordre, mon comptoir rangé et les lumières sont éteintes. Je peux enfin tirer le rideau de fer pour fermer le club.

Mon téléphone me signale l'arrivée d'un message. Je m'empresse de l'ouvrir pensant y lire une tirade de Mathias, qui à coups sûrs, me fera rire tout le trajet du retour vers l'appartement.

Inconnu (21:45) : TU NE M'AS PAS PRIS AU SÉRIEUX, JULIETTE !

J'ai à peine le temps de finir de lire ce message que je sens des bras m'encercler par derrière et un tissu humide sur ma bouche et mon nez. Je veux crier à l'aide, mais je sombre dans un trou noir.

20

MATHIAS

Je n'arrive plus à me départir de ce sourire niais. Jo n'a pas tort sur le fait que je sois sur le point de demander Juliette en mariage. En même temps, ce n'est pas complètement dénué de sens. Je l'aime, elle m'aime et on est fait l'un pour l'autre. Alors, pourquoi attendre ? La vie est trop courte.

Je profite d'être seul à l'appartement pour faire un peu de rangement et du tri dans mes placards. Je dois faire de la place pour Juliette qui a ramené l'intégralité de ses affaires, hier. On sait tous que les filles, ça prend de la place dans les armoires !

Je ne vois pas les heures passer. Je suis sorti de ma mission par un coup de téléphone :

— Salut, beau gosse !

— Salut, Noémie ! Encore toi ? Que me vaut cet appel ? la taquiné-je.

— Hey, le Prince ! Maintenant que la Princesse est installée dans ton château, va falloir que tu t'habitues à mes nombreux appels, car je suis sa plus fidèle servante !

Tu m'étonnes. Juliette et Noémie c'est comme les deux doigts de la main. On ne peut pas les séparer. Si je prends Juliette, Noémie fait partie du package.

— Je rigole. Tu voulais voir quelque chose en particulier avec moi ?

— En fait, j'essaie de joindre Juliette depuis tout à l'heure, m'informe-t-elle. Mais je tombe directement sur sa messagerie. Je me suis dit que je pouvais peut-être passer par toi, à moins qu'elle ne soit trop occupée !

Je regarde l'horloge du salon. Il est déjà 22 h 30. C'est bizarre que Juliette ne soit pas déjà rentrée. Parfois, elle a besoin d'être dans sa bulle. Elle profite de rester au club pour danser quand tout est fermé, mais en général, elle me prévient.

— Elle finissait le travail à 21 h 30 ce soir, lui précisé-je. Je n'avais pas fait attention à l'heure qu'il était, car j'étais plongé dans mon rangement. Elle n'est toujours pas rentrée. Je t'avoue que cela m'inquiète un peu…

— Des nouvelles de l'autre taré ? demande Noémie.

Elle a pensé à la même chose que moi.

— Non. D'après Juliette, pas depuis un bon moment déjà.

Peut-être qu'elle ne m'a rien dit non plus. Ça m'étonnerait qu'elle m'ait caché ça après tout ce qu'on vient de vivre.

— Écoute, l'avertis-je, je vais aller faire un tour à la salle pour voir si elle n'est pas sur place. Si ça se trouve, elle est perdue entre deux entrechats et n'a plus de batterie sur son téléphone !

— J'espère que tu as raison, tu me tiens au courant ? requiert-elle, anxieuse.

— OK, je t'appelle de là-bas. À plus.

Quinze minutes plus tard, je suis devant le club. Sa voiture est toujours garée sur le parking, mais le rideau de fer de la porte d'entrée est fermé. Étrange.

Putain, j'ai un mauvais pressentiment, je n'aime pas du tout ça.

J'ouvre le rideau puis entre dans le club. J'appelle Juliette à plusieurs reprises à haute voix, regarde dans toutes les pièces pour voir si elle n'y est pas. Aucune trace d'elle.

Je commence sérieusement à m'inquiéter. Tout allait bien ce matin et cet après-midi lorsque je suis parti de la salle. Je me demande un instant si mon insinuation à la demander à mariage aurait pu la faire fuir. Mais d'un, elle n'a pas semblé contrariée de toute la journée. De deux, pourquoi sa voiture serait toujours ici si elle avait pris la fuite ?

Une fois le rideau de fer de la salle refermé, je rappelle Noémie comme promis. Je lui explique que la voiture de Juliette est toujours garée ici, mais que j'ai trouvé aucune trace d'elle.

Noémie est aussi bouleversée que moi. Elle confirme mes soupçons et mes pires craintes : son harceleur est passé à l'action, malgré son absence des derniers temps.

Le calme avant la tempête !

On se met d'accord pour se partager les coups de fil à passer. Elle appelle ses parents et moi, je contacte Jo et le Capitaine Da Costa.

Mon regard est attiré par un objet qui brille par terre, juste devant l'entrée. Je me baisse pour le ramasser. Je l'examine de plus près : une Tour Eiffel. Pas n'importe quelle Tour Eiffel, non. Celle qui est accrochée au porte-clés de Juliette.

Putain, si cet enfoiré touche ne serait-ce qu'un cheveu de Juliette, je vais le tuer.

Je raccroche de ma communication avec Jo. Il m'a confirmé qu'il n'y avait pas eu de changement de planning de dernière minute. Juliette devait bien faire la fermeture à 21 h 30. De plus, lorsqu'il est parti à 20 h, ma princesse était toujours aussi rayonnante qu'en début de journée.

Il est presque minuit lorsque je réveille le Capitaine Da Costa. Je m'excuse auprès de lui, mais il s'agit d'un cas d'urgence ! Il prend note des derniers événements passés et m'informe qu'il sera à Aix-en-Provence demain dans la journée. Il pourra alors examiner les lieux de l'éventuel kidnapping de Juliette, et prendre contact avec ses collègues sur place.

Je n'attendrai pas son arrivée pour commencer à chercher. J'ai l'intime conviction qu'elle a été enlevée par cet inconnu tordu qui lui envoyait des messages de menace.

Cependant, je ne veux écarter aucune piste. Je pars sur ma bécane faire le tour des lieux qu'on a l'habitude de fréquenter ensemble, ou des endroits qu'elle aime voir en solitaire. Je vais remuer ciel et terre pour la retrouver ! On ne m'enlèvera pas une deuxième personne chère à mon cœur !

Il est 8 h du matin, quand on sonne à ma porte. Je n'ai pratiquement pas dormi de la nuit. Je dois vraiment avoir une tête à faire peur. Les parents de Juliette entrent dans mon appartement d'un pas paniqué.

— Toujours pas de nouvelles, Mathias ? me demande le père de Juliette.

— Bonjour, Mathias, désolée, il est encore tôt mais cela fait des heures que je le retiens de venir ici ! ajoute la mère de Juliette, dont ses yeux sont rougis par les larmes.

— Je comprends, y a pas de mal. Allez-y, installez-vous au salon, je vous en prie.

Durant l'heure qui suit, je leur parle des dernières vingt-quatre heures. Je leur explique que tout allait bien dans le meilleur des mondes.

En discutant, je me rends compte que ses parents sont d'autant plus bouleversés qu'ils viennent d'apprendre que leur fille était victime de menaces.

Il faut vraiment qu'elle apprenne à communiquer avec ses proches !

Noémie me rappelle plusieurs fois dans la matinée pour connaître l'avancée de la situation. Malheureusement, je n'ai rien de nouveau à lui apporter. Elle est morte d'inquiétude et veut venir ici, pour être au plus proche lorsqu'on remettra la main sur Juliette. Je l'invite à venir à la maison en lui disant qu'elle sera toujours la bienvenue ici, chez *nous*.

— Je boucle mon sac et prends le premier train, Mathias, m'avertit Noémie avec des trémolos dans la voix.

— Comme tu veux. Mais sois prudente, d'accord ? Appelle-moi pour me dire à quelle heure tu arrives à la gare. Je viendrais te chercher en bécane, OK ?

— OK. Je te tiens au courant.

À 17 h, je pars chercher Noémie à la gare d'Aix-en-Provence. Je prends la Ducati pour aller plus vite et éviter qu'on se retrouve coincés dans les embouteillages.

Le Capitaine Da Costa doit se rendre à l'appartement en fin d'après-midi, donc je n'ai pas trop de temps à perdre. Je veux être là lorsqu'il se présentera chez moi. Je ne veux pas laisser les parents de Juliette gérer ça tout seuls.

On est tous les cinq assis dans le salon. Chacun y va de son commentaire et explique au Capitaine Da Costa ses derniers échanges avec Juliette.

Avant de venir chez nous, il s'est rendu sur les lieux du kidnapping. Il a pu donner des directives aux équipes sur place et aux personnes responsables, ses homologues. Mais aussi, les informer des différents éléments dont il a connaissance concernant les menaces.

Il semblerait que des empreintes de pas devant la salle aient été relevées. Celles de Juliette et celles d'un homme au vu de la taille des semelles des chaussures.

De plus, compte tenu de la proximité et du positionnement des empreintes, il se pourrait que Juliette ait été surprise par derrière. Elle n'a pas vu son agresseur.

Ils font le nécessaire pour relever toutes les empreintes sur place, que ce soit à l'entrée du club ou sur sa voiture.

On est tous désemparés en attendant le moindre signe d'elle, ou d'une piste qui nous rapprocherait d'où elle est.

Pourquoi faut-il toujours que tout se complique ? J'avais enfin récupéré Juliette, on était heureux. Elle avait enfin accepté de venir s'installer de manière définitive dans mon appartement. J'étais plein d'espoir pour le futur, pour nous et notre relation. Il a fallu qu'un malade mental vienne m'enlever ce que j'ai de plus cher au monde.

21

JULIETTE

J'émerge enfin d'un profond sommeil. J'ai l'impression d'avoir dormi deux jours entiers. Mon esprit est embrumé comme si on m'avait droguée. Ma tête pend en avant, et ma nuque me fait atrocement mal. J'essaie de porter ma main sur le derrière de ma tête pour la masser et soulager ma nuque. Je me rends vite compte que je suis incapable de bouger mes mains et qu'elles sont immobilisées.

Je suis assise, les poignets attachés aux accoudoirs et les chevilles aux pieds de la chaise. Je me demande bien chez qui je suis séquestrée. Je suis seule dans cette pièce. Il n'y a pas grand-chose. Un fauteuil en cuir marron est positionné à un mètre en face de moi et une petite table d'appoint est installée juste à côté.

Il fait sombre, car les ouvertures sont occultées. Cependant, je sais que nous sommes en plein jour, car un faisceau de lumière passe à travers les lames du volet roulant.

J'essaie de dresser un état des lieux de mes fonctions vitales. Tout fonctionne. Je respire correctement, je n'ai pas l'air blessée, juste une soif qui me brûle la gorge.

Je ne sais pas dans quel merdier je me suis fourrée.

Je suis en mode panique et je n'ai rien de concret pour me rassurer.

Je pense immédiatement à Mathias, mes parents et Noémie qui devait me rappeler, qui doivent être morts d'inquiétude et me chercher partout.

Mon inconnu est passé à l'action. J'attends qu'il se manifeste pour savoir à qui j'ai affaire. Qui est ce fou furieux ? Que me veut-il ?

J'entends le bruit d'une clé s'introduire dans une serrure. Celle de la pièce où je suis prise au piège. La poignée s'abaisse, et la porte s'ouvre enfin sur un homme qui s'avance dans l'obscurité. Je n'arrive pas à identifier clairement qui il est, mais cette silhouette m'est pourtant familière.

— Ça y'est, tu es enfin réveillée !

Cette voix.

Je la reconnaitrais parmi des milliers. Je l'ai côtoyée pendant des mois et des mois dans la plus stricte intimité. Tout s'embrouille dans ma tête. Pourquoi est-il là ? Est-ce lui qui m'a enlevée ? Je n'arrive pas à y croire.

— Nathan ? demandé-je d'une voix hésitante.

— Contente de me voir, Princesse ?

Le surnom que me donne Mathias a un goût amer dans sa bouche. J'ai un haut-le-cœur.

— Qu... qu'est-ce que tu fais, Nathan ? dis-je, paniquée.

— Ça ne se voit pas ? Je reprends ce qui est à moi !

— Tu es complètement malade ou quoi ?

Qui est cet homme en face de moi ? Je ne le reconnais plus. Il s'assoit confortablement dans le fauteuil, face à moi.

— Je t'avais pourtant mise en garde plus d'une fois par message, me blâme-t-il. Mais bien évidemment, tu ne m'as pas écouté !

Qu'est-ce qu'il raconte ? Quels messages ?

— Il y a trois semaines, j'ai cru que tu avais enfin retrouvé la raison en quittant ce bon à rien. Mais quelle surprise, quand j'ai appris hier, que tu avais emménagé chez lui !

Mes neurones se connectent et je commence à comprendre où il veut en venir. Il se lève et s'agite autour de moi, alors qu'il continue ses explications.

— Mon avenir était tout tracé. Je t'avais choisie, car tu représentais la meilleure partenaire à exhiber à mon bras. Je devais gagner leur confiance, et prendre sa place !

Je ne comprends pas un traître mot de ce qu'il me raconte. Cela n'a aucun sens.

— C'était donc toi, tous ces messages de menace ? en déduis-je.

— Bravo, Sherlock ! se moque-t-il.

— Que vas-tu faire maintenant ? Tu ne peux pas me séquestrer indéfiniment ?

Il stoppe ses allées venues, attrape mes poignets au bout de ses bras tendus et me fixe. Il est penché, à quelques centimètres de mon visage.

— Je fais ce que je veux ! À partir de maintenant, c'est moi qui décide ce qui va se passer entre nous !

Je sursaute.

— Nath… il faut que… essayé-je de parler pour le faire revenir à la raison avant qu'il me coupe.

— Tais-toi ! Tu aurais dû faire ce choix quand je te l'ai demandé. On n'en serait pas là, aujourd'hui !

— Mais de quoi tu parles ?

J'ai l'impression que Nathan divague complètement. Jamais je n'aurais pu penser qu'il en vienne à un état psychologique aussi instable.

J'essaie de me souvenir de quelques indices qui pourraient me mener à ce dont il parle. Je repense à notre rupture et je comprends tout à coup.

Lui ou la danse. Mes souvenirs viennent de me donner la réponse.

— Tu fais tout ça, parce que j'ai choisi la danse ? m'étranglé-je.

— Je t'ai dit de te taire, Juliette !

Nathan s'approche dangereusement de moi. Il me fait peur. Son comportement montre des signes de nervosité. Il attrape mon menton entre ses doigts et immobilise ma tête avant d'ajouter :

— Maintenant, tu vas m'écouter et faire ce que je te dis ! J'ai rechargé ton téléphone. Tu vas pouvoir appeler ton mec et lui dire que c'est terminé.

Je le regarde les yeux écarquillés.

— Tu vas lui dire que tu as bien réfléchi et qu'en fait, tu es toujours amoureuse de moi ! m'ordonne-t-il, toujours aussi froid.
— Jamais je ne ferai ça, Nathan ! dis-je en essayant de me débattre.

Il me gifle avec une violence extrême, envoyant ma tête sur le côté. Ma panique augmente et je me mets à pleurer.

— Allez en scène, et arrête de pleurer ! Je te préviens, tu fais un seul faux pas, et tu vas le regretter ! Compris ?

Nathan lance l'appel sur le haut-parleur et approche le téléphone de ma bouche pour que je puisse parler. Mathias met à peine quelques secondes pour répondre.

— Allô ?

Trop effrayée, je reste paralysée et n'arrive pas à parler.

— Juliette, c'est toi ? demande Mathias pour avoir confirmation.

Nathan attrape mes cheveux, tire ma tête de toutes ses forces vers l'arrière. Il me regarde dans les yeux avec toute la folie qui l'habite. Il m'ordonne silencieusement de répondre pour ne pas éveiller de soupçon chez Mathias.

— Oui, c'est moi, bredouillé-je.
— Putain, mais t'es où ? Tu nous as fait tellement peur ! s'exclame-t-il, heureux de m'entendre, enfin.
— Écoute, Mathias, je...

Ma voix est hésitante. Nathan renouvelle son avertissement en tirant encore plus fort sur mes cheveux. Je me mords l'intérieur de la bouche pour éviter de crier de douleur, mais aussi pour ne pas fondre en larmes.

— J'ai réfléchi, lâché-je. Je crois que ça ne le fera pas entre nous.
— Quoi ? tonne Mathias. Mais qu'est-ce que tu racontes, putain ?

Nathan montre des signes d'impatience avec ses mains, pour que j'aille jusqu'au bout de son plan diabolique. Il n'arrête pas de frotter son index sous son nez. Ce geste, il le faisait avant. Mais je me rends compte maintenant qu'il agit comme s'il était en état de manque.

— Je me suis trompée, je suis encore amoureuse de Nathan.

Je retiens le sanglot qui menace de s'échapper de ma gorge.

— Juliette ? T'as pas l'air normale, tu es sûre que tu vas bien ? s'inquiète Mathias d'une voix paniquée.

Nathan me fait comprendre silencieusement de mettre fin à la conversation.

— Au revoir, Mathias.

Une fois que Nathan appuie sur le bouton rouge du téléphone pour couper la communication, je m'écroule de douleur. Ce n'est pas la douleur physique qui me détruit, mais celle de mon cœur brisé en mille morceaux.

Mathias, je suis tellement désolée de t'infliger tout ça.

Je pleure sans m'arrêter alors que je suis de nouveau seule dans cette pièce horrible. Je ne sais pas ce que Nathan a prévu pour la suite, mais je prie intérieurement pour qu'on puisse me retrouver vite, et par n'importe quel moyen.

Finalement, notre histoire n'était qu'un leurre. Il m'a utilisé depuis le début. Je m'en veux de ne pas avoir vu clair dans son jeu dès les premiers temps de notre relation. J'aurais dû écouter Noémie et me fier à sa clairvoyance.

Je repense à sa visite surprise chez mes parents, à son insistance pour que je fasse partie de sa vie. Je le trouvais changé, presque tourmenté. Mais en fait, c'était sa noirceur qui était en train de le rattraper.

Deux heures plus tard, mon kidnappeur revient avec un verre d'eau, un sandwich et un grand couteau. Il pose le verre et le sandwich sur la petite table d'appoint, puis s'approche de moi avec son couteau.

Mon Dieu, qu'est-ce qu'il va me faire encore ?

Contre toute attente, Nathan coupe les liens au niveau de mes poignets et de mes pieds avant d'ajouter :

— Chérie, tu as quinze minutes pour avaler ça. Ensuite, tu vas pisser et on met les voiles !

— Où tu comptes m'emmener comme ça ? Tu n'as pas le droit de me séquestrer ! fulminé-je, hors de moi.

Il ne me répond pas, sortant comme il est entré. Rapidement.

Je suis de nouveau seule dans cette pièce sombre. Il est hors de question que je mange ou boive quoi que ce soit venant de lui. Je ne préfère pas prendre le risque d'être droguée encore une fois. Je le sais capable de tout désormais. Il pourrait très bien vouloir m'endormir de nouveau, pour que je coopère plus facilement dans notre fuite.

Quinze minutes plus tard, il refait son apparition dans la pièce. Il jette un œil sur la petite table, constate que je n'ai rien avalé et souffle d'exaspération.

— Très bien, dit-il d'un ton sec en croisant les bras. Tu n'en fais encore qu'à ta tête, chérie. Tu verras, avec le temps, tu t'habitueras à moi et tout reviendra comme avant.

— Nathan, c'est de la folie tout ça. Il faut que tu reviennes à la raison !

Il m'attrape par le bras et me somme de me lever et d'avancer. Il me fait mal.

— Tu n'es pas le Nathan que j'ai connu autrefois. On peut t'aider, si tu as besoin. Laisse-moi t'aider Nathan, et relâche-moi, le supplié-je.

— Tu n'as jamais connu le vrai Nathan.

Il me pousse d'une main ferme sur les omoplates, je manque de trébucher.

— Allez, arrête de dire des conneries ! Je t'emmène aux toilettes, fais ce que tu as à faire et on y va.

Nathan m'accompagne avec son couteau dans mes déplacements. Quand je ressors des toilettes, il me met en garde de ne pas faire de vague et qu'il n'hésitera pas à se servir de son arme si besoin.

Il m'explique qu'il ne peut pas me rattacher pour l'instant, car il ne veut pas éveiller de soupçon auprès des passants lorsque nous allons sortir.

Ce qui veut dire que nous sommes encore en ville.

En me rendant aux toilettes, j'ai pu observer que nous étions dans une petite maison. Mais comme tous les volets sont fermés, je ne peux pas m'aider de mon environnement pour me situer. J'aimerais tellement pouvoir envoyer des signaux à l'extérieur pour qu'on me retrouve.

Nathan s'apprête à nous faire sortir de la maison. Lui devant, et moi derrière. Il tient fermement ma main dans la sienne. Son couteau est dissimulé dans la poche avant de son sweat. Il faudrait que j'attire son attention sur autre chose pour pouvoir lui dérober. C'est risqué, mais je dois tenter quelque chose pour me sortir de là rapidement.

Ma tête tourne à plein régime pour trouver une solution. Nathan ouvre la porte d'entrée et je scanne sans tarder ce qu'il se passe devant moi. Trois voitures de police sont garées devant la maison. Des policiers sont armés en position de tir, prêt à intervenir.

— Ne bougez plus ! résonne une voix dans un mégaphone.

Nathan tire sur mon bras pour me ramener à lui, me positionnant devant lui. Il encercle mes épaules pour me maintenir de force contre son torse, sort son couteau et menace de m'entailler la gorge.

— Laissez-moi partir avec elle, ou la lame de mon couteau rencontrera malencontreusement sa peau ! avertit Nathan sur la défensive et hors de lui.

— Nathan, je t'en supplie, fais ce qu'ils te disent, l'imploré-je. Tu vois bien qu'on pourra aller nulle part.

— Je répète, ne bougez pas et rendez-vous ! ordonne le policier au mégaphone.

Ma vision est brouillée par les larmes qui s'accumulent dans mes yeux. Je cligne des paupières, les larmes coulent le long de mes joues. Lorsque le policier dégage le mégaphone de son visage, je le reconnais tout de suite. C'est le Capitaine Da Costa.

Mon regard dérive légèrement vers la droite et je le vois au loin. C'est Mathias. Nos yeux entrent en contact et c'est comme si j'avais retrouvé ma maison.

Il m'a retrouvée !

Malheureusement, je reprends vite mes esprits et déchante face à cette scène de crise.

Mathias tente de s'introduire dans la zone dangereuse. Deux hommes des forces de l'ordre l'empêchent difficilement de passer.

Nathan trépigne sur place face à ce cul-de-sac qui l'empêche d'avancer vers une porte de sortie. Nous sommes cernés et je ne vois pas d'issue se dessiner.

La lame du couteau appuie contre ma gorge. Je suis pétrifiée. Il suffirait d'un mauvais geste de sa part, d'un moment de panique, pour que je me vide de mon sang.

— Tu vois la BMW noire garée sur notre gauche ? murmure Nathan à mon oreille. On va courir et l'atteindre pour s'enfuir. Compris ?

— C'est du suicide Nathan. Si on bouge, les policiers vont nous tirer dessus.

— Je ne te demande pas ton avis, Juliette. Tu cours ou t'es morte ! me menace-t-il en raffermissant sa prise sur mon bras.

Nathan me pousse en avant pour me forcer à avancer en direction de la voiture. Nous avons à peine fait un pas en avant, que j'entends une détonation. Je crie d'effroi, sens mes jambes se dérober sous moi. Je m'écroule par terre et m'évanouis sur le champ.

Ça y'est, je suis morte !

22

MATHIAS

La porte d'entrée de la maison s'ouvre enfin. J'ai l'impression que ça fait des heures qu'on attend tous planqués dehors. En plus, il fait une chaleur à crever en cette fin de mois de juin. Ce qui est certain, c'est que jamais je ne pourrais exercer le métier de flic !

Je vois un mec sortir en premier, en tirant Juliette par la main.

Nathan ! Putain, c'est lui l'enfoiré !

Il la menace d'un couteau et n'a pas l'air de vouloir obéir aux ordres de Da Costa. Le Capitaine réitère sa demande de laisser Juliette et de se rendre, mais ce malade mental n'en a visiblement que faire.

Comment a-t-il pu en arriver là ? Putain, quand je pense que Juliette est sortie avec ce type pendant un an ! J'espère qu'il était plus sain d'esprit à l'époque.

Je n'arrive plus à tenir en place. Juliette est là, à quelques mètres de nous, de moi, dans une position de vulnérabilité qui me rend fou de rage. Je la vois. Je suis désemparé, car je sais qu'elle est apeurée comme jamais, et que je ne peux rien faire pour l'aider.

Elle regarde partout autour d'elle pour essayer de comprendre ce qu'il se passe. En balayant la foule devant elle, elle tombe sur mon regard. Nous verrouillons nos yeux l'un à l'autre pendant quelques instants.

Je n'y tiens plus, fais quelques pas en direction de la maison pour me rapprocher d'elle. Je suis vite arrêté dans ma lancée par quatre mains qui me retiennent et me maintiennent sur place.

— Restez ici, Mathias ! dit l'un des officiers.

— Il va lui trancher la gorge, si on ne fait rien ! m'emporté-je en me débattant.

— Laissez-nous faire notre travail, d'accord ?

Je souffle, agacé, même si je sais qu'ils ont entièrement raison. Une intervention de ma part pourrait coûter la vie de Juliette.

Nathan murmure quelque chose à l'oreille de Juliette, qui lui répond en retour, implorante. J'ai le pressentiment que ça ne sent pas bon du tout.

Je pense qu'il va essayer de prendre la fuite malgré la présence de la police et de tous ces hommes armés qui lui font face.

Il a vraiment une case un moins ce type !

Ensuite, tout va très vite. Nathan pousse Juliette en avant. J'entends un coup de feu. Juliette crie. Nathan s'écroule par terre, suivi par Juliette.

Mon Dieu, dites-moi qu'ils n'ont pas tiré sur elle ? Pitié, je vous en supplie.

Et puis j'entends crier des ordres dans tous les sens.

— Ennemi à terre !

— Faîtes intervenir l'ambulance !

— Équipe 1, go, go, go !

Mes yeux ne quittent plus le sol où repose Juliette, allongée. Je crois que mon cœur s'est arrêté et attend un signe de vie de la part de ma belle pour reprendre sa course folle.

Les ambulanciers se hâtent pour secourir les deux corps inertes. Je m'approche de l'ambulance pour être aux premières loges lorsqu'ils reviendront avec les brancards.

Une première équipe s'avance. J'aperçois Nathan. Il est encore en vie. J'aurai donné n'importe quoi pour que cette balle lui prenne la vie ! Il a kidnappé Juliette, lui a fait du mal et si ça se trouve, elle est morte, elle aussi…

Putain, cette attente est interminable !

L'ambulance part sans plus attendre en direction de l'hôpital.

Juliette arrive enfin auprès du deuxième véhicule qui la mènera elle aussi à l'hôpital. Elle a les yeux fermés et ne bouge pas. L'ambulancier l'installe à l'arrière de l'ambulance et me dit tout en refermant la porte :

— C'est juste un malaise, Monsieur. Elle est sous le choc. On préfère l'emmener pour faire quelques examens de routine, afin d'écarter tout danger et traumatisme post kidnapping.

Je souffle de soulagement. Mon cœur se remet en route. J'arrive enfin à respirer normalement. Elle est en vie. Juliette est toujours là, avec moi. Elle ne m'a pas quittée, elle aussi.

— Vous nous rejoignez à l'hôpital d'Aix Monsieur ? m'interpelle un des hommes.

— Euh, oui bien sûr, je vous rejoins au service des urgences.

Le soleil décline peu à peu en cette fin de journée. Je récupère ma Ducati puis file à toute vitesse rejoindre Juliette à l'hôpital.

On est tous assis dans la salle d'attente. Les parents de Juliette, Noémie et moi. On attend que le médecin finisse de l'examiner, pour en savoir plus sur son état de santé, et pouvoir la rejoindre dans sa chambre.

Je prie pour que rien de grave ne lui soit arrivé pendant sa captivité. Que cet enfoiré n'ait rien tenté pouvant la traumatiser à vie.

Un homme s'approche de nous à grands pas et la mère de Juliette se lève immédiatement pour le rejoindre et le prendre dans ses bras. Ils nous rejoignent tous les deux.

— Mathias, voici Philippe, mon frère, me présente la mère de Juliette.

— Enchanté, Monsieur, dis-je en lui serrant la main. Je suis content de faire votre connaissance. Juliette m'a tellement parlé de vous, en bien évidemment !

— Bonjour, Mathias. Plaisir partagé ! Mais appelle moi Philippe, je t'en prie !

Le médecin ne tarde pas à faire son apparition dans la salle d'attente de notre petit groupe.

— Bonsoir. Je ne vais pas vous faire patienter plus longtemps. Je sais que cette attente est un supplice pour les proches. Juliette va très bien.

Mon corps se détend peu à peu en apprenant cette bonne nouvelle.

— Nous l'avons examinée et tout va bien, continue de nous expliquer le médecin. Elle est juste très remuée psychologiquement. Elle va avoir besoin d'un peu de temps pour s'en remettre.

On est tous pendus à ses lèvres, en quête d'en savoir plus.

— Merci Docteur, nous devance le père de Juliette en bon père de famille. Peut-on aller la voir ?

— Oui, mais pas tous à la fois, s'il vous plaît. Vous êtes nombreux et il faut qu'elle récupère. Elle est très fatiguée. Ne restez pas trop longtemps, d'accord ?

Je suis enfin seul avec Juliette. Je lui tiens la main en étant assis sur le côté du lit. Je n'ai plus envie de la lâcher une seule seconde de peur de la perdre à nouveau.

— Ça va ? Comment tu te sens ? m'inquiété-je.

— Un peu fatiguée, murmure-t-elle, comme si parler lui demande un gros effort.

Je caresse sa joue de ma main libre. Elle tourne la tête de façon à se blottir davantage contre ma paume, recherchant le contact.

— Il faut te reposer maintenant, lui ordonné-je d'une voix douce. C'est la priorité. Tu restes ici pour la nuit en observation, mais demain, tu rentres chez nous et je vais m'occuper de toi.

Elle semble si fragile, au bord des larmes.

— Je suis tellement désolée, Mathias.

Juliette ne retient plus ses pleurs, allongée sur son lit d'hôpital. Elle a l'air tellement impuissante face à tout ça.

— Hey, rien de tout ça n'est ta faute, d'accord ? tenté-je de la rassurer.
— Je ne voulais pas te faire de peine en te disant que je te quittais, *encore*.
— Et tu crois que je t'ai crue ? Pas une seconde, voyons ! J'ai bien senti que quelque chose ne tournait pas rond. N'oublie pas, nous sommes des âmes sœurs.

Juliette m'offre un sourire timide et sèche ses larmes avec le revers de sa main. Les secondes passent et je la vois devenir pensive. Elle mordille par pur réflexe l'intérieur de sa joue. Elle ne tarde pas à me poser la question qui la préoccupe.

— Comment vous m'avez retrouvée ?
— En fait, Nathan a fait une grosse erreur dans son plan de kidnapping, lui révélé-je. Il t'a demandé de m'appeler. Grâce à cette communication, le Capitaine Da Costa a pu demander à ses hommes de localiser ton téléphone.

Elle acquiesce et m'encourage à continuer mon récit.

— Cela n'a pas pris beaucoup de temps pour mettre en place une équipe d'intervention. Finalement, le plus long a été d'attendre que ce connard se décide à sortir avec toi.

Je grimace en repensant à cette scène que je ne suis pas près d'oublier.

— J'ai eu tellement peur, se tourmente-t-elle. Quand j'ai entendu la détonation du coup de feu et que je suis tombée, j'ai cru que ça y est, j'étais morte !

Mon sang se glace. Rien que de l'imaginer morte, ça me retourne les tripes. Juliette presse ma main pour me ramener à elle.

— Moi aussi, avoué-je. Mon cœur s'est arrêté de battre jusqu'à ce qu'un des ambulanciers me dise que tout allait bien.
— Encore désolée de t'avoir causé toute cette angoisse !

Elle n'a pas besoin de s'excuser pour ça.

— Où est Nathan ? m'interroge-t-elle tout à coup soucieuse.
— Dans une chambre bien gardée ! Il a été touché à l'épaule. J'aurai préféré que ce connard ne s'en sorte pas ! me renfrogné-je, déçu.

Une infirmière entre dans la chambre et nous interrompt en me demandant de partir. Les visites sont terminées. J'ai du mal à la laisser et quitter la pièce. J'essaie de faire du charme à l'infirmière pour rester encore un peu, mais en vain.

~

Deux jours sont passés depuis que Juliette est sortie de l'hôpital. Depuis deux jours, je passe mon temps à la dorloter et la couvrir d'attention. Dès qu'elle a besoin de quelque chose, je cours chercher ce qu'elle me demande dans l'appartement, ou sors l'acheter si nous n'en avons pas.

Jusqu'à présent, j'ai tout fait pour lui éviter de sortir. Mais comme ma princesse a montré des signes d'impatience et d'agacement, j'ai fini par céder.

En vrai, elle est tout à fait en mesure de sortir et reprendre une vie normale, mais je suis passé en mode surprotection à son grand désarroi.

On est donc tous installés chez ses parents. Son oncle Phil et Noémie sont là également. Même Jo a été invité, car lui aussi il a été très affecté par ce qu'il s'est passé.

Ses parents ont organisé un grand repas dans le jardin avec un barbecue géant. On profite de la piscine et du soleil. Juliette est heureuse d'avoir pu mettre un pied en dehors de chez nous.

Notre quiétude est interrompue par la sonnette de la porte d'entrée. La maîtresse de maison revient quelques instants plus tard, accompagnée du Capitaine Da Costa.

Est-ce qu'on va nous laisser un jour en paix ?

— Désolé de vous déranger dans un si bon moment, s'excuse le Capitaine. Je souhaitais vous parler avant de reprendre un train en direction de Paris et clôturer cette affaire.

Le Capitaine Da Costa s'installe à notre table après y avoir été invité par les Granvin. Mine de rien, il a participé au sauvetage de ma belle, il peut bien s'incruster un peu !

— On vous écoute Capitaine, intervient le père de Juliette.

Juliette est venue se réfugier sur mes genoux pour obtenir tout le réconfort dont elle aura besoin face aux révélations de Da Costa. On va connaître enfin le fin mot de toute cette histoire sordide. J'attrape sa main, croise ses doigts avec les miens, et embrasse son épaule pour lui insuffler tout le courage nécessaire.

— Comme vous le savez maintenant, Nathan est l'auteur des nombreux messages de menace reçus, commence à expliquer le Capitaine.

Si j'avais su ça avant, je ne me serais jamais arrêté lorsque je l'ai tabassé !

— Ce petit génie de l'informatique s'est arrangé pour retrouver votre trace à chaque fois que vous avez changé de numéro, poursuit-il. Malheureusement, il ne s'en est pas tenu qu'à vous menacer par message, Juliette.

— Comment ça ? demandé-je inquiet.

Je sens le corps de Juliette se crisper sur moi. Je redoute plus que tout ce que le Capitaine va nous annoncer.

— Il a été reconnu complice dans votre agression de novembre dernier, nous révèle-t-il.

— Quoi ? réagit vivement Juliette.

— Oui. Je sais, cela paraît totalement fou.

Le Capitaine Da Costa émet une petite grimace avant de poursuivre.

— Nous avons fait une perquisition chez lui après son arrestation. Nous avons trouvé des échanges de mails et téléphoniques avec votre agresseur. La consigne étant de vous faire peur, de vous blesser légèrement pour que vous soyez en incapacité de danser quelque temps. Je suis vraiment désolé de vous apprendre ça.

En plus d'avoir kidnappé ma femme, ce connard est responsable de la mort de Damien. Je boue à l'intérieur. Le Capitaine m'observe, devinant le fond de ma pensée.

— Pourquoi aurait-il fait ça ? s'étonne la mère de Juliette.

— Parce que lors d'une grosse dispute, il m'a demandé de choisir entre lui et la danse, nous rapporte Juliette.

Il n'avait rien compris ce crétin. Lui enlever la danse, c'est comme lui arracher le cœur.

— Mon absence de réponse a parlé pour moi. Il ne supportait plus mon implication dans ma préparation au concours pour devenir première danseuse.

Le Capitaine se râcle la gorge, gêné, avant de reprendre la parole.

— En fait, ce n'est pas tout à fait ça…

On est tous pendus à ses lèvres, désireux de comprendre ce qu'il sous-entend.

— Nous avons pu constater à son domicile les détails de son plan, dont vous étiez la pièce maîtresse Juliette. Il vouait une vengeance sans limite à son père et ne rêvait que d'une chose, l'évincer de l'entreprise familiale.

Putain, il l'a utilisée ! C'est encore pire que ce que je pensais. Heureusement que Juliette est assise sur mes genoux. J'aurais déjà tout pété sur la table.

— Je comprends mieux maintenant, ce qu'il a pu me dire quand il m'a kidnappée, déclare Juliette abasourdie. Il parlait de plan, de prendre sa place, mais tout ça n'avait aucun sens.

— Je pense que vous étiez sa carte pour se construire une bonne image, ajoute le Capitaine Da Costa.

— Je t'avais dit qu'il n'était pas net ce type, intervient Noémie.

Merci ! Enfin une personne sensée !

— Et c'est aussi sa folie qui vous a sauvé, enchaîne Da Costa. Ses facultés de réflexion étaient altérées par la drogue que nous avons retrouvée sur lui. Avec ses connaissances en nouvelles technologies et un esprit saint, il ne vous aurait jamais demandé d'utiliser votre téléphone pour appeler Mathias.

Tout le monde reste silencieux autour de la table. C'est beaucoup d'informations à assimiler en peu de temps.

— Est-ce que tout est terminé, Capitaine ? demandé-je impatient de retrouver une vie normale avec ma princesse.

— Oui, Mathias. Juliette n'a plus rien à craindre désormais.

Il se lève de sa chaise pour venir nous serrer la main.

— Je vais vous laisser maintenant. Je reprendrai contact avec vous avant le jugement, Juliette. Messieurs et Dames, je vous souhaite un bon après-midi, nous salue Da Costa en reprenant le chemin de la sortie.

L'ambiance reste étrange encore quelque temps après son départ. Ses révélations nous ont tous secoués. Je pense qu'il va nous falloir à tous un peu de temps avant de pouvoir reprendre nos habitudes, sans avoir peur pour notre Juliette.

La fin de journée se passe à merveille. On discute tous ensemble et on profite de Noémie qui apporte son grain de folie, en cette fin de journée si particulière. Je surprends Juliette à rire aux éclats avec elle, ça me rassure et me fait du bien de la voir ainsi.

23

JULIETTE

$\mathcal{P}$lusieurs semaines ont passé depuis mon kidnapping. La vie a repris son cours gentiment. Il m'arrive encore de me retourner dans la rue pour vérifier que je ne suis pas suivie. Je vais beaucoup mieux, mais il est certain que j'ai encore des séquelles. Je fais des cauchemars de temps en temps, me réveille en panique et en sueur.

Heureusement, Mathias est là à chaque instant pour me rassurer et me protéger. Il va me falloir du temps et de la patience pour entériner tout ça.

Le médecin m'avait mise en arrêt maladie une semaine pour me remettre de mes émotions. Je suis contente d'avoir repris mon poste au club et d'avoir des échanges avec les membres. Je n'en pouvais plus d'être enfermée dans notre appartement. Mathias m'a couvée comme une mère poule ! Même à la salle, il se débrouille toujours pour garder un œil bienveillant sur moi.

Aujourd'hui, mon niveau de stress est à son comble. J'ai réussi à décrocher un rendez-vous dans une prestigieuse école de danse privée de la région. J'ai rendez-vous dans une heure pour un entretien et un test. Ce n'est pas n'importe qui, qui peut avoir la chance d'intégrer les cours de Madame Irina Petrova.

Cette talentueuse danseuse russe a fini sa carrière de danseuse étoile à l'Opéra de Paris. Aujourd'hui, elle est restée en France pour donner des cours dans sa propre école. C'est un modèle pour de nombreuses danseuses et danseurs comme moi. Je sais que les candidats sont triés sur le volet. Ça serait un honneur pour moi de danser au sein de son école.

Pour mettre toutes les chances de mon côté, j'ai contacté mon ancien professeur, Madame Blanche. J'avais besoin qu'elle me conseille pour cet entretien. Elle m'a largement rassurée sur mes capacités et m'a même informée qu'elle ne manquerait pas d'appeler Madame Petrova pour me recommander.

Je patiente donc devant l'école avant de pouvoir rencontrer Irina. Pour évacuer le stress, je n'hésite pas une seconde à appeler ma meilleure amie.

— Allô, danseuse en détresse, bonjour !

— Salut ma poulette. Tu t'en sors ? me sonde Noémie.

— C'est bientôt l'heure et je suis stressée comme pas possible !

Noémie se moque de moi en ricanant.

— Ne t'inquiète pas, ça va bien se passer ! C'est impossible qu'elle refuse ta candidature !

— J'espère que tu as raison. Je te tiens au courant du résultat tout à l'heure, conclus-je avant de raccrocher.

Je toque à la porte. Un « entrez » sec retentit de l'autre côté. Mon degré de stress vient de s'élever d'un cran. J'ouvre, m'avance droit vers le bureau où est installée Irina.

— Madame Petrova, bonjour, la salué-je en lui offrant une poignée de main ferme. Je vous remercie de m'accorder un peu de votre temps.

— Bonjour Mademoiselle Granvin. Asseyez-vous, je vous en prie, me répond-elle en prenant ma main et en se levant légèrement de son fauteuil.

Je regarde d'abord autour de moi. C'est un hommage à la danse, ici. Des photos sont disposées partout sur les murs. Des photos d'elle en train de danser, mais aussi de grandes étoiles disparues et d'autres qui sont encore parmi nous.

Tout est en ordre dans cette pièce. Pas un stylo ni une feuille ne dépasse de son emplacement prévu sur le bureau.

Rigueur et discipline...

J'observe Irina, presque intimidée. Mon regard est d'abord fuyant, puis j'arrive à ancrer mes yeux dans les siens. C'est une belle femme blonde à la peau claire et aux yeux bleus. Même si aujourd'hui elle ne fait plus de représentations sur scène, je vois bien qu'elle n'a pas abandonné les entraînements pour autant. Toujours aussi longiligne et fine qu'au temps où elle portait un tutu. Je suis impressionnée.

— Alors, Juliette ? Je peux vous appeler par votre prénom ?

— Oui, bien sûr.

Je me tiens droite sur mon siège et pose mes mains sur mes cuisses. J'ai l'impression d'être au garde à vous !

— J'ai votre candidature sous les yeux, me fait-elle remarquer.

Je fixe son bureau comme pour vérifier ses dires et tombe sur mon dossier.

— J'ai eu un appel de Madame Blanche de l'Opéra de Paris, ajoute-t-elle, toujours aussi sérieuse.

Alors Madame Blanche a bien tenu sa promesse...

— Je connais votre parcours, annonce-t-elle. Ce que j'aimerais savoir, c'est pourquoi vous êtes ici aujourd'hui ?

— Eh bien...

J'hésite un instant. Puis, je décide d'opter pour la carte de la franchise.

— Si je suis ici, ce n'est pas pour faire l'éloge de votre prestigieuse école, ou bien de votre carrière exemplaire, affirmé-je.

Mon cœur tambourine dans ma poitrine à un rythme effréné. Irina lève un sourcil interrogateur qui m'enjoint de poursuivre sur ma lancée.

— Aujourd'hui, votre renommée n'est plus à faire. Je pense que vous devez en avoir plus qu'assez qu'on vous brosse dans le sens du poil afin d'obtenir une place dans votre école.

— C'est juste, acquiesce-t-elle d'un mouvement de tête.

Elle ne m'a pas encore mise à la porte. C'est plutôt bon signe.

— L'année dernière, comme vous le savez, je me suis blessée. Cette blessure au genou m'a anéantie. J'ai traversé une période très sombre. Je n'ai pas dansé pendant plusieurs mois.

Je fais une pause dans mon argumentaire. Je sens des larmes monter au bord des yeux. Je mords l'intérieur de ma joue pour me ressaisir avant de continuer.

— Ce que j'essaie de dire, c'est que pendant cette période sombre, j'ai voulu me séparer de la danse, confessé-je, encore troublée. J'ai tout fait pour la faire disparaitre de ma vie. Sauf que j'avais oublié qu'elle faisait partie de moi.

— Comment ça ? s'enquiert-elle.

Elle ne me facilite pas la tâche. C'est déjà dur de parler de mon passé, mais dévoiler mes émotions, c'est encore pire.

— La danse c'est ma raison de vivre, confié-je. C'est le seul moyen que j'ai à disposition pour communiquer. Si on m'enlève ça, alors je suis morte à l'intérieur.

Je suis en train de lui ouvrir mon cœur. Je me mets à nue devant elle, dans ce bureau.

— Quand j'ai voulu l'oublier, elle a su se rappeler à moi, expliqué-je. C'est en grande partie grâce à elle que j'ai réussi à me relever. Un peu comme ma thérapie.

Irina reste impassible. Je n'ai aucun signe extérieur sur ce qu'elle pense. Ai-je fait fausse route en me dévoilant de la sorte ?

— Vous voulez intégrer une compagnie ? m'interroge-t-elle sans transition.

— Non, plus maintenant.

Ma réponse est limpide. Je n'ai pas hésité une seconde.

— Alors, pourquoi reprendre des cours à ce niveau ? se demande Irina.

C'est vrai, elle est en droit de se poser la question après tout.

— Je veux maintenir mon niveau, pour partager et transmettre aux autres ce que la danse peut apporter dans une vie.

— Et qu'est-ce que ça vous apporte, à vous ?

Est-ce que c'est une question piège ?

— De la joie, une sensation de liberté, dis-je rêveuse. Danser, c'est réveiller la petite flamme qui est en vous et qui vous élève vers les étoiles.

Nous restons toutes les deux silencieuses un instant, puis Irina ferme mon dossier devant elle avant de jeter un coup d'œil furtif à côté de moi.

— C'est une paire de pointes, que je vois dans votre sac ?

Mon sac est à demi ouvert sur la chaise, laissant apparaître un bout de ruban rose.

— Oui. Je ne m'en sépare jamais, déclaré-je mélancolique.

— Vous me montrez ce que vous savez faire ? propose-t-elle avec un sourire.

C'est le premier qu'elle m'offre depuis que je suis entrée dans ce bureau.

Je la suis dans les différents couloirs de son école, jusqu'à atterrir dans un grand studio de danse. Les miroirs sont immenses, et un piano est installé juste devant l'un deux.

Irina me laisse me changer dans les vestiaires attenants et me donne trente minutes pour me chauffer avant de réapparaître avec un homme qui s'installe au piano.

Comme je n'ai jamais pu oublier la variation que je devais présenter pour le concours interne de promotion, je décide de lui présenter cette chorégraphie.

Le pianiste commence à jouer un air de Chopin et je m'adapte rapidement à la mélodie, comme doit savoir le faire une grande danseuse.

Lorsque mes deux minutes de chorégraphie sont écoulées, Irina s'approche de moi.

— Juliette, merci.

— De rien, dis-je encore essoufflée par l'effort.

— Non je veux dire, vraiment, *merci*.

Ses yeux sont humides.

— Merci pour ce cadeau que vous venez de m'offrir, révèle-t-elle émue. Je comprends à présent ce que voulait dire Madame Blanche.

Je ne sais pas où me mettre. Je n'ai jamais été à l'aise avec les compliments.

— Vous avez votre place parmi nous, déclare Irina en me tendant la main.
— Merci, bredouillé-je encore toute retournée.
— Prenez contact avec ma secrétaire pour les admissions à l'école. Je vous dis à bientôt, alors.
— À bientôt, Madame Petrova.

Je ne saurai jamais de quoi il retourne concernant sa référence à Madame Blanche. Je suppose que ses larmes aux yeux sont un excellent compliment. Une chose est sûre, c'est que je peux être fière de compter parmi les danseuses de son studio. Je suis sur mon petit nuage.

J'arrive à l'appartement toute guillerette. J'ai appelé Madame Blanche pour la remercier d'avoir appuyé ma candidature, et Noémie, pour lui annoncer la bonne nouvelle.

Avant de rentrer, je suis passée chez le caviste de notre quartier pour acheter une bonne bouteille de champagne. Puis, à la supérette du coin pour me procurer quelques ingrédients.

Ce soir, je prépare une petite soirée surprise pour mon amoureux. Déjà, pour fêter la bonne nouvelle. Mais aussi, pour lui dire encore et encore combien je l'aime.

Je me colle rapidement aux fourneaux pour que tout soit prêt à son arrivée. Il est 17 h, j'ai trois heures devant moi pour préparer un dîner romantique et me faire belle.

Je décide de commencer par la préparation de mon dessert.

Même si pour moi, le meilleur dessert sera servi dans la chambre ! Mathias est un mets appétissant.

J'ai opté pour des fondants au chocolat. C'est simple, rapide et une valeur sûre pour des gourmands comme nous !

Pour le plat principal, je fais le plat préféré de Mathias : des lasagnes à la bolognaise. J'espère qu'elles seront aussi bonnes que celles de sa mère.

Non, je ne me mets pas la pression…

Pour notre entrée, je pars sur des petits toasts de saumon fumé qui se marieront à merveille avec le champagne.

Je ne suis pas une grande cuisinière, mais je pense qu'avec ce menu je pourrais m'en sortir honorablement.

Il me reste quarante-cinq minutes pour me préparer. C'est juste suffisant pour choisir ma tenue, me doucher et me maquiller.

J'ai choisi de porter la petite robe prune que Mathias m'a offert pour notre soirée de réconciliation. Je l'aime beaucoup, c'est un peu symbolique pour notre couple. Évidemment, je ne fais pas l'impasse sur le choix d'une belle lingerie. Ce soir, je veux lui en mettre plein la vue.

Avant de passer ma robe, je mets une jolie guêpière noire et prune. Sa dentelle est raffinée et ses balconnets me font un décolleté plus avantageux.

Pour parfaire ma tenue, j'enfile le tanga assorti et une paire de bas noire, dont la dentelle vient orner le haut de mes cuisses.

Je chausse mes talons aiguilles pour allonger davantage ma silhouette.

Voilà, comme ça, je suis bandante !

Une fois prête, j'attends avec impatience mon prince dans le salon.

Quelques instants plus tard, Mathias fait son entrée. Il est surpris par l'ambiance tamisée de l'appartement, mais aussi par les odeurs qui se diffusent dans la pièce. J'ai dressé la table et allumé des bougies un peu partout.

— J'ai oublié une date importante ? s'inquiète-t-il.

— Non.

Je m'avance vers lui et l'embrasse langoureusement. Je glisse mon bras sous le sien, puis l'invite à me suivre vers la salle à manger.

— Installe-toi, mon Cœur.

Pendant qu'il s'installe à table, je sors la bouteille de champagne du frigo et ramène l'assiette avec les toasts.

— OK. Qu'est-ce qui se passe ?

— J'ai été prise chez Irina Petrova ! annoncé-je guillerette.

— Félicitations ! Mais je n'en ai jamais douté tu sais.

Je remplis nos coupes et m'assois en face de lui. Nous trinquons à ma réussite alors que je lui raconte tous les détails de mon rendez-vous.

— Tu as des étoiles plein les yeux quand tu en parles, me fait remarquer Mathias.

— C'est normal ! Tu te rends compte de ce que cela veut dire ?

Je suis encore excitée par cette bonne nouvelle. J'ai tellement envie de partager mon bonheur avec lui que je suis un moulin à parole.

— C'est une chance de pouvoir danser dans ce studio, de bénéficier des conseils d'Irina Petrova en personne ! Je ne sais pas si tu peux comprendre...

— Bien sûr que si, m'interrompt Mathias. Princesse, tu es née pour danser.

Il me surprendra toujours. Il a toujours les mots justes. Il embrasse la paume de ma main avant d'ajouter :

— Alors, c'est quoi la suite du programme ?

— Lasagnes ! lancé-je avec un grand sourire.

— Tu sais que je suis un gars très chanceux ! T'es vraiment la femme parfaite.

J'abaisse mes paupières, intimidée par ses déclarations. Je prends l'excuse de me lever pour apporter la suite pour cacher mon trouble.

Quand je reviens de la cuisine, je me positionne à côté de lui pour le servir. Sa main délicate court le long de ma cuisse, tout en remontant vers le haut.

— Vraiment chanceux, répète-t-il la voix suave.

Je crois qu'il va falloir que nous passions vite au dessert avant que mon tanga soit bon à jeter. Sa voix m'ensorcèle et m'envoie une décharge électrique dans tout le corps.

Je fais diversion en nous servant les lasagnes. Mathias renifle l'odeur qui se dégage du plat. Il en oublierait presque qu'il était en train de m'aguicher sous ma robe.

Nous mangeons avec bon appétit. Mathias engloutit son assiette à une vitesse folle. Je ne sais pas si c'est parce qu'il est pressé de passer à autre chose, ou si c'est parce qu'il trouve ça bon.

— C'est vraiment délicieux, me flatte-t-il, la bouche encore pleine.

Gagné ! J'ai relevé le défi des lasagnes !

— Merci, prends des forces, dis-je entre deux bouchées. Tu vas en avoir besoin !

Mon sous-entendu le fait sourire. Me prenant au mot, il en profite pour se servir une seconde fois.

Je déchausse mon pied droit, fais glisser doucement la pointe de mon orteil le long de sa jambe. Lorsqu'il arrive au niveau de son entrejambe, je sens une bosse se former à travers son pantalon. Il attrape mon pied et s'arrête de manger.

— Tu joues un jeu dangereux, tu sais, Princesse ? me prévient-il, amusé.

— Hum hum.

Je suis passée en mode séductrice. Le provoquant en appuyant sur son sexe avec ma pointe de pied. Il souffle, grogne en même temps. Je crois que la température vient de grimper subitement.

— Est-ce que tu as prévu un dessert ? s'impatiente Mathias.

— Oui. Même deux, badiné-je en capturant ma lèvre inférieure entre mes dents.

Il se lève, s'approche de moi sensuellement, puis m'invite à le rejoindre en me tendant l'une de ses mains.

— Je ne sais pas ce que tu m'as préparé, mais moi, je sais quel dessert je veux en premier, dit-il joueur.

Une fois debout face à lui, il dénoue ma ceinture et fait glisser ma robe le long de mes épaules jusqu'à ce qu'elle atterrisse sur le sol. Je suis désormais en talons aiguilles et en lingerie. Mathias émet un raclement de gorge grave et sexy, preuve qu'il apprécie ce qu'il voit.

— Le meilleur dessert au monde, commente-t-il.

Nous nous embrassons avec passion et nos corps brûlent d'impatience de se retrouver.

Est-ce que ça sera toujours comme ça entre nous ?

Mathias plaque ses hanches contre les miennes, attrape mes fesses pour me hisser autour de sa taille. En deux enjambées, il nous emmène sur le canapé.

Je lis une urgence dans ses yeux. Celle de me posséder. Mon cœur cogne dans ma cage thoracique. Je suis prête à exploser d'amour pour lui. Je touche son torse et ma peau s'embrase à son contact.

Couchée sur le canapé, Mathias me domine de toute sa hauteur. Il écarte mes cuisses, décale mon tanga, puis passe son pouce sur mon clitoris. Je suis déjà en fusion. Je gémis de plaisir.

— Tu me rends fou. Tu es incroyable tu sais, me complimente mon Prince après m'avoir déshabillée du regard.

— Mon Cœur, ce n'est pas le moment pour les compliments ! le grondé-je gentiment.

J'accroche ma jambe derrière sa cuisse, le pousse en avant pour qu'il se rapproche davantage de moi.

— J'ai trop envie de toi, là, alors s'il te plaît, occupe-toi de moi, haleté-je.

Mathias comprend mon impatience, car il est dans le même état émotionnel que moi. Après m'avoir adressé un sourire des plus coquins, il enlève mon tanga, ôte son jean et son tee-shirt et se repositionne au-dessus de moi.

Notre position est un peu acrobatique. Nous manquons de place sur le canapé. Il attrape ma jambe qui est sur le point de tomber par terre, maintient fermement ma cuisse contre ses côtes puis positionne mon mollet sur son épaule. Cette position accroît encore plus les sensations dans mon intimité. Il m'embrasse, touche mes seins et les mordille par intermittence.

Il me demande de me positionner à genoux sur le canapé, ma poitrine collée au dossier. Il me rejoint, bloque son buste contre mon dos. Il dégage les cheveux sur ma nuque, emprisonne mon corps avec le sien. Ses bras puissants encerclent mon buste, prenant appui sur le dossier du canapé.

Ses baisers fiévreux sur le côté de ma nuque, puis sur le haut de mon dos, me donnent la chair de poule. Il nous laisse le temps de récupérer un peu, avant un second assaut. Nous sommes déjà à bout de souffle et prêts à exploser.

Cependant, je n'ai pas envie d'attendre. J'en veux plus. Tout de suite. Alors, je frotte mes fesses contre son sexe qui est au garde à vous. Mathias répond à mon attaque avec un son viril, puis il s'introduit de nouveau en moi. Son bas-ventre claque contre mes fesses. C'est délicieux et je ne peux que gémir de contentement.

Pour accroître mon plaisir, il caresse mon clitoris avec ses doigts. Ce massage supplémentaire est tout ce qu'il me fallait pour décoller. Ma respiration s'accélère, mes gémissements deviennent plus bestiaux. Mon orgasme dévaste tout sur son passage. Je me cambre. Je suis prise de tremblements. C'est comme si je pouvais sentir l'hormone du plaisir se libérer, et passer dans tout mon corps : de la pointe de mes pieds qui se crispe jusque dans mon cerveau.

Mathias ne met pas longtemps pour succomber et me rejoindre dans les étoiles. Son sexe se contracte dans mon intimité lorsqu'il jouit et cela déclenche instinctivement un second orgasme.

Heureusement que nous sommes à genoux contre le dossier du canapé. Je me sens tellement fébrile que je suis prête à m'écrouler. Sa tête repose sur le haut de mon dos, et après un bref baiser, il se relève.

— Ce premier dessert m'a encore plus ouvert l'appétit ! fanfaronne-t-il.

— T'es insatiable.

Je suis toujours dans la même position, la tête reposant sur mes bras afin de reprendre mon souffle.

— Ce n'est pas de ma faute, dit-il en récupérant nos affaires éparpillées sur le sol. Tu es une déesse, une délicieuse tentatrice.

Il me tend ma robe, puis hésite à me la donner.

— Quand je te vois comme ça, j'ai qu'une envie, c'est de recommencer…soupire-t-il.

— En attendant, on a des fondants au chocolat qui nous attendent si tu veux ?

— Hum. Très bonne idée ! reconnaît-il en me donnant finalement ma robe.

Nous nous rhabillons pour nous installer à la table basse du salon. J'apporte les fondants au chocolat et le reste de notre bouteille de champagne. Mathias est torse nu, assis à même le sol.

Cette soirée est vraiment parfaite. Pour une fois, il n'y a pas d'ombre au tableau et que du bonheur à l'horizon. Nous pouvons enfin apprécier d'être réunis, sans menace qui plane au-dessus de ma tête, sans secrets ou non-dits. Nous pouvons espérer et parler de l'avenir sans aucune limite.

— Est-ce que c'est le bon timing pour les compliments ? me demande Mathias faisant référence à ma réprimande de tout à l'heure au milieu de nos ébats.
— Si tu y tiens, concédé-je timidement.
— Merci pour cette soirée. C'était une agréable surprise. Merci pour le repas, c'était succulent.
Au moins, il est satisfait de mes maigres talents de cuisinière.
— J'ai eu une préférence pour le dessert, m'avoue Mathias en faisant bouger ses sourcils vers le haut et en me souriant malicieusement.
— Sur ce dernier point, je suis bien d'accord avec toi ! acquiescé-je en léchant le dos de ma cuillère, provocante.
Nous nous mettons à rire tous les deux. Puis lorsque notre fou rire s'est calmé, nous nous regardons dans les yeux dans un profond silence. Mathias le rompt en venant m'embrasser.
— Je t'aime, Princesse.
— Je t'aime aussi.
— Tu sais, quand on s'est vu pour la première fois devant le centre Marie Curie, mon cœur s'est arrêté, se confesse-t-il.
Je m'en rappelle comme si c'était hier. J'étais une vraie furie.
— À l'époque, je ne comprenais pas trop ce qu'il se passait, poursuit-il. Mais avec les semaines qui passaient, j'ai vite compris que j'avais été frappé par la foudre.
Moi aussi, il m'a envouté dès le premier regard.
— Et puis, j'ai réalisé que tu étais une étoile envoyée par Damien.
Damien, notre ange gardien que je ne pourrai jamais oublier, même si je ne l'ai jamais connu de son vivant. Aujourd'hui, Mathias m'en parle tellement, que j'ai l'impression de le connaître par cœur.
— Il s'est toujours moqué des relations amoureuses, me précise-t-il nostalgique. Il ne voyait pas l'intérêt d'être lié à quelqu'un pour toujours. C'est tout simplement parce qu'il n'avait pas encore trouvé la bonne personne.
— Mathias...
Je l'interromps, car je ne veux pas qu'il prononce cette fameuse phrase que Jo a suggérée l'autre jour à la salle.

— Laisse-moi finir.

Je lève les yeux au ciel en signe de protestation. Il a compris le but de mon intervention.

Pour une fois, j'ai envie que nous profitions tous les deux du moment présent. Tout est allé tellement vite entre nous. J'ai besoin d'un peu de temps pour prendre nos marques, avant d'envisager notre avenir plus sérieusement.

En plus, je ne veux pas qu'il prenne cette décision alors qu'on vient de vivre une période noire. Je ne veux pas que ses intentions soient faussées par les événements qui ont eu lieu, et ce qu'il a pu ressentir en croyant me perdre.

— Je sais ce que tu penses, clarifie-t-il. Ne t'inquiète pas, je comprends. Je sais que ce n'est pas le bon moment.

Je suis soulagée d'entendre qu'il est sur la même longueur d'onde que moi.

— Mais en attendant, ajoute-t-il sérieux, je voulais juste te dire à quel point tu es importante pour moi. Que je suis fou de toi, au point d'en perdre la raison. Que je suis tout simplement le plus heureux des hommes.

— C'est la plus belle déclaration que j'ai jamais eue, ronronné-je, émue, en me pelotonnant contre lui.

— Attends la demande en mariage, alors !

Mais quelle arrogance encore !

— T'es bête tu sais ? plaisanté-je en lui faisant une tape sur le torse. Moi, quand je t'ai vu devant le centre Marie Curie, je t'ai trouvé sûr de toi. Je vois que cela n'a pas changé !

Mathias s'esclaffe.

— Malgré cela, si j'ai pris la fuite, c'est parce que je te trouvais atrocement beau. Tu me faisais de l'effet.

Je rougis, mal à l'aise de dévoiler mes sentiments. Il appuie l'une de ses mains sur ma joue. Sa chaleur me pousse à continuer :

— Je ne savais pas comment gérer tout ça, alors que j'étais en train de me laisser mourir à petit feu.

J'en ai parcouru du chemin depuis…

— Et puis, j'avais déjà ce pressentiment que tu pouvais avoir ce pouvoir sur moi, révélé-je. Celui de me guérir, d'influencer mon futur.

— C'est la plus belle déclaration que j'ai jamais eue Princesse, reconnait-il en reprenant mes propres mots.

Mathias m'observe avec admiration, puis m'embrasse pour sceller nos déclarations. Il prend ma main et me conduit dans notre chambre.

J'ai comme l'impression qu'il reprendrait bien du dessert !

Moi non plus, je ne suis pas contre aller au septième ciel avec lui et avoir une fois de plus la tête dans les étoiles.

ÉPILOGUE
MATHIAS

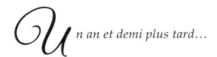n an et demi plus tard…

Je quitte le club plus tôt que d'habitude aujourd'hui. On est le 24 décembre. Jo a pris la décision de fermer la salle avant l'heure, pour que tout le personnel puisse se préparer pour le réveillon de Noël. D'ailleurs, je le retrouverai plus tard chez les parents de Juliette, où on sera tous réunis pour fêter ensemble cet instant magique.

— À tout à l'heure, Alice ! lancé-je en me dirigeant vers la porte d'entrée.

— À tout à l'heure, Mathias ! me répond-elle, joyeuse.

C'est Alice qui est au comptoir de l'accueil. Juliette ne travaille plus ici depuis quelques mois.

Ma princesse a pris son destin en main. Après avoir intégré l'école de danse de madame Irina Petrova l'été dernier, Juliette a eu une révélation. Celle d'ouvrir sa propre école de danse. Il lui a fallu plusieurs mois pour se préparer à ce changement de vie. Elle a tout fait pour obtenir les certifications nécessaires, pour enseigner la danse aux enfants et aux adultes. Puis, elle a dû trouver un local, entreprendre des travaux, pour faire de cet endroit le studio de danse de ses rêves.

Je crois que le plus dur pour elle a été de quitter le club et d'annoncer à Jo son départ. Elle est tellement attachée à lui qu'elle ne voulait pas lui faire de la peine alors qu'il lui avait tendu la main lorsqu'elle en avait le plus besoin.

On a pris notre temps pour trouver sa remplaçante. Après quelques essais infructueux avec d'autres candidats, Alice s'est avérée être la personne idéale. Juliette l'a prise sous son aile pendant un mois pour la former à tous nos process.

Alice est une chic fille. Juliette a pu trouver en elle une véritable amie. Elles ont rapidement sympathisé et se sont trouvé des points communs. Elles se voient très souvent pour faire des trucs de filles.

Évidemment, cela n'a pas plu à Noémie qui s'est sentie menacée par une potentielle rivale ! Heureusement que Juliette, a su trouver les mots justes pour rassurer la Diva. Il était primordial qu'elle lui fasse comprendre qu'elle serait toujours sa meilleure amie préférée. Mais Noémie étant loin d'elle, cela lui fait du bien d'avoir une amie ici, sur qui se reposer.

Pour ma part, je suis toujours coach sportif à la salle de sport. Jo commence à préparer sa retraite gentiment. Il veut faire de moi son successeur. Je suis très honoré par son choix et j'espère qu'il sera fier de moi. On se donne tous les deux une année pour faire la transition. Mais le connaissant, je sais qu'il ne sera pas bien loin. Il sera là pour moi en cas de besoin, surtout dans les débuts.

Je file récupérer mon paquet pour le cadeau de Juliette, avant d'aller la chercher au studio de danse. Je pense avoir fait le bon choix.

Je gare ma bécane devant l'établissement « Dans les Étoiles ». J'attends que mon amoureuse vienne me rejoindre.

Finalement, elle a pris l'habitude de monter sur ma moto et y prend de plus en plus de plaisir. C'est assez courant qu'on parte faire de belles balades sur la Côte d'Azur, pour profiter de l'air marin et des sensations de la vitesse sur les petites routes de campagne. Encore un peu de temps, et je suis sûr qu'elle voudra elle aussi apprendre à conduire une moto et avoir la sienne !

Juliette sort avec un grand sourire. C'est une habitude chez elle, lorsque je viens la chercher.

— Salut, Princesse !

Je ne me lasserai jamais de la voir. Il n'y a rien qui puisse me faire plus plaisir, que de l'avoir à mes côtés.

— Salut, mon Cœur !

— Prête ? dis-je afin de m'assurer que je puisse repartir.

Juliette hoche la tête tout en ajustant son casque.

Je ne mets pas longtemps pour regagner notre appartement pour qu'on puisse se préparer pour cette soirée qui nous attend.

ÉPILOGUE
JULIETTE

Nous sommes tous réunis chez mes parents autour d'un feu de cheminée pour fêter le réveillon de Noël. Tout le monde est là. Toutes ces personnes qui me sont chères. Mes parents, les parents de Mathias, Noémie, Jo et maintenant Alice. Il ne manque que Damien dans ce tableau idéal.

Nous pensons toujours à lui. À cette chance que nous avons d'être en vie, et au fait que nous soyons ensemble Mathias et moi grâce à lui. J'ai réduit la fréquence de mes visites au cimetière, mais nous ne faisons jamais l'impasse sur notre visite hebdomadaire pour fleurir sa tombe.

Maman a décoré la maison à la perfection. Le sapin est gigantesque et les lumières scintillent de mille feux. Tout a été fait et pensé pour apporter de la joie, ainsi que de la chaleur pour ce Noël en famille.

Évidemment, elle a aussi mis les petits plats dans les grands. Nous avons mangé plus que de raison. À présent, nous profitons d'une petite pause digestive dans le salon, avant l'heure d'ouvrir nos cadeaux.

À minuit, tout le monde se lève et s'embrasse pour se souhaiter un joyeux Noël. Nous nous réunissons ensuite autour du sapin, émerveillés comme des enfants qui ne peuvent plus attendre pour ouvrir leurs cadeaux. À Noël, notre âme d'enfant ne disparait jamais.

Chacun notre tour, nous ouvrons nos présents et remercions les attentions des uns et des autres. Tout le monde s'est donné du mal pour faire plaisir.

Je suis la dernière à ouvrir mes cadeaux. Je suis étonnée de ne rien trouver de la part de Mathias.

Il a peut-être prévu de m'offrir une virée quelque part, en amoureux ?

Nous entendons un raclement de gorge. Tout le monde se tourne vers son propriétaire. Mathias s'est rapproché de moi, et prend mes deux mains dans les siennes. Tous les regards sont rivés sur nous.

— Juliette, m'interpelle-t-il. J'ai cherché la manière la plus arrogante qui soit pour faire ça, mais en définitive, je me suis dit que ce n'était pas vraiment approprié.

Je comprends tout de suite où il veut en venir. Mon cœur cogne comme un fou dans ma poitrine, mes mains commencent à devenir moites. Je suis prise par une vague d'émotion qui fait trembler tout mon corps.

— Je ne sais pas non plus, quand est le meilleur moment pour faire ce genre de chose, poursuit-il. Mais je me suis dit qu'on pourrait rendre cet instant encore plus magique, en étant réunis avec nos proches.

Mathias sort de la poche intérieure de sa veste de costume, une petite boîte carrée, noire. Il met un genou à terre, tiens ma main gauche dans sa main droite, puis continue sa déclaration.

— Alors voilà, Juliette. On a passé des moments difficiles, depuis qu'on s'est rencontrés pour la première fois devant le centre Marie Curie. Je ne regrette aucun de ces moments, même s'ils ont été compliqués. Ils nous ont menés tout simplement ici, et maintenant.

Ma vision se trouble. Les larmes commencent à rouler sur mes joues. Noémie me tend discrètement un mouchoir. Je les essuie pour faire face, le plus dignement possible, à l'homme que j'aime, et qui est en train d'ouvrir son cœur devant toute notre famille et nos amis les plus proches.

— Il y aura sûrement d'autres moments difficiles à surmonter, m'avertit-il. Mais je sais que si on est ensemble, on sera plus forts, on réussira à tout surmonter.

Sa foi en nous me bouleverse. Il grimace, sûrement en raison de l'inconfort de sa position. Il prend une grande respiration avant d'ouvrir son cœur, une fois de plus.

— Je n'ai jamais été aussi sûr de moi, Juliette. Je veux passer le reste de ma vie à tes côtés.

Je déglutis, troublée par les émotions qui me submergent.

— Car en bon arrogant que je suis, je veux que la terre entière sache que tu es à moi, de toutes les manières possibles.

Sa dernière remarque me fait sourire, mais aussi rire toute l'assistance qui nous regarde émue.

— Je veux être celui qui fera de toi la meilleure personne, la meilleure danseuse, et la meilleure maman qui soit. Je veux être celui qui te protégera en cas de danger, qui te consolera dans la tristesse et qui te guidera dans le doute.

Il presse ma main et m'encourage à le regarder dans les yeux.

— Juliette, veux-tu devenir ma femme ?

Mathias ouvre le petit écrin, en sort une bague de fiançailles. Elle est magnifique. Je n'aurais pas pu mieux choisir. Un anneau en or blanc, orné d'un solitaire en son centre et de petits diamants qui l'entourent formant une étoile. Tout le monde est suspendu à mes lèvres et attend ma réponse.

— Nous sommes des âmes sœurs, Mathias. Évidemment que j'accepte ! lâché-je dans un sanglot refoulé.

Il passe la bague à mon annulaire. Une fois qu'elle a trouvé sa place, il se lève et vient m'embrasser avec fougue.

La taille est parfaite, mon homme est parfait, tout est parfait.

Tout le monde applaudit et vient nous féliciter à son tour. Noémie se charge de la distribution des mouchoirs, car toutes les femmes se sont mises à pleurer de joie à la suite de cette annonce. Elle ne manque pas d'ajouter avec son humour légendaire :

— Eh bien, ça y'est, le mariage du Prince et de la Princesse est annoncé ! Ils vécurent heureux et eurent beaucoup d'enfants !

C'était le meilleur endroit, le meilleur moment. Finalement, je ne suis pas près de quitter les étoiles.

BONUS : LE PRÉLUDE

PRÉLUDE

BROKEN

CLARA BRUNELLI

1

— 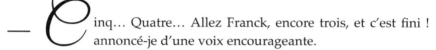inq… Quatre… Allez Franck, encore trois, et c'est fini ! annoncé-je d'une voix encourageante.
— Aaaah, grimace Franck entre ses dents serrées.
— Trois… Deux…

Je poursuis mon décompte à voix haute pour lui donner le rythme nécessaire. Il a besoin d'être motivé sur les dernières répétitions qui lui restent à faire.

— Je tiens plus, coach ! souffle-t-il comme un bœuf, le visage rouge.

— Raconte pas de la merde ! le réprimandé-je avec mon célèbre franc parlé. Il en reste un, et tu vas le faire !

Franck est allongé sur le banc de musculation, soulevant la barre chargée de fonte. Moi, je suis debout, proche de sa tête, de l'autre côté du rack. Mes jambes sont écartées et mes mains sont prêtes à intervenir en cas de danger. Ses bras sont tendus à l'extrême et mettent ses muscles en tension. Les traits de son visage sont tirés par l'effort. Ses sourcils se rejoignent presque, tellement son visage est contracté. Des gouttes de sueur perlent sur son front et le long de ses tempes. Putain, il en chie le pauvre, mais je serais un mauvais coach si je lui disais d'abandonner à la moindre difficulté.

— Allez ! Tu souffles un bon coup, et tu me pousses cette putain de barre en haut ! le motivé-je encore une fois.

— Aaarrrh... Pffffff

— OK, c'est bien.

Lorsque ses bras arrivent à destination, je récupère la barre pour la reposer à sa place, sur le rack supérieur. Le but étant de mettre mon poulain en sécurité après tant d'efforts. Je lui tends ensuite sa bouteille d'eau ainsi que sa serviette, pour qu'il puisse récupérer après cette dernière série que je lui ai préparée, pour sa séance bihebdomadaire.

— Merci, Mathias, murmure Franck hors d'haleine.

Il a vraiment du mal à récupérer. En même temps, il ne me paie pas pour que je lui fasse faire des exercices de midinette !

— Bon, tu me fais dix minutes d'étirements avant de clôturer ta séance, et on en a fini pour aujourd'hui, conclus-je. La prochaine fois, on fera un parcours pour travailler la partie inférieure du corps.

— OK coach. On se voit jeudi, comme d'hab ! lance Franck tout en cognant son poing contre le mien avant de se diriger vers les tapis de sol pour s'étirer.

— À jeudi. Et n'oublie pas de bien t'hydrater !

Je m'éloigne en lui faisant un geste de la main pour lui dire au revoir.

Franck est comme la plupart de mes nombreux clients. Il a besoin qu'on lui mette un bon coup de pied au cul pour avancer et se dépasser. C'est un homme qui a beaucoup de responsabilités professionnelles, mais aussi une vie de famille bien remplie. Le seul moyen qu'il a pour s'en sortir et ne pas perdre pied est d'adopter une hygiène de vie irréprochable et de pratiquer du sport régulièrement pour se défouler. Heureusement pour lui, il a trouvé la bonne personne pour l'accompagner et le guider : moi.

Non, je ne suis pas prétentieux. Juste lucide face à mes capacités et mon succès professionnel. Tous les clients du club « Le Studio Danse & Fitness » où je travaille se battent pour avoir une place dans mon emploi du temps.

Je pratique la musculation depuis mon adolescence et j'ai remporté de nombreuses compétitions sportives. Que ce soit pour des performances individuelles ou collectives, je m'investis à 200 % pour atteindre mes objectifs.

Si les clients me veulent, c'est parce que j'ai un mental d'acier et une résistance à toute épreuve. Je sais motiver mes troupes quitte à leur rentrer dans le lard, mais au moins, ma méthode fonctionne et j'obtiens toujours des résultats.

Quand je slalome entre les machines, pour rejoindre l'accueil de la salle, afin de me servir un café en attendant mon prochain client, je sens des regards insistants qui se posent sur moi.

Les hommes, envieux d'avoir un corps d'athlète comme le mien. En même temps, ils ont beau faire du sport, si en dehors de la salle ils se laissent aller, il ne faut pas venir se plaindre. C'est le genre de mec, que je ne voudrais même pas coacher. Aucune volonté, un état d'esprit de merde.

Les femmes, aguicheuses, prêtes à tout pour attirer mon attention : des raclements de gorge, des sourires, des soupirs forcés à la limite de la plainte sexy. Elles sont nombreuses à vouloir s'entraîner à mes côtés. Parfois, je me demande si ce n'est pas qu'une excuse toute trouvée pour obtenir un rencart avec moi.

Être coach sportif dans une salle de sport est une vraie mine d'or pour sortir avec des filles. Pour le coup, je n'ai pas vraiment besoin de ça.

Putain, ouais !

Même en dehors du club, les filles font la queue pour une aventure avec moi. Ma cote de popularité avec la gent féminine est incontestable, je n'ai pas de mal à obtenir ce que je convoite. De manière générale, lorsque je veux une gonzesse, mon charme italien fait tout le travail.

Je n'ai pas honte de mon comportement de séducteur. J'ai vingt-six ans et j'aurais tort de me priver de mes atouts. Les filles raffolent de mes cheveux bruns indisciplinés et de mes yeux sombres charmeurs. Il ne faut pas se mentir, je pense aussi qu'elles en profitent de leur côté. Elles ne se gênent pas pour mater mon corps sculpté dans la pierre, ou tâter mes muscles moulés dans mes vêtements de sport à la moindre occasion. Et une fois qu'on est passés à l'horizontale, elles en redemandent.

Je ne compte pas que sur mon physique pour attirer les femmes. Mes origines latines y sont pour beaucoup, aussi. J'ai la tchatche, je suis très tactile avec les autres. Je ne peux pas m'empêcher de séduire les filles qui m'entourent.

Ce n'est pas ma faute si j'arrive à autant les captiver, au grand regret de Marie, ma petite copine actuelle. Elle me fait des crises de jalousie à répétition, car elle ne supporte pas que je porte une quelconque attention à toute autre personne qui a une paire de seins ! Je suis toujours fidèle, mais c'est une réalité, j'aime être entouré de belles femmes et mettre mon côté séducteur à l'épreuve.

Je suis d'ailleurs en pleine conversation avec une jolie demoiselle à l'espace détente du club qui se trouve en face de la borne d'accueil, quand Joseph dit « Jo », le gérant, m'appelle.

— Mathias, tu peux venir s'il te plaît ?

— Oui, j'arrive, m'empressé-je de répondre.

Je salue la jolie brune et trottine vers Jo.

— Qu'est-ce qui se passe boss ?

— Si Marie passe à l'improviste, tu vas encore avoir des problèmes !

— Ça va… je ne fais rien de mal ! soupiré-je un brin vexé d'être grondé comme un enfant.

— Je n'ai pas envie d'avoir une scène de jalousie en plein milieu du club, Mathias ! me sermonne Jo, de l'autre côté du comptoir. Je ne sais pas ce que tu cherches, mais il va falloir te décider.

Mes yeux rencontrent les siens, je m'apprête à lui répondre rapidement avant qu'il ne se lance dans une tirade moralisatrice, comme il sait bien le faire. Mais, je n'ai pas le temps de répliquer qu'il me coupe déjà dans mon élan.

— Soit, tu es avec Marie, et tu arrêtes de draguer dans tous les sens. Soit, tu romps avec elle, et tu auras tout le loisir de batifoler avec tes nombreuses admiratrices, ajoute-t-il d'un ton sévère tout en restant discret pour le public.

Jo a toujours le mot pour me remettre à ma place. Il veille sur moi depuis mon adolescence comme un vrai père. Lorsque j'étais au collège, je venais après les cours pour faire mes devoirs dans son petit bureau et ensuite, je pouvais m'entraîner avec mon pote de classe, Samuel. C'était notre deal entre mes parents, Jo et moi. En échange, j'évitais les mauvaises fréquentations et je bossais dur pour avoir les meilleures notes possibles.

J'ai donc passé beaucoup de temps dans cette salle. D'ailleurs, c'est entre ces murs que j'ai fait la connaissance de mon meilleur ami, Damien. Il est plus vieux que moi, mais nous avons rapidement sympathisé et trouvé des points communs pour ne plus nous lâcher depuis. Il a joué le rôle de grand frère que je n'ai jamais eu.

Pour en revenir à mon boss, lui a la cinquantaine. C'est un homme divorcé qui s'est dévoué corps et âme à son club. Résultat des courses, sa femme est partie avec un autre et il n'a jamais eu d'enfant. Il ne s'est jamais remis en couple sérieusement. Pourtant, malgré son âge, il est très bien conservé et plaît beaucoup aux femmes. Je le soupçonne de regretter amèrement sa solitude et de considérer tous les jeunes de cette salle comme ses propres enfants. Il ne se gêne pas pour nous faire à chacun sa leçon de morale. Jo, ou la voix de la raison…

Sa dernière réprimande me met le nez dans ma propre merde. Je suis en couple avec Marie depuis presque six mois et je n'arrive pas à m'impliquer dans cette relation. Je n'ai toujours pas prononcé cette putain de déclaration en trois mots, que toutes les filles rêvent d'entendre ! Je prends tout à la légère, car je suis un phobique de l'engagement. À ma décharge, qui voudrait se caser à vingt-six ans alors qu'il y a tant d'aventures à découvrir ?

Évidemment, je parle des femmes ! Pour le moment, je laisse notre relation évoluer sans me soucier des conséquences. Tant qu'elle ne me met pas la pression, je profite des avantages d'avoir une petite copine attitrée. On se voit quand on est disponible tout en restant chacun chez soi.

Hum… en y réfléchissant, ça ne s'appelle pas une sex-friend ça ?

Surtout que, soyons honnêtes, la baise avec elle est plus qu'acceptable.

Je respecte trop Jo pour l'envoyer bouler. Alors, comme un gentil petit garçon je lui promets que je vais faire attention à l'avenir, et que je vais réfléchir sérieusement à ma relation avec Marie.

En vrai, je n'ai pas envie de me prendre la tête maintenant avec cette histoire. Les filles, c'est vraiment un paquet d'emmerdes quand ça devient sérieux.

Je vois mon prochain client entrer dans le club ce qui me ramène à mes obligations professionnelles. Il est l'heure pour moi de retourner dans la salle de musculation au milieu des machines. Au moins, elles, elles me laissent tranquille et ne me font pas la morale.

2

Je fonce à toute allure sur ma Ducati dans les rues d'Aix-en-Provence, pour rejoindre Marie sur notre lieu de rendez-vous. Ce soir, nous avons prévu d'aller boire un verre au Chado, un pub animé sur le cours Sextius.

Le temps de passer chez moi pour prendre une douche et me changer, et me voilà légèrement en retard. Putain, Marie va encore me faire une remarque cinglante ! Tant pis, je me rattraperai plus tard dans la soirée en lui offrant un orgasme à lui en faire perdre la tête.

Je gare ma bécane proche du pub pour avoir un œil dessus depuis l'intérieur. Il ne manquerait plus qu'un mec abîme ou essaie de me piquer mon petit bijou.

Il y a déjà beaucoup de monde dans le bar. Je scanne rapidement la salle, mon casque à la main et celui de Marie sous le bras. Je la repère, assise sur une banquette à ma droite.

Je l'observe de loin : elle a ramené ses longs cheveux blonds sur son épaule gauche, mis son corps en valeur dans la petite robe rouge que j'aime tant, celle qui lui fait un décolleté plongeant. D'ici, je vois qu'elle pianote avec ses ongles manucurés, tout aussi rouges sur la table.

OK, elle est déjà en rogne contre moi.

Je regarde ma montre, un quart d'heure de retard. Putain, ce n'est pas la mort non plus !

Je m'avance en pressant le pas vers elle. Arrivé à sa hauteur, je me penche sur ses lèvres pour l'embrasser. Une fois assis en face d'elle sur la banquette opposée, je pose les casques de moto à mes côtés alors que je sens son regard froid sur moi.

— Désolé pour le retard, beauté.

Autant prendre les devants tout de suite et ne pas nier que je suis en faute.

— Tu pourrais faire un effort quand même ! me gronde Marie.

Je reste impassible quelques secondes, puis j'ôte mon blouson en cuir noir alors qu'elle brise le silence.

— Bon, j'ai commandé une planche de charcuterie avec nos bières, ça te va ? me sonde-t-elle après s'être un peu radoucie.

— Je n'ai pas trop le choix… éludé-je en relevant mes épaules de dépit.

— Tu voulais quoi ?

Marie a encore utilisé son ton qui sonne le reproche. Comme si j'insinuais que, ce qu'elle fait n'est jamais assez bien. Pourtant, la plupart du temps je fais tout pour ne pas la contrarier, ne voulant pas prendre le risque de voir la foudre s'abattre sur moi.

En fait, ce qui m'énerve le plus à cet instant, c'est que cela fait plus de six mois qu'on sort ensemble, et elle me fait toujours le même coup. Elle sait que je fais très attention à ce que je mange. J'ai une hygiène de vie très stricte, et je ne rigole pas avec les calories.

Je suis pour la paix des ménages, passant sous silence beaucoup de choses que j'aimerais lui dire. Mais cette fois-ci, je décide de ne pas me laisser faire. Je ne garderai pas mon commentaire pour moi, je ne m'écraserai pas.

— Tu sais très bien que c'est plein de gras ce truc ! riposté-je d'une voix accusatrice. Je vais devoir mettre les bouchées doubles demain pendant mon entraînement pour éliminer tout ça.

— Arrête de dire n'importe quoi ! T'as pas un gramme de graisse !

Son petit rire moqueur m'agace d'autant plus.

— Justement, parce que je fais attention à ce que je mange, et que je m'entraîne quotidiennement pour m'entretenir.

Marie lève les yeux au ciel en signe d'agacement.

Ouais, je suis un tantinet pointilleux sur le sujet. Mais je suis coach sportif, mon corps, c'est mon outil de travail.

Je finis par prendre sa main droite afin de lui embrasser le bout des doigts en espérant que ce geste atténuera ma rébellion inhabituelle et ainsi clore ce chapitre.

La serveuse arrive avec notre commande. Elle dépose nos bières devant nous, ainsi que la planche de charcuterie sur la table. Avant de partir, elle ne manque pas de me sourire et de poser une main sur mon épaule au passage. Elle ajoute que cela lui fait plaisir de me voir. Marie la fusille du regard. Même de dos, lorsqu'elle se dirige vers le bar, j'ai l'impression qu'elle lui jette des lasers à travers ses beaux yeux bleus.

— Surtout, qu'elle ne se gêne pas ! fulmine Marie en faisant de petits mouvements de tête successifs de gauche à droite.

— C'est rien, tenté-je de me justifier d'un revers de la main. C'est juste que je suis un habitué ici, tu sais bien.

— Elle fait partie de ton tableau de chasse ? m'accuse-t-elle.

— Putain, tu veux pas arrêter avec ça ?

Je me braque en reculant au fond de la banquette, mettant de la distance entre nous. Je serre mes poings contre la table. Ses scènes de jalousie commencent à me rendre fou. Tout mon corps est en tension. Mes muscles se bandent sous mes vêtements, ma mâchoire se crispe, faisant apparaître les veines de mon cou. Je prends sur moi pour ne pas exploser, mais tout mon corps parle pour moi, disant le contraire.

— Mathias, à chaque fois qu'on se voit, il y a des filles qui tournent autour de toi ! tente de se justifier Marie. J'ai de quoi m'inquiéter quand même...

Je ferme les yeux et souffle bruyamment d'exaspération.

— Je te signale que c'est elles, qui tournent autour de moi, et non l'inverse. Tu ne voudrais pas que je sois mal poli, non plus ?

— Hum...boude Marie, perplexe.

Je ne veux pas envenimer la situation. Cela ne servirait à rien, c'est un cercle vicieux interminable lorsqu'on glisse sur ce terrain-là. Elle veut avoir raison, et moi je ne veux pas avoir tort. Passer ma soirée à me disputer, encore une fois, ne fait pas partie du programme que je m'étais imaginé.

Je décide alors de faire le premier pas pour amorcer une trêve dans cette dispute.

— Allez... Beauté, ne fait pas la tête. On est ensemble, alors profitons de ce moment tous les deux, d'accord ? dis-je charmeur, en me rapprochant de la table pour réduire la distance entre nous.

Je lève mon verre entre nous pour l'inviter à trinquer. Marie entrechoque le sien en retour, et me sourit avant d'entamer la discussion sur sa journée. C'est bon, le sujet est clos, je peux me détendre. Le poing serré de ma main libre s'ouvre automatiquement et mes muscles tendus se relâchent petit à petit.

Lorsqu'on sort du pub, Marie est légèrement guillerette après les deux bières et le cocktail qu'elle a bus. Elle s'accroche à mon bras pour éviter de se casser la figure sur les petits pavés des trottoirs avec ses chaussures à talon. Je ne sais pas comment font les gonzesses pour marcher avec ça ? Mais ça les rend tellement sexy... Je pense à ses talons qui se croiseront derrière mon dos tout à l'heure, je suis à deux doigts de bander.

Putain, calme-toi mec ! Chaque chose en son temps.

Pour l'heure, je galère à la maintenir debout pendant qu'elle essaie d'enfiler discrètement son pantalon de moto sous sa robe. Hors de question qu'elle monte sur ma bécane sans protection.

Les passants nous observent et rigolent devant cette scène surréaliste. Marie qui sautille sur un pied pour enfiler une première jambe dans le pantalon, et moi, qui lui maintiens d'une main sa robe sur les fesses tout en la tenant par le bras de l'autre pour ne pas qu'elle tombe.

Ce soir, comme tous les autres, je dors chez elle. Au moins, je suis libre de partir quand ça me chante. Elle est déjà venue chez moi quelques fois, mais cela reste très exceptionnel. Faire venir une fille dans mon appartement est trop intime pour un phobique de l'engagement comme moi.

Je lui prends son casque des mains et l'enfile sur sa tête. Elle se laisse faire comme une petite poupée. C'est mignon. Une fois bien en place, je lui fais un petit bisou sur le nez. Elle glousse, pompette.

À mon tour, je mets mon casque, mes gants et enfourche ma bécane. Je lui tends une main pour l'aider à se positionner derrière moi. Ses bras encerclent mon buste, et sa tête repose sur le haut de mon dos. Je démarre la Ducati puis file à toute allure en direction de son appartement.

Dans les rues d'Aix-en-Provence, je slalome entre les automobilistes et m'amuse à faire des accélérations sur les grandes avenues pour profiter des sensations de la vitesse. J'aime quand l'adrénaline monte dans mon corps. Marie resserre davantage ses bras et ses cuisses autour de mon corps, et putain, c'est une combinaison grisante qui attise tous mes sens. Je sais que mon niveau d'excitation sera à son maximum, une fois chez elle.

En arrivant à son appartement, je prends les commandes. Sans être un dominateur, j'aime avoir tout sous contrôle. Certains appellent ça du machisme, moi je dirais plutôt que je suis protecteur. Je récupère son sac à main, son casque, et dépose le tout sur la table de la salle à manger.

J'attire Marie vers moi, une fois que son corps est collé au mien, je prends son visage en coupe entre mes mains et l'embrasse. Elle a le goût de la vodka.

Elle passe ses bras autour de ma taille pour commencer à caresser le bas de mon dos sous mon tee-shirt. Mes muscles se contractent aux passages de ses paumes. Lorsque je sens ses ongles appuyer contre ma chair, je frissonne.

Après avoir ôté son pantalon, digne d'un tue-l'amour, j'attrape ses poignets pour les positionner au-dessus de sa tête et faire glisser sa robe le long de son corps pour la déshabiller entièrement.

J'empoigne ses fesses de mes deux mains, et la pousse à passer ses jambes autour de ma taille. Direction la chambre, où je la dépose délicatement sur le lit. Ses yeux sont à moitié ouverts, tel un félin qui surveillerait sa proie. Elle m'observe.

Mon tee-shirt passe par-dessus ma tête, lui offrant le spectacle de mes abdominaux. Je déboutonne et dézippe mon jean, puis l'enlève complètement.

Marie me contemple sous son regard intense. Elle mord sa lèvre inférieure quand elle voit la bosse qui s'est formée sous mon boxer. Excitée, elle promène ses doigts sur son corps et touche ses seins.

Putain, elle est bandante, comme ça !

Je la rejoins au bord du lit en une enjambée et m'agenouille face à elle. C'est l'heure de me faire pardonner pour mon retard de tout à l'heure. Pas que ça me dérange, mais, je suis un homme de parole.

Appuyée sur ses coudes, Marie ne perd pas une miette de ce qui est en train de se passer. Elle me regarde, fascinée, embrasser l'intérieur de ses cuisses. Ma barbe de deux jours frotte sa peau sensible. Elle frissonne.

Quand mes lèvres arrivent à destination sur son clitoris, elle souffle d'extase tout en s'allongeant entièrement sur le lit. Je m'applique tout en me concentrant sur ses réactions de plaisir. Je veux tout simplement la baiser avec ma bouche.

Ma langue experte trace un chemin contre son sexe trempé de désir. Je sais que j'y suis presque lorsque je vois les muscles de ses jambes tressauter, et ses poings serrer les draps. Ses petits couinements sont des indices précieux aussi. Je souffle sur son intimité, reviens à la charge en suçant son clitoris gonflé.

Marie explose dans l'instant. Son corps s'arc-boute, ses jambes se tendent jusqu'à la pointe de ses doigts de pieds.

Je souris. Putain, quand une fille jouit, on a l'impression d'être tout-puissant. D'être le maître de l'univers.

Je la rejoins sur le lit et nous passons le reste de la soirée à nous procurer du plaisir mutuellement.

Après avoir repris mon souffle, ma respiration reprend peu à peu un rythme normal, jusqu'à ralentir et me sentir prêt à m'endormir.

Marie vient se blottir contre mon dos pour me chuchoter à l'oreille :

Bonus : Le Prélude

— Je t'aime, Mathias.

Ce n'est pas la première fois qu'elle me le dit. Je sais qu'elle attend que je lui réponde la même chose en retour. Mais je ne veux pas qu'elle se méprenne sur mes sentiments. Je trouve que ça n'est pas juste de lui dire « je t'aime », uniquement pour lui faire plaisir.

Même si je suis un séducteur et que j'aime les femmes, je les respecte avant tout. J'apprécie beaucoup Marie. Je tiens à elle. Et la dernière chose que je souhaite, c'est lui faire du mal.

— Bonne nuit beauté, murmuré-je en retour d'une voix ensommeillée, restant dos à elle.

Au bout de quelques minutes, je la sens hésitante derrière moi.

— Je sais que tu n'es pas prêt à me répondre, mais j'attendrai Mathias, se confesse Marie. Tu ne le dis pas, mais, je sais que tu tiens à moi, s'empresse-t-elle d'ajouter avant de m'embrasser dans le cou.

Je fais mine de dormir, car je ne veux pas entrer sur ce terrain-là. Oui, je tiens à elle, et je le lui montre chaque jour par des petites attentions. Quand je passe la chercher par surprise à la sortie de son boulot. Quand je lui prépare le petit-déjeuner au lit, où que je l'accompagne faire les magasins, alors que putain, ça me fait tellement chier !

Ce soir, j'évite une scène une fois de plus, et je suis en sursis jusqu'à la prochaine fois, où je ne pourrais plus reculer.

3

Une fois par mois, on se retrouve en famille chez mes parents, avec mon cousin Enzo, sa mère et sa sœur accompagnée de son mari. La famille est très importante pour nous tous. Cette tradition mensuelle est un moyen de réunir le clan Marcelo et ne pas perdre de vue ceux qui nous sont chers. On a tous une vie bien remplie, des engagements à droite et à gauche, des amis, des obligations professionnelles... C'est très facile de s'éloigner des uns et des autres si on ne se force pas à rester en contact.

Je suis sur la route, au volant de mon Audi A1. Les essuie-glaces n'arrêtent pas de balayer le pare-brise. Il a fait si chaud ces derniers jours qu'il était impossible d'échapper à ce foutu orage. Il flotte tellement que je me croirais à Paris ! Putain, je déteste cette ville lugubre. Pourtant, je me force à y aller de temps en temps pour rendre visite à mon meilleur ami Damien. Il a déménagé là-bas il y a quelques années pour une opportunité professionnelle.

En pensant à lui, je connecte mon téléphone à la voiture, et lance l'appel. Au bout de trois sonneries, Damien décroche d'une voix chantante, il n'a pas perdu son accent du sud.

— Salut mec ! Comment ça va dans le Sud ?

Bonus : Le Prélude

— Comme si j'étais à Paris ! rigolé-je avec sarcasme. Il fait un temps de merde, et du coup, j'ai pensé à toi !

— Ah ah. C'est pas bien de se moquer ! Tu sais, il n'y a pas que de mauvais côtés à vivre à Paris. Les filles sont *très* sympas...

Je suis d'humeur taquine alors je prends la perche qu'il me tend, pour poursuivre et l'embêter sur le sujet des filles.

— Toujours pas de Madame Chapelain en vue ?

Même si je rigole, je reste concentré sur la route trempée.

— Arrête ! Je vais faire une crise cardiaque ! s'exclame mon meilleur ami à l'autre bout du fil.

Je le vois d'ici en train de grimacer et de faire un bond en arrière rien qu'à l'idée de s'engager avec quelqu'un.

— Les relations amoureuses, tu sais bien, ça n'existe que dans les films Math ! m'avertit Damien.

Je préfère ne pas le contrarier sur ce sujet, car je suis moi-même complètement perdu à ce propos. Un ange passe dans l'habitacle de la voiture, jusqu'à ce que j'entende Damien reprendre la conversation.

— En parlant de ça, je parie que tu vas chez tes parents ?

— Oui, acquiescé-je d'un mouvement de tête, même s'il ne peut pas me voir.

— Marie est avec toi ? me questionne-t-il, pas si innocent que ça, comme s'il me connaissait par cœur.

— Tu sais bien que non.

Je vois bien où il veut en venir. Je sens que mon humeur va vite passer du mode « taquin » à « contrarié ».

— Quand est-ce que tu vas te décider à la présenter à tes parents ? demande Damien, insistant.

— Putain, me fais pas chier avec ça !

Je me renfrogne, serrant nerveusement le volant. Je continue de lui aboyer dessus, lui expliquant que j'ai déjà Jo qui me sermonne à longueur de temps sur ma relation avec elle. Mais qu'en plus de ça, Marie est pendue à mes lèvres à chaque fois que je parle, en quête de ce fameux je t'aime, que je n'arrive pas à dire.

— Du calme mon pote ! Je blague... m'interrompt Damien.

— Ouais... mais putain, ne me chauffe pas avec ça ! répété-je encore énervé.

Je finis ma conversation avec Damien. Parfois, on se cherche tous les deux, mais tout revient à la normale la minute qui suit. C'est comme ça entre nous. On se comprend. Si j'avais eu un frère, j'aurais voulu qu'il soit comme lui.

J'arrive chez mes parents alors que tout le monde est déjà là. Ma mère est aux fourneaux, heureuse de cuisiner pour nous tous. Quand je rentre dans la cuisine, je sens l'odeur des lasagnes : mon plat préféré.

Je suis leur fils unique et mes parents ont toujours tout fait pour me faire plaisir. Ils n'ont pas souvent été là quand j'étais gosse, en raison de leurs activités professionnelles, alors ils se rattrapent autrement. Je ne leur en veux pas. Je profite de chaque instant qu'ils m'offrent.

Son sourire s'élargit dès qu'elle sent mes bras l'encercler par-derrière. Je lui offre un câlin, comme seul on peut le faire avec une maman. C'est apaisant et réconfortant à la fois. Puis, je lui fais un gros bisou sur la joue pour lui dire bonjour.

— Comment tu vas, mon fils ?

— Ça va. Et toi ?

— Ton père me fait tourner en bourrique avec ses projets de travaux, mais à part ça, tout va bien ! relativise-t-elle avec humour.

Ma mère est la personne la plus merveilleuse au monde. Elle prend les choses tellement bien. Je sais qu'elle n'est pas toujours d'accord avec mon père, mais ils forment le couple le plus solide que j'ai jamais connu. Leur amour est si fort, que rien que d'y penser, j'en ai la chair de poule.

Ce modèle me met une telle pression. C'est peut-être pour ça que je n'arrive pas à m'engager. Si j'échoue, comment me percevront-ils ? Quelles valeurs m'auront-ils transmises ? Je ne pense pas pouvoir trouver quelqu'un avec qui je pourrais former un couple à la hauteur de celui de mes parents. Je ne veux pas que ma vie amoureuse soit un échec à leurs yeux.

— Sa lubie ne lui est pas passée ? présumé-je.

Bonus : Le Prélude

— Non, finit-elle par dire en levant les yeux au ciel et en ricanant. Il a demandé à Enzo de jeter un œil aux plans de la maison...

— Je vais aller voir la réunion au sommet, alors ! À tout à l'heure, Maman.

Je la quitte en lui faisant de nouveau un bisou sur la joue.

Je rejoins le reste de la famille installée dans le coin salon face à la cheminée. Ils sont tous en grande discussion autour de la table basse et regardent des tonnes de documents éparpillés. Tout le monde se retourne lorsque j'arrive en déclarant que je suis prêt à casser les murs. Une petite pique pour mon père, qui a décidé de refaire tout l'agencement de la maison.

Mon cousin Enzo est entrepreneur dans le bâtiment. Il a fait prospérer l'entreprise familiale après la mort accidentelle de son père. Il s'occupe essentiellement de grands projets luxueux de rénovation, sur la Côte d'Azur. Mon père en profite donc pour lui expliquer ses plans et lui demander conseil. Je pense même qu'il fera appel à ses services pour les travaux. Autant faire travailler la famille.

— Ah, Mathias ! Tu tombes bien, s'exclame mon père en ouvrant les bras pour m'offrir une accolade.

— Vous avez besoin de ce corps d'athlète ?

Je lève mes deux bras en l'air pour faire gonfler mes biceps. Mes muscles se contractent et font ressortir mes veines. J'aime bien faire mon intéressant.

Ma tante, ma cousine et son mari réagissent au quart de tour en se mettant à rire.

Enzo, lui, lève les yeux au ciel en signe de désespoir tout en enlevant une poussière imaginaire sur la manche de sa veste. Il est vraiment trop sérieux et guindé dans son costume de créateur. Il faut vraiment qu'il se détende !

Mon père, quant à lui, ne réagit plus à mes blagues pourries depuis longtemps.

Bon d'accord, je ne ferai pas l'unanimité pour cette fois.

∽

Mon père m'explique avec passion son projet de réaménagement de la maison. Après plus de vingt ans à vivre entre ces murs, il a envie de renouveau. Je l'écoute avec attention, faisant des coups d'œil furtifs autour de moi, pour essayer d'imaginer ce qu'il est en train de me décrire. C'est vrai que ses idées sont bonnes. Enzo commence à parler technique avec son jargon de maître d'œuvre. Je fais mine de l'écouter attentivement, mais en vrai, il m'a déjà perdu.

Ma mère interrompt notre discussion pour nous sommer de passer à table. On ne discute pas face à la maîtresse de maison italienne, c'est donc naturellement que nous nous installons autour de la table qui a été dressée sous la véranda. La pluie a cessé, le soleil amorce une apparition à travers les nuages. Finalement, cet orage a permis de faire tomber cette chaleur étouffante.

Mon père préside la table, comme toujours, et Enzo se met à ma droite. Les hommes sont souvent regroupés du même côté pendant les réunions de famille, car nos discussions sont plutôt tournées sport et voiture, que chiffon et sac à main.

Le déjeuner est animé comme à chaque fois qu'on est tous réunis. Ma tante et ma mère se liguent contre nous pour nous soutirer des informations sur nos vies privées. Comme d'habitude, elles nous rabâchent les mêmes choses. Qu'elles attendent qu'on leur présente notre moitié, qu'elles sont pressées d'être grands-mères…

Mon père est plutôt curieux de notre avenir professionnel. Il préfère s'assurer que tout se passe bien dans notre travail. Veillant à ce qu'on respecte les valeurs qu'il nous a enseignées et qu'on file dans le droit chemin. Il s'improvise même père de substitution pour Enzo, quand cela est nécessaire.

Décidément, les hommes et les femmes, on est tellement différents.

Dans l'après-midi, le temps s'est enfin levé. Les averses orageuses ont laissé place au soleil et aux températures encore chaudes du début du mois de septembre.

J'ai fait tomber mes vêtements pour m'installer en short de bain sur un transat, à côté de la piscine. Je surfe sur les réseaux sociaux sur mon téléphone pendant que j'entretiens le bronzage de mon torse musclé. Enzo a enfin quitté son costume de businessman pour venir me rejoindre avec sa cigarette à la bouche.

— Alors mec, toujours avec Marie ? lance de but en blanc mon cousin en s'installant sur la chaise longue à côté de moi.

— Toujours. Pourquoi ?

Baissant mes lunettes de soleil sur le bout de mon nez avec le bout de mon index, je le scrute d'un regard inquisiteur.

Est-ce qu'on va me lâcher avec Marie un jour ou l'autre ? J'ai l'impression que tout le monde s'est donné le mot aujourd'hui.

— Pourquoi tu ne nous la présentes pas ? Ça fait un bail que t'es avec elle ? me fait remarquer Enzo après avoir tiré une taffe.

— C'est juste.

— On est vraiment différent, toi et moi. Moi, je ne rêve que d'une chose, c'est de trouver une femme qui pourra partager ma vie. Et toi ? Tu as quelqu'un de bien auprès de toi, et tu freines des quatre fers.

Je m'assois sur le transat, face à Enzo. Mes coudes sur les genoux, ma tête calée entre mes mains qui reposent sur mes tempes. Cette position traduit plus que de l'exaspération, mais un mal-être refoulé.

Je ne sais plus quoi penser Enzo, me confié-je hésitant.

Mes yeux le fixent mais sont vides d'expression. Je suis dans la confusion la plus totale.

— J'aime bien Marie. On passe du bon temps ensemble, on s'entend plus que bien... mais...

J'hésite à poursuivre en frottant mon menton entre mon pouce et mon index, perdu dans mes pensées.

— Mais... ? répète Enzo en quête d'un complément d'information.

— Est-ce suffisant ? Est-ce que je l'aime tout court ? Je ne pense pas... admets-je fataliste.

Enzo ouvre et referme la bouche sans qu'aucun son ne sorte. Il écrase son mégot de cigarette dans le cendrier qui est posé sur la petite table d'appoint. Je sais qu'il a envie de me faire son discours sur l'amour. Il réfléchit juste comment il va s'y prendre cette fois-ci.

Ce n'est pas du tout ce dont j'ai besoin pour le moment, alors je m'empresse d'ajouter sur un ton ironique :

— Le jour, où je présenterai une fille à mes parents, c'est que je saurai au fond de moi que c'est la bonne. Et, putain, ce n'est pas près d'arriver, mec !

— Tu pourrais être vite surpris ! Et j'ai hâte de voir ça, se poile Enzo.

Sa moquerie déclenche une vraie bagarre entre nous, comme lorsqu'on était gosses. On chahute, faisant mine de se battre pour prouver à l'un ou à l'autre qui est le plus fort. Quelques instants plus tard, ça ne loupe pas, nous atterrissons au fond de l'eau.

Quand je rentre chez moi le soir, je suis de nouveau pris dans mes réflexions. Je m'affale sur mon canapé tout en repensant à ma conversation avec mon cousin.

Je ne sais pas où je vais, mais une chose est sûre, c'est que je m'enfonce. Je laisse les choses venir, alors que je sais pertinemment qu'il n'y aura pas de fin heureuse. Ce n'est pas très adulte comme comportement. Je profite de la situation, c'est certain.

Putain, pourquoi se prendre la tête ? Damien n'arrête pas de me le dire, les relations amoureuses ça n'existe pas et ça complique tout.

4

Je trottine en reculant pour observer Samuel qui court à petites foulées. On a démarré notre footing depuis un quart d'heure et il est déjà en train de cracher ses poumons. Ses pieds rasent le sol, son visage est marqué par la souffrance due à l'effort. Il faut vraiment qu'il vienne s'entraîner plus souvent avec moi, car il a perdu toute son endurance, le con.

Je fais presque du surplace pour qu'il puisse me rattraper. J'ai même le temps d'admirer le paysage du parc de la Torse, avec ses canards qui se promènent sur les cours d'eau.

Lorsqu'il arrive à ma hauteur, je ne me fais pas prier pour le charrier.

— Besoin d'une pause ?

— Ta gueule, grommelle-t-il entre ses dents.

Je reprends ma course en adaptant ma vitesse à la sienne pour pouvoir discuter un peu avec lui.

— Tu te ramollis, mec, constaté-je tout en prenant ma voix de maître d'école. Faut que tu arrêtes la cigarette et que tu viennes me voir plus souvent à la salle.

— Je sais, halète-t-il. Mais je n'ai pas le temps avec le boulot.

À d'autres. Il oublie à qui il parle. Le coach sportif qui doit entendre cette excuse des millions de fois, par tous ceux qui ne prennent pas la peine de se motiver un minimum pour une séance de sport. Quand on veut, on trouve toujours le temps. C'est ma façon de voir les choses.

— On continue encore un peu ? le sondé-je.

— Ouais, mais ralentis le rythme s'il te plaît.

— Si on va moins vite, je m'arrête !

J'accompagne ma moquerie d'une tape dans le dos. Samuel me fait un doigt d'honneur pour toute réponse.

J'arrive à le motiver pour prolonger notre course un quart d'heure supplémentaire. Puis, lorsque je vois un banc à proximité, je lui fais signe qu'on va s'arrêter là, pour faire une pause.

Les mains appuyées contre ses genoux repliés, Samuel est hors d'haleine.

J'attrape ma cheville droite de mes deux mains, bloque mon talon contre mes fesses pour étirer mes quadriceps. Cette position m'oblige à tirer mes épaules en arrière faisant ressortir mes pectoraux en avant.

Deux filles qui se promènent dans le parc, passent proche de nous à ce moment-là et me matent sans aucune discrétion. J'en profite pour bander au maximum mes muscles. Samuel ahane comme un animal en suivant du regard les deux demoiselles qui poursuivent leur route.

— Beaux culs, commente Samuel tout en restant fixé sur leurs derrières.

— Tu m'étonnes, mon pote ! Mais je ne veux pas te vexer, c'est moi qu'elles regardaient, ricané-je pour le faire enrager davantage.

Samuel revient dans mon champ de vision. Il a repris des forces.

— C'est ma fête aujourd'hui ou quoi ?

Il feint d'être blessé dans son amour-propre.

— Tu sais bien que j'aime te chambrer ! On ne se voit plus beaucoup, faut bien que j'en profite quand on est ensemble.

Je change de jambe pour poursuivre mes étirements avant d'enchaîner sur un sujet plus sérieux :

— Tu viens pour les trente ans de Damien ?

— Je ne peux pas, se désole Samuel. J'ai des obligations familiales le même week-end.

Bonus : Le Prélude

Je suis déçu que mon pote ne soit pas de la partie. Je sais que de bons moments se profilent pour l'occasion, c'est tout simplement dommage qu'il ne puisse pas partager ça avec nous.

— Enzo ? me questionne-t-il d'un mouvement du menton.

— Il sera là, mais il nous rejoint sur place. Je pensais faire le chemin avec lui, mais tant pis. Ça me fait tellement chier d'aller à Paris !

Je l'invite d'un geste de la main à poursuivre notre conversation en marchant pour commencer notre retour vers le parking du parc. On en profite pour discuter de notre train-train quotidien, de nos aventures, sans oublier de prendre des nouvelles de nos proches respectifs.

Je ne manque pas une occasion de le chauffer et de le faire réagir. Du coup, en représailles il s'attaque au sujet « Marie ». En même temps, je ne peux pas lui en vouloir, je l'ai bien cherché.

Je lui parle de mes doutes, de mes sentiments qui ne veulent pas se déclarer. En retour, il ne peut qu'approuver mes craintes. On a été élevé à la même enseigne, lui et moi : Damien, le grand spécialiste des non-relations amoureuses.

~

Aujourd'hui je ne travaille pas, et pourtant, je viens traîner à la salle. Je passe mon temps entre ces murs. Je crois que la seule véritable histoire d'amour que j'ai pu avoir depuis que je suis gosse, c'est avec ces machines. Je profite souvent de mon temps libre pour m'entraîner, ici.

J'ai prévu une séance de boxe avec Davi. C'est l'un des coachs du club. Cela fait plusieurs années qu'il travaille pour Jo. Il enseigne le body-combat en cours collectif, mais aussi, organise des stages occasionnels de capoeira. Depuis toutes ces années à travailler ensemble, on a tissé des liens très forts. C'est plus qu'un collègue de travail, c'est un ami fidèle.

Il m'attend déjà à côté du sac de frappe. Je crois que c'est le seul mec qui pourrait me faire peur ici. Crâne rasé, des yeux foncés, presque deux mètres de haut et des épaules aussi larges qu'un taureau. Sa peau métisse fait encore plus ressortir ses muscles. Malgré sa haute stature et cet amas de muscles, il dégage une certaine fluidité. C'est assez déconcertant.

Il sautille d'un pied sur l'autre avec des mouvements rapides. Quand ses gants atterrissent dans le sac, on entend le bruit qui résonne dans toute la salle. Il y a beaucoup de rage dans ses coups. Ce sac est un vrai exécutoire.

Je m'avance et signale ma présence d'un air jovial :

— Salut, Davi, la forme ?

Il arrête de cogner le sac, puis le maintien entre ses gants. Il s'avance vers moi en essuyant la sueur de son front avec son poignet.

— J'ai connu mieux, souffle-t-il désespéré.

C'est toujours pareil. Lorsqu'on demande à quelqu'un s'il va bien, on s'attend toujours à ce qu'il réponde par l'affirmative. Mais quand ce n'est pas le cas, on ne sait jamais quoi dire en retour.

Quand il est question de parler de ses sentiments, on n'est pas très fort à ce jeu-là, entre nous les mecs. C'est pourquoi je ne lui pose aucune question et patiente pour qu'il me donne plus d'informations de lui-même.

Face à mon silence, il me fait signe de prendre sa place et de commencer à m'échauffer doucement en faisant des frappes rapides, mais contrôlées sans utiliser ma force.

Je l'observe à demi entre chaque coup, il a l'air préoccupé.

— J'ai reçu les papiers, révèle-t-il d'une voix monocorde.

Cette nouvelle arrête mon geste en plein élan. Je récupère le sac qui se balance.

— Alors ça y'est ? C'est définitif ? en déduis-je amèrement.

— Je n'arrive pas à croire qu'elle ait demandé le divorce, Math.

Davi est abattu : les épaules voûtées vers l'avant, le regard dans le vague, il passe une main nerveuse sur son crâne rasé. Je ne l'ai jamais vu ainsi. Ce brésilien toujours de bonne humeur, prêt à faire la fête. Jusqu'à ce que sa femme demande le divorce, le séparant de sa fille pour la moitié du temps.

— Je ne sais pas quoi te dire. Je ne suis pas un expert en la matière, reconnais-je. Mais t'offrir une bière et te changer les idées après le boulot, ça, je sais faire. Tu veux ? tenté-je avec un sourire encourageant.

— Va pour un verre. Pourquoi pas…

Il accepte sans hésitation, mais sans grand enthousiasme. Il souffle un coup, ferme les yeux, frappe ses poings l'un contre l'autre et se reprend :

— Bon, on n'est pas là pour pleurnicher, alors bouge-toi maintenant !

Qu'est-ce que je disais ? Les hommes et les sentiments.

Dans les vestiaires des hommes, c'est un vrai concentré de testostérone. Tous les mecs jouent les coqs. C'est sûr, on ne peut pas s'empêcher de se comparer et se juger silencieusement, les uns les autres. On se promène à moitié à poil, faisant gonfler exagérément nos muscles.

Je récupère de cette séance de sport intensive. Après la boxe avec Davi, j'ai été faire quelques pompes, du rameur et pour finir des étirements. Cela m'a permis de patienter en attendant que Davi finisse sa journée de travail.

J'entre dans une cabine de douche libre, enlève mes vêtements trempés de transpiration et me glisse sous l'eau chaude. Ma tête tombe en avant, entre mes bras tendus contre le mur, laissant le jet d'eau s'abattre sur ma nuque et détendre mes muscles.

Au bout de quelques minutes, je me décide enfin à me laver. Mes mains savonneuses passent d'abord sur mes larges épaules, puis sur mes pectoraux et mes abdominaux. Je regarde mes obliques, ce V qui pointe vers le bas et qui fait fondre les filles.

Putain, j'ai encore bien bossé aujourd'hui !

Je savonne ensuite le reste de mon corps, me rince et sors rapidement pour me préparer.

Ma serviette tombe sur les hanches, mon torse est parsemé de petites gouttes qui viennent mouiller mon tee-shirt lorsque je m'habille avec hâte.

Davi est déjà prêt, pensif, appuyé contre une colonne de casiers à l'entrée de la pièce. Je passe à côté de lui, lui donne une petite tape amicale sur l'épaule pour le ramener parmi nous avant de lancer :

— On se le boit, ce verre ?

5

Une baise pareille, ça devrait être tous les jours comme ça. Je suis avec Marie, allongé complètement nu au milieu des draps froissés et emmêlés autour de nous.

Quand je suis arrivé chez elle ce soir, elle m'attendait en lingerie sexy sous son déshabillé en dentelle. Il n'a pas fallu longtemps pour qu'elle se retrouve plaquée contre le mur de l'entrée de l'appartement avec mes lèvres contre les siennes.

Elle a glissé le long du mur pour se retrouver agenouillée, la tête au niveau de ma ceinture. Sa bouche insolente m'a fait perdre la raison et je l'ai soulevée du sol sans ménagement pour la porter en direction de la chambre.

J'ai arrêté ma course sur la table de la salle à manger en faisant tomber une chaise au passage dans ma précipitation. L'instant d'après, elle était assise sur la table, les jambes écartées avec ma tête entre ses cuisses. Elle a rapidement décollé vers son premier orgasme.

J'ai profité d'un moment d'accalmie dans notre excitation mutuelle pour la porter jusqu'à son lit et me mettre à poil. Son regard empli de provocation n'a que décuplé mon désir et mon besoin de la posséder. Il fallait que je lui montre qui avait le dessus dans notre corps à corps, en la baisant sauvagement et sans retenue.

Bonus : Le Prélude

Un peu soumise au lit, Marie aime bien faire ressortir l'animal qui est en moi. Elle s'est agrippée à mes bras bandés et j'ai senti ses ongles lacérer ma peau au moment où je lui offrais son deuxième orgasme.

On reprend chacun notre respiration en fixant le plafond, profitant de la vague d'hormones qui a pris possession de notre corps après avoir fait l'amour.

Une fois qu'elle a retrouvé son souffle, Marie interrompt notre plénitude. Elle tourne la tête dans ma direction et lance de but en blanc :

— Et si on emménageait ensemble ?

Je suis sous le choc. Mon cœur s'arrête de battre un instant, mon corps se crispe de la tête aux pieds.

Sa proposition vient de sonner cette fin inévitable qui se profilait à l'horizon. Je ne peux pas accéder à sa demande. Cela serait malhonnête de ma part. C'est un signe d'engagement que je ne peux pas envisager maintenant. Ni jamais, d'ailleurs.

Je me lève sans dire un mot et me rhabille avec hâte. Marie se redresse contre la tête de lit tout en couvrant sa poitrine avec le drap. Il y a comme un malaise dans cette chambre tout à coup.

Dès que je suis habillé, je gratte l'arrière de ma tête, nerveux, mettant encore plus de désordre dans ma coiffure « retour de baise ».

Je lui fais face la mine sérieuse.

— Marie, je suis désolé.

— A priori, cette idée ne t'emballe pas des masses, insinue-t-elle sans enthousiasme.

Je fais les cent pas dans la chambre tout en réfléchissant à la meilleure manière de lui expliquer ce que je dois lui dire. Elle me suit des yeux, observant la panique m'envahir petit à petit.

— Oublie ce que je viens de dire, d'accord ? concède-t-elle avec un sourire timide.

Elle tend une main vers moi pour que je la prenne, ou peut-être pour m'inviter à la rejoindre dans le lit. Sa main reste en suspens dans l'air.

Je m'arrête les poings sur les hanches et finis par cracher le morceau d'une voix accablée :

— Non, Marie. Je suis désolé, car on ne va pas pouvoir continuer tous les deux.
— Quoi ? s'angoisse-t-elle les larmes aux yeux.
— Ce n'est pas ta faute, c'est juste que mes sentiments ne sont pas à la hauteur des tiens.

Elle vient s'asseoir sur le bord du lit, abattue, puis lève la tête vers moi avec un regard implorant.

— On peut prendre plus de temps, si tu veux ? se rattrape-t-elle en me coupant la parole et se levant pour me rejoindre.
— Je ne sais pas m'impliquer davantage. Ce que tu me demandes, c'est au-dessus de mes forces.

Ça me fait mal de la voir comme ça mais je ne reviendrai pas sur ma décision. Je l'examine en silence s'agripper au drap qu'elle tient au-dessus de sa poitrine pour cacher son corps dénudé.

Hésitant, j'enlace ses épaules. J'aimerais la réconforter mais je ne sais pas comment faire.

— Je ne préfère pas que tu t'attaches plus que tu ne l'es, Marie, dis-je d'une voix douce tout en embrassant le dessus de son crâne pour lui dire au revoir. Prends soin de toi.

Lorsque je passe le pas de la porte d'entrée, j'entends ses pleurs qui résonnent dans tout l'appartement.

Je savais que cet instant me pendait au nez depuis un moment. J'aurai dû partir plus tôt, quand j'ai su que je serai incapable de lui dire je t'aime.

Le lendemain, j'appelle Damien pour lui raconter ma rupture avec Marie. J'ai besoin d'en parler à quelqu'un, mais surtout, de me vider de cette culpabilité qui me ronge. Je ne suis pas fier de moi. J'ai joué au con en voulant profiter de la situation.

Damien décroche rapidement.

— Je l'ai quittée, attaqué-je sans introduction.
— Ah.

Damien ne paraît pas si surpris que ça par ma révélation.

— Elle m'a proposé qu'on emménage ensemble, dis-je pour expliquer le pourquoi du comment.

— Tôt ou tard, ça devait arriver, mon pote...

Son ton veut clairement dire « je t'avais prévenu ».

Je souffle d'exaspération dans le téléphone, une main dans la poche de mon jean, le regard rivé sur ma baie vitrée qui donne sur la rue.

— Tu regrettes ? me sonde Damien.

— Non, bien sûr que non, m'empressé-je de répondre.

— Alors, pourquoi j'ai l'impression que tu as le moral plus bas que terre ?

Sa remarque a le don de me faire réagir. J'ai quitté mon point d'observation pour marcher dans le salon. Je tourne en rond comme un chien qui attend quelque chose. Mais quoi ?

— T'as fait ce qu'il fallait Math, me rassure Damien.

— Je sais. Mais je m'en veux tellement de la faire souffrir. Je le savais que ça finirait comme ça.

— Ce n'est pas faute de t'avoir prévenu, me charrie-t-il.

Je grogne d'agacement.

— Tu sais quoi ? se réjouit-il de l'autre côté du fil.

J'attends sa leçon moralisatrice qui va tomber.

— Tu vas te sentir mal un jour ou deux. Et puis, tu vas rencontrer encore une gonzesse sexy à la salle. Tu lui feras ton numéro de charme et ça sera vite oublié !

Je m'esclaffe. Même dans une situation pareille, mon pote arrive toujours à trouver le mot pour rire. Et en plus, je sais qu'il a raison.

Lui parler me fait du bien, je retrouve le sourire peu à peu et commence à dédramatiser la situation.

Des ruptures, Marie en a connu avant moi et elle en connaîtra sûrement d'autres. Et puis, si je prends un peu de recul, elle s'est tiré une balle dans le pied toute seule. Pourquoi me proposer une chose pareille alors que je ne lui avais pas avoué mon amour pour elle. C'est complètement suicidaire !

— Ouais, t'as raison mec ! reconnais-je de meilleure humeur à présent.

— Je t'avoue que cette nouvelle m'arrange un peu, se confesse-t-il. Avec mon anniversaire qui arrive, je suis content que tu sois célibataire !

Damien et son tact légendaire.

Cette conversation était nécessaire. Je raccroche après plusieurs minutes d'échanges aussi graveleux les uns que les autres.

∼

Je ne m'attendais pas à ça. Pas à autant d'acharnement de sa part.

Cela fait une semaine que j'ai rompu avec Marie et depuis, je n'arrête pas d'être harcelé. Elle m'appelle tous les jours, et ce, à plusieurs reprises, pour me supplier de la reprendre. J'ai fini par ne plus répondre à ses appels. Mais, je n'avais pas prévu qu'elle n'hésiterait pas à venir directement à mon appartement ou à la salle de sport. Elle m'inflige des scènes larmoyantes pour que je lui donne une seconde chance. Même quand je ne suis pas là, elle laisse des messages à Jo.

Putain, je n'ai jamais vu ça.

Je sors du club après une journée harassante. Marie est assise à même le sol à côté de ma bécane. Je n'ai pas le courage de me confronter à elle ce soir. Lorsqu'elle m'aperçoit arriver, elle se lève précipitamment.

— Marie, qu'est-ce que tu veux, encore, demandé-je d'une voix lasse.

— Mathias, il faut que je te parle.

— Comme toutes les autres fois, avant, me renfrogné-je en perdant patience.

Elle n'a pas bonne mine. Ses cheveux sont attachés pour masquer leur saleté. Elle a des cernes sous les yeux. Ses iris bleus sont si ternes.

— Je peux être celle que tu veux, Mathias, s'obstine-t-elle en essayant de me prendre dans ses bras.

Je la laisse m'encercler de ses bras frêles. Elle a déjà perdu du poids. Elle ne doit plus se nourrir correctement. J'ai l'impression d'être face à une dépressive.

Bonus : Le Prélude

Cependant, je reste planté là, les bras ballants, ne voulant pas l'encourager.

J'essaie de garder le contrôle en serrant mes poings. C'est dur de résister à sa détresse, moi qui suis très protecteur. Mais en même temps, son comportement de harceleuse commence à m'exaspérer au plus haut point.

Je romps notre contact en la maintenant par les épaules au bout de mes bras tendus. Je ne sais plus quoi faire ou quoi dire pour lui faire comprendre que tout est fini.

Je la relâche pour remettre de l'espace entre nous et elle pleure. C'est comme si j'avais appuyé sur un interrupteur.

J'évite de la regarder, mal à l'aise d'assister à sa crise d'angoisse et pas fier, de ne pas la consoler.

Pour fuir, je me concentre sur des gestes simples : je m'équipe de mon casque et de mes gants, puis enfourche ma bécane. Je fais vrombir le moteur puis enclenche la marche arrière pour sortir de ma place de parking.

Avant de mettre les gaz, je me range à sa hauteur puis déballe d'un ton amer :

— Il faut que ça cesse, Marie. Tu dois aller de l'avant et m'oublier. Regarde comme je te fais souffrir.

Maintenant à distance, j'ose la regarde dans le rétroviseur. Elle n'est plus que l'ombre d'elle-même.

6

J'arrive enfin à la gare Montparnasse après ce long trajet depuis Aix-en-Provence. J'ai dû me taper trois heures de TGV bondé jusqu'à Paris gare de Lyon, car on est vendredi soir. Ici, les couloirs du métro sont saturés avec tous ces Parisiens stressés qui rentrent du boulot. Je ne sais pas comment fait Damien pour supporter tout ça au quotidien.

Je n'ai pas voulu prendre ma bécane pour venir, car le risque de grosses pluies annoncé était trop dangereux. Hors de question que je me foute en l'air sur ma Ducati. Et faire le trajet aller-retour en trois jours avec ma voiture est d'un ennui mortel. Putain, pourquoi Enzo n'a pas pu venir avec moi ? Avec sa voiture de sport, on aurait fait le trajet en un rien de temps.

On est attendu ce week-end pour fêter dignement les trente ans de Damien. Je n'aurai raté ça pour rien au monde. On a toujours fait les quatre cents coups ensemble, et ce n'est pas demain que ça va changer. Même si mon pote a rejoint la capitale il y a six ans, on ne manque pas une occasion de se voir.

Il est vrai que son départ m'a beaucoup affecté, mais je comprends que parfois, il faut poursuivre son propre chemin pour accomplir ses rêves et atteindre ses objectifs.

Bonus : Le Prélude

Lorsque je franchis les portes de la gare Montparnasse pour rejoindre son appartement, je suis saisi par le froid. J'ai oublié qu'on était au mois d'octobre à Paris !

Allez courage, je dois passer un week-end ici et je pense que le programme que nous a concocté mon pote va nous réchauffer.

Après dix minutes de marche environ avec mon sac sur l'épaule, j'arrive au pied de son immeuble et sonne à l'interphone pour signaler mon arrivée.

— Oui ? grésille la voix de Damien.
— C'est moi, Mathias !
— Yo Math, je t'ouvre.

Je pousse la lourde porte, monte les deux étages qui me séparent de l'appartement de Damien. Je suis encore en train de monter les dernières marches qu'il m'ouvre la porte en m'accueillant avec sa bière à la main.

— Salut mec, ça va ? Tu as fait bon voyage ?

Il m'offre une accolade amicale puis me donne une légère pression dans le dos pour m'inviter à rentrer dans son appartement.

— Putain, ne m'en parle pas ! rouspété-je. C'était long, mais je suis enfin arrivé.

— Je vais te chercher une bière, installe-toi.

On se pose sur le canapé pour boire un coup mais surtout, pour rattraper le temps perdu depuis qu'on ne s'est pas parlé au téléphone. Surtout que la dernière fois, la conversation était concentrée sur un seul sujet : Marie.

Damien ne manque pas de prendre des nouvelles de nos amis restés dans le Sud et de ma famille avec qui il est très proche depuis toutes ces années à traîner ensemble. C'est tellement bon de se retrouver à nouveau.

Il est comme habité quand il me parle de son boulot. Je n'arrive plus à l'arrêter. Je suis content de voir que tout roule pour lui. De mon côté, je lui donne les derniers potins du club, entre les nouveautés concernant la salle mais aussi les coachs. Je lui explique alors que Davi est en instance de divorce et qu'il ne va pas bien. Il me promet de l'appeler pour le soutenir.

J'enchaîne notre conversation sur une note plus curieuse :

— Alors, le programme des festivités pour demain, ça donne quoi ?

Damien est excité comme une puce rien que d'y penser. Il n'arrête pas de gigoter sur l'assise du canapé.

— Je t'ai concocté un programme aux petits oignons mon pote, se réjouit-il avant d'enchaîner gaiement : pour nous, les festivités commencent ce soir.

Je lève un sourcil interrogateur, dans l'attente qu'il m'en dise plus sur ce qui m'attend.

— Déjà, on sort ce soir tous les deux. Je t'emmène dans un pub sympa, tu vas voir. J'ai bien envie de profiter de ta visite pour sortir comme à la belle époque !

Il s'approche de moi, me donne un coup de poing dans les abdominaux. En représailles, il récupère une taloche sur le crâne. Ça le fait marrer...

— Demain, poursuit-il après avoir retrouvé son calme, on a rendez-vous à quinze heures avec les gars pour un Escape Game. Enzo nous rejoint directement sur place.

— Cool ! m'exclamé-je. Tu penseras à me remercier quand on sortira de la salle dans les temps.

Damien soupire d'exaspération en secouant la tête devant tant d'assurance. Il me connaît. Il sait comme je peux être arrogant. Ou plutôt, que la compétition fait partie de moi. Je n'aime pas perdre, c'est un fait.

— Pour la soirée, le classique, reprend Damien avant de détailler le programme : on ira manger un morceau quelque part avant de sortir faire la fête !

— Discothèque ?

— Yes ! dit-il en frappant dans ses mains. Je te préviens, ce soir et demain, il va y avoir du bruit dans ma chambre ! Surtout qu'avec ta belle petite gueule, on va être un aimant à gonzesses.

J'éclate de rire. Toujours égal à lui-même, ce séducteur.

— Et puis, maintenant que tu n'es plus avec Marie, tu vas pouvoir profiter des joies du célibat !

Bonus : Le Prélude

Je ne ris plus. Ma rupture avec Marie m'a laissé un goût amer. Surtout, de savoir dans quel état je l'ai laissée l'autre jour sur le parking du club.

— Je t'assure que ce week-end est exactement ce qu'il te faut pour tourner la page avec elle, lance Damien. C'est toi qui l'as larguée, alors, me fais pas cette tête-là quand on parle d'elle.

— Je sais, grogné-je dans ma barbe. Mais la rupture n'a pas été une partie de plaisir.

— Eh ouais ! C'est ça les filles... dès que tu leur montres un peu d'attention, t'es foutu ! Mais maintenant, t'es revenu dans le game mon pote.

On parle, on se vanne et le temps passe. La nuit est déjà tombée quand Damien me fait remarquer qu'il est peut-être temps de se bouger, si on veut sortir ce soir.

— Tu devrais installer tes affaires dans ma chambre et prendre une douche avant qu'on parte.

— OK ça marche !

C'est parti pour une soirée entre mecs !

Comme prévu, nous avons retrouvé les gars pour une partie d'Escape Game dans le 9ᵉ arrondissement de Paris. Au programme, un scénario d'évasion digne de la série Prison Break.

Il a fallu coordonner nos cerveaux pour résoudre toutes les énigmes qui nous ont permis de nous évader dans les temps. Notre mission a été accompagnée d'une bataille de testostérone, chacun voulant prendre le lead sur la gestion de l'équipe. On aurait pu rebaptiser le jeu « Mettez six mâles alpha enfermés dans une pièce, et voyez ce que ça donne ».

À présent, on est assis à la table d'une brasserie branchée parisienne. C'est plutôt réputé comme endroit. Sur la carte, je peux voir que les plats sont faits maison. La décoration du restaurant est moderne et épurée. C'est très chic, tout en étant convivial.

Enzo doit se sentir dans son élément, lui qui fréquente que de beaux établissements dans ce style, dans son costume trois pièces.

Aujourd'hui, il a fait un effort en abandonnant son costard, mettant un jean, une chemise et un veston. Classe et décontracté à la fois.

Je ne peux pas nier qu'il émane de lui une certaine prestance qui accroche tous les regards autour de nous. Il a un côté mystérieux et charismatique à la fois. Il semble inaccessible, et pourtant, j'ai l'impression que c'est ce qui attire tant les hommes que les femmes qui croisent sa route.

Durant tout le repas, j'ai l'impression d'assister à un match de tennis. On se chambre tout en se renvoyant la balle à tour de rôle. Chacun d'entre nous est persuadé d'avoir mené le jeu pendant notre séance d'Escape Game, alors que soyons honnêtes, il est clair que personne n'a su s'imposer en tant que leader. Je m'octroie tous les mérites en tant que grand vainqueur de ce challenge. Pour moi, ils étaient complètement à la ramasse lorsque le temps de notre partie s'est écoulé. Heureusement que j'étais là pour nous sortir de là ! Je l'avais bien dit que j'étais celui qu'il fallait pour gagner.

Après avoir passé la première partie de la soirée à manger comme des affamés, on s'apprête enfin à faire la fête. On fait la queue dans la file d'attente de la boîte de nuit, patientant que ce soit notre tour de passer devant le videur qui décidera de nous laisser entrer, ou non. On entend les pulsations des basses à travers le mur, on est déjà dans l'ambiance.

Une fois dans la boîte de nuit, on s'installe dans un coin VIP. De là, on peut observer la piste de danse tout en étant au cœur de l'animation. Cinq minutes plus tard, une charmante demoiselle se tient devant nous avec la bouteille de champagne que nous avons commandée à notre arrivée. Damien est déjà en train de la manger des yeux dans son mini-short. Je sais déjà qu'elle fera le chemin retour vers l'appartement avec nous.

On boit notre première coupe de champagne, puis, lorsque l'euphorie nous a gagnés, on se faufile sur la piste de danse à travers les

Bonus : Le Prélude

corps qui bougent dans tous les sens, enivrés par la musique et l'alcool.

L'ambiance monte petit à petit, je me sens dans mon élément. J'ai toujours aimé faire la fête.

Je repère quelques jolies filles qui dansent autour de moi avant de jeter mon dévolu sur l'une d'entre elles. J'amorce une approche discrète vers cette belle blonde que j'ai ferrée et qui se trémousse sans retenue. Elle me grille en moins de deux, me donnant le feu vert avec un sourire aguicheur.

Elle a les cheveux attachés en un chignon flou que j'ai envie de détacher pour tirer sauvagement sa tête en arrière. Une robe courte qui frôle l'indécence. Moi ça me va, j'aurai un accès plus rapide à son intimité quand elle sera dans mon lit.

Je bloque son dos à mon torse, calant ses hanches d'une poigne ferme sur les miennes. Nos mouvements lancinants suivent le rythme de la musique. Nos corps entrent dans une danse sexy et folle. Elle lève un bras pour poser sa main sur ma nuque m'offrant une vue dégagée sur sa poitrine.

Un morceau latino démarre, alors je la fais pivoter vers moi pour emboîter nos corps, face à face. Une main sur ses reins, l'autre à la base de son chignon, je tire dessus comme je rêvais de le faire tout à l'heure. Ses cheveux se déversent sur ses épaules. Une mèche vient se coller à la sueur de son visage, alors je la dégage et en profite pour caler la paume de ma main sur sa joue. Je rapproche son visage du mien et l'embrasse sans plus tarder.

Il est certain que la demoiselle n'est pas farouche. Il ne m'en faudra pas beaucoup pour la convaincre de venir prendre un dernier verre chez Damien.

Notre petit groupe dans le carré VIP attire les femmes comme des mouches. Les gars sont au taquet pour draguer tout ce qui bouge et Damien s'amuse comme un dingue, c'est le principal.

Moi, j'ai ma blonde sur les genoux qui ne me lâche pas d'une semelle. Elle m'a dit son prénom tout à l'heure sur la piste de danse, mais honnêtement, je m'en rappelle déjà plus ! Qu'est-ce que ça peut bien faire, demain matin, ça sera de l'histoire ancienne.

Enzo m'observe, installé sur la banquette face à moi. Il tapote la cigarette qu'il aimerait fumer sur sa cuisse. Je sais qu'il n'approuve pas mon comportement avec les filles. Lui, il attend l'amour de sa vie. Pendant ce temps, il ferait bien d'en profiter un peu lui aussi. Une bonne baise le ériderait sûrement !

À quatre heures du matin, on est de retour chez Damien. Lui, avec la serveuse au mini-short et moi, avec ma blonde. Le champagne a coulé à flots toute la soirée et nous sommes tous désinhibés par ce trop-plein d'alcool. La fin de soirée risque d'être mouvementée pour nous deux !

Dès que Damien ferme la porte de sa chambre, je tire ma conquête d'un soir par la main en direction du canapé. J'attrape sa nuque avec mes deux mains et l'embrasse langoureusement. Je la touche à peine, que je l'entends déjà gémir.

Elle vient se lover contre mon corps bouillant de désir. Je crois qu'elle va vite se rendre compte de mon état d'excitation. Mon sexe est déjà dur et prêt à l'action dans mon jean.

Mes mains descendent le long de ses épaules, ses bras, puis en direction du bas de sa robe pour la relever et la faire passer par-dessus sa tête.

Je l'observe dans sa lingerie fine qui met en valeur le galbe de ses seins. Je caresse délicatement sa poitrine à travers l'étoffe, avant d'écarter le tissu et de prendre son sein droit en main. Mes doigts font de légères pressions. Mes caresses plus fermes l'excitent davantage, donnant l'assaut, car elle se jette sur moi pour me déshabiller.

Une fois nu, elle admire mon membre fièrement dressé, puis s'agenouille devant moi pour me branler. Je grogne de plaisir, profitant à merveille de l'effet qu'elle me fait. Elle commence à lécher mon sexe sur toute sa longueur avant de le mettre dans sa jolie bouche. Je la regarde me sucer avec délectation. Lorsque je sens le point de non-retour approcher, je me dégage rapidement, la relève puis la pousse sauvagement sur le canapé qui a été installé en position lit.

Elle tombe sur le dos, écarte les jambes pour que je puisse me glisser au-dessus d'elle. Avant de la pénétrer, je touche son sexe déjà humide et prêt à me recevoir. J'enfile un préservatif pour la remplir, enfin. Je la baise au rythme de ses gémissements.

— C'est bon, comme ça, hein ? lui murmuré-je d'une voix grave à l'oreille.

Elle frémit à mes paroles. Son corps se cambre sous le mien, pour rapprocher davantage nos peaux et accentuer la pression de mon sexe dans son intimité.

Je prends mon pied, me concentre sur mon excitation. Cette aventure est une vraie libération après ce que je viens de vivre avec Marie. J'ai l'impression d'être égoïste, de baiser que pour moi. En même temps, elle n'a pas l'air de s'en plaindre, vu les « oui » qu'elle gueule depuis tout à l'heure.

Mes reins s'enflamment, j'accélère le rythme de mes coups de boutoir. Elle jouit rapidement. Quelques va-et-vient supplémentaires, je succombe et me déverse en elle.

J'ouvre les yeux le dimanche à midi, seul sur le canapé. Il n'y a pas un bruit dans l'appartement. Voilà une fille comme je les aime. Pas de réveil gênant, pas besoin de se torturer l'esprit pour lui faire comprendre de rentrer chez elle. Pas comme la fille que j'ai ramenée hier soir, après notre virée dans ce pub.

Comme promis, notre week-end a été bien arrosé et rempli de belles rencontres féminines pour Damien et moi.

Malheureusement, toutes les bonnes choses ont une fin. Je reprends mon train en fin d'après-midi pour rentrer chez moi, à Aix-en-Provence.

Le départ est toujours un moment que je préfère éviter lorsque je quitte Damien. Mon frère de cœur me manque plus que je ne l'admets.

On se promet de s'appeler et de se revoir très rapidement comme à chaque fois qu'on se sépare sur le quai de la gare.

7

*L*orsque je rentre de mon escapade parisienne, je suis loin d'imaginer ce qui m'attend sur le palier de mon appartement.

Marie est là. Assise, contre la porte d'entrée, les genoux repliés sous son menton. Elle a déjà meilleure mine que la dernière fois où je l'ai croisée, mais elle semble toujours aussi dévastée.

— Marie, qu'est-ce que tu fais là, encore ? soupiré-je agacé en sortant mes clés de la poche de mon jean.

— Mathias, je dois te parler, se hâte-t-elle de me dire en se relevant.

J'ouvre la porte de mon appartement en lui passant devant sans lui accorder le moindre regard.

— C'est important, insiste-t-elle implorante.

Elle me fait ses yeux de chien battu. Cette fois-ci, je ne résiste pas face à sa détresse. D'un signe de tête, je lui notifie de rentrer dans l'appartement.

— Tu as cinq minutes, la sommé-je en regardant ma montre.

Elle me suit sans se faire prier. Je referme la porte derrière elle.

Elle hésite. Ce n'est pas comme les autres fois où elle me suppliait de la reprendre. Quelque chose a changé dans son attitude. Je ne vois pas que du désespoir dans ses yeux, mais je dirais plutôt que son regard traduit de la préoccupation.

— J'ai du retard, confesse-t-elle la voix tremblante et le regard fuyant.

— Hein ? dis-je d'une voix peu assurée.

— Je suis enceinte.

Putain, c'est bien ce que j'avais cru comprendre.

La panique m'envahit tout à coup. J'ai chaud, mon cœur bat à toute vitesse.

— Tu m'expliques comment c'est possible ? l'interrogé-je suspicieux.

— Tu sais, quand on fait l'amour, le mec met sa…

— Ne me prends pas pour un con ! l'interromps-je, fou de rage. Tu es sous pilule et j'ai toujours mis un préservatif.

— Un accident, ça peut arriver !

Un poil agressive, je pense qu'elle est passée en mode autodéfense. A priori, elle n'apprécie pas ma façon de la rembarrer et d'insinuer qu'elle a fait exprès de tomber enceinte.

Elle attend ma contre-attaque, appuyée sur l'une de ses hanches, les bras croisés sous sa poitrine.

Je réfléchis pendant notre bataille silencieuse, où chacun se fusille du regard. Il est vrai qu'elle n'a pas complètement tort. Je ne peux pas l'incriminer sans lui laisser le bénéfice du doute. On est deux dans cette affaire, cela peut être autant sa faute que la mienne.

Putain, mais quel abruti !

Je m'approche d'elle, la prends dans mes bras et lui frotte le dos en guise d'excuse. Elle fond en larmes contre ma poitrine.

— Je suis désolé, murmuré-je contre ses cheveux.

Je n'ai qu'un hoquet en réponse.

— On va prendre le temps d'en discuter. Quoi qu'on décide, on trouvera une solution.

Je ne sais pas si c'est elle ou moi que j'essaie de convaincre, au final. Elle renifle et se dégage de mes bras.

— Mathias, je peux rester avec toi ce soir ? me supplie-t-elle.

Je ne peux pas l'abandonner comme ça. Je ne suis pas un monstre, non plus. Même si je ne suis pas amoureux de cette femme, je ne peux pas la laisser seule, alors qu'elle vient de m'annoncer qu'elle porte mon enfant.

— OK, va pour cette nuit, capitulé-je.

∼

Quatre nuits.

C'est le nombre de fois où Marie a investi mon lit. Moi, je squatte le canapé. Je n'arrive pas à la mettre dehors après ces révélations. À chaque fois qu'elle me demande de rester, je cède.

Tous les jours, elle opère un rapprochement mais je reste hermétique.

Elle ne sait toujours pas si elle veut garder le bébé. Putain, je n'arrive pas à y croire. Ça ne tiendrait qu'à moi, la question serait vite réglée… Elle me dit que c'est trop tôt pour prendre une décision. Qu'elle est encore sous le choc et qu'elle ne sait pas quel avenir elle pourrait donner à son enfant, surtout, s'il n'a pas vraiment de père.

Je peux assumer mon rôle de père, même si je ne pense pas que le timing soit parfait. Mais lui offrir une vraie famille, ça, c'est sûr, je ne peux pas l'envisager. Je ne sais pas ce que Marie attend de moi. Qu'on se remette ensemble pour élever cet enfant ?

Je traîne les pieds en arrivant à la salle pour prendre mon poste, quand Jo me fait signe de le rejoindre depuis son bureau resté ouvert.

— Mathias, assieds-toi, m'enjoint-il en me désignant du menton le fauteuil en face de son bureau.

Je lui obéis sans rechigner. De toute façon, il aura toujours le dernier mot. Et puis, c'est mon boss…

— Depuis que tu es rentré de Paris, tu n'es plus le même.

Il s'assoit à son tour sur sa chaise. Ses coudes reposent sur le bureau, ses deux index se rejoignent sur sa bouche et tirent sa lèvre inférieure. Il a pris sa voix paternelle. Ce n'est pas le patron que j'ai en face de moi, en fin de compte.

Je passe une main tremblante sur mon visage avant de passer aux aveux.

— Marie est enceinte, lâché-je sans préambule.

Cela ne sert à rien de tourner autour du pot.

Il a un léger mouvement de recul. Ses yeux s'ouvrent comme des soucoupes et sa bouche forme un « o » silencieux.

— Je ne m'attendais pas à ça, finit-il par dire surpris.

— Moi non plus…

— Vous savez ce que vous allez faire ?

— Pas le moins du monde…

Le silence s'installe dans le bureau. Jo me regarde avec compassion. Je suis mal à l'aise et je me racle la gorge pour combler le vide. Il se lève, fait le tour du bureau, et pose une main sur mon épaule.

— J'ai confiance en toi, mon garçon. Je sais que tu feras le bon choix. Je suis là si tu as besoin, me signifie-t-il après avoir fait une légère pression sur l'épaule.

~

Une certaine routine s'est installée. Marie est toujours à la maison depuis trois semaines, maintenant. Je remarque qu'elle retrouve peu à peu le sourire. Elle me couvre d'attention en s'occupant de l'appartement ou en me préparant le dîner. Elle joue au couple modèle alors que nous n'en sommes pas un.

Définitivement.

Hier matin, elle m'a annoncé qu'elle souhaitait garder le bébé si je le voulais aussi. Est-ce que j'ai le choix ? Quel homme serais-je si je la forçais à avorter ? Finalement, c'est un peu elle qui a tout le pouvoir dans cette affaire. Je n'ai qu'à fermer ma gueule et à souffrir en silence.

Du coup, je suis rentré hier soir en passant d'abord par la case, « noyons notre chagrin dans l'alcool », avec Davi, qui a autant le moral que moi avec son divorce en cours. On a passé notre soirée à se plaindre et à jouer à celui qui était le plus malheureux. Je ne sais même pas qui de lui, ou de moi, a gagné. La situation étant aussi pourrie d'un côté que de l'autre.

J'étais tellement à côté de mes pompes en rentrant que j'ai oublié que je ne dormais plus dans ma chambre depuis que Marie crèche ici. Machinalement, je me suis déshabillé et installé dans mon lit.

Voilà pourquoi il ne faut pas boire : j'ai baisé avec Marie.

J'essaie de lui faire comprendre en vain, sans la blesser, qu'il faut qu'elle s'en aille. Même si nous serons liés à jamais par cet enfant, il ne faut pas qu'elle espère un changement entre nous. Et moi, qu'est-ce que je fais ? Putain ! Je la fais jouir.

Trois fois.

Il ne peut pas y avoir mieux comme message contradictoire.

Marie semble rayonnante ce matin. Je l'entends fredonner pendant qu'elle se prépare pour aller au travail. Elle m'accueille dans le salon avec un sourire éblouissant. J'ai même le droit à un léger baiser sur les lèvres. Je reste stoïque, ne sachant pas comment réagir.

Après ça, une sensation de gêne règne dans l'appartement. Je l'évite le plus possible en restant enfermé dans la salle de bains. Quand j'entends la porte d'entrée claquer, je souffle de soulagement.

Très puéril, comme comportement.

Je me regarde dans le miroir du meuble de la salle de bains. Mes bras sont tendus de part et d'autre de la vasque, faisant trembler mes muscles. Je secoue la tête en me demandant ce que j'ai fait. Marie doit sûrement penser que je lui donne une seconde chance à l'heure qu'il est.

Je serre mes poings sentant la colère monter en moi. Ma mâchoire se contracte et tressaute nerveusement. Je ne suis qu'un putain de crétin qui n'a pensé qu'avec sa bite, encore une fois !

Dans un élan de rage, je balaye d'un geste tout ce qui se trouve sur le meuble, envoyant valser par terre, verre, brosses à dents, produits de beauté et la trousse de toilette de Marie.

J'ai plus qu'à tout ranger maintenant. Ça m'apprendra à me laisser submerger par mes émotions. En voulant ramasser les affaires, je tombe sur une petite plaquette de médicaments entamée. Sa pilule.

C'est quoi, ce bordel ?

Bonus : Le Prélude

Je veux bien ne pas être un expert en trucs de filles, mais si je ne me trompe pas, une femme enceinte ne prend plus sa pilule.

Je vois rouge, fonce dans ma chambre pour sortir la valise de Marie qui est rangée sous mon lit. Il y a encore quelques affaires qui traînent dedans et qu'elle n'a pas rangées sur les étagères que je lui ai laissées. Je sors tout en vrac sur le lit et tombe sur une boîte de tampons.

Putain, elle m'a vraiment pris pour un con. Je me sens trahi.

Toute la journée, je fulmine et rumine dans mon appartement. J'ai appelé Jo pour m'excuser de mon absence. Je ne lui ai rien caché, lui exposant mes doutes au sujet de la grossesse de Marie. Comme d'habitude, il me soutient et m'ordonne même de mettre un point final à toute cette histoire, rapidement.

J'attends Marie de pied ferme. Je crois que ma mise en scène ne pourra pas être plus claire lorsqu'elle franchira la porte d'entrée : je suis appuyé contre le bar qui sépare mon salon de la cuisine. Mes bras sont croisés, mon visage fermé. Sa boîte de tampons et sa plaquette de pilules posées sur le bar. Je regarde ma montre, impatient qu'elle arrive.

À dix-sept heures trente, j'entends les clés dans la serrure. Marie entre sans se douter que je sois déjà là. Lorsqu'elle m'aperçoit, ses yeux font un aller-retour rapide entre le bar et moi, puis elle lâche de surprise les clés qu'elle tenait encore dans sa main.

— Je vais tout t'expliquer, commence-t-elle en trébuchant quand elle s'avance vers moi.

— Je n'en attends pas moins, grondé-je.

Je ne prends même pas la peine de la soutenir. Mes yeux la fusillent du regard. Je n'ai plus aucune compassion pour elle. Sans même avoir de détails, je sais maintenant qu'elle m'a menti. Elle a joué avec mes émotions. Pas l'amour que j'aurai pu lui porter, non. Mais ma patience, ma compréhension et mes sentiments naissants envers un être qui était une partie de moi. Comment a-t-elle osé ?

— Pourquoi ? lâché-je d'une voix sèche.

Marie pleure. Cette fois-ci, je ne la console pas. Elle s'est trop jouée de moi.

— Pourquoi ? répété-je plus fort avec colère, la faisant sursauter.

— Au début, bredouille-t-elle, quand je suis venue te voir, je croyais vraiment que j'étais enceinte. Et puis, au bout d'une semaine, j'ai compris que ce n'était qu'un simple retard et que tout était rentré dans l'ordre.

— Pourquoi avoir continué à me mentir ?

Elle regarde les clés sur le sol, tout en frottant son bras gauche avec sa main droite. Elle est mal à l'aise mais je ne vais pas lui faciliter la tâche. Ça serait trop simple. Elle finit par lever ses yeux larmoyants vers moi. Mon sourcil interrogateur lui fait comprendre que j'attends toujours ses explications.

— Tu étais si prévenant avec moi, m'avoue-t-elle. Tu prenais soin de moi et j'avais l'impression de compter à tes yeux.

Elle essuie ses yeux et son nez avec sa manche, puis continue :

— Je pensais que tu pourrais plus facilement tomber amoureux de moi, si j'étais la mère de ton enfant.

— Qu'est-ce que tu n'as pas compris dans « je ne pourrai pas avoir les mêmes sentiments que toi » ? craché-je en martelant chaque mot.

Ma tirade pleine de rancœur la fait grimacer.

— Si je t'ai laissé vivre chez moi, déclaré-je, c'est parce que j'avais du respect pour toi, et que je me sentais aussi responsable que toi dans cette situation !

Ses larmes coulent à nouveau et elle mordille sa lèvre inférieure pour éviter d'éclater en sanglots.

— Et comment aurais-tu fait, ensuite ? m'écrié-je. Je me serais bien rendu compte au bout d'un moment que tu n'étais pas enceinte. Tu me prends vraiment pour un con ?

— J'aurai avoué avoir perdu le bébé, en espérant que tu restes à mes côtés.

J'en ai assez entendu. Je me retourne, prends la valise qui était restée cachée derrière moi et la pose à ses pieds.

— J'ai fait ta valise. Maintenant, va-t'en.

Marie reste sans voix. Ma sentence ne peut pas être plus claire. Je ne peux pas accepter une trahison pareille.

Elle récupère ses affaires, part en direction de la porte d'entrée la tête baissée. Elle esquisse un mouvement pour se retourner vers moi avant de partir, puis se ravise. Sage décision.

La porte claque, je desserre les poings, attrape ses affaires restées sur le bar et les jette avec rage contre le mur pour me défouler.

8

J'ai appelé toute la bande à la rescousse.

Samuel, Davi et Enzo sont là pour me soutenir après cette épreuve. Il ne manque que Damien à l'appel, mais heureusement, j'ai pu l'avoir longuement au téléphone pour vider mon sac.

La soirée est bien avancée, chacun ayant fait de son mieux pour venir le plus tôt possible. Enzo qui n'habite pas Aix-en-Provence n'a pas hésité à venir en urgence chez moi. C'est aussi ça la famille.

On est assis au salon, au milieu des boîtes de pizza livrées et des bouteilles de bière vides. Les gars sont silencieux. Ils semblent abasourdis par mon histoire.

Assis à califourchon sur ma chaise, un bras repose sur le dossier tandis que l'autre porte à mes lèvres une bière bien fraîche que je viens d'aller chercher au frigo. Je regarde tour à tour mes amis en attendant une réaction de leur part.

C'est Samuel qui ouvre le bal :

— Putain, je n'arrive pas à y croire.

— Je ne sais pas ce qui me choque le plus, renchérit Enzo. Le fait que tu as failli être papa, ou le coup foireux qu'elle t'a fait !

Il a ouvert les premiers boutons de sa chemise et relevé ses manches sur ses avant-bras. Mon cousin a la mine soucieuse. Je ne sais pas si c'est parce qu'il est perturbé par son travail ou si c'est parce qu'il s'inquiète pour moi.

— C'est pour ça que tu semblais complètement ailleurs ces derniers temps, déduit Davi à ma gauche.

Je me lève, contourne ma chaise pour me placer debout contre la baie vitrée. J'ai la bougeotte, trop perturbé par les derniers évènements. Je déteste quand je ne maîtrise pas les choses, et là, clairement, j'ai perdu tout le contrôle. Je n'ai rien vu venir.

— Voilà, vous savez tout, les mecs, annoncé-je d'une voix dépitée.

— Vois le bon côté des choses, blague Samuel. Elle n'est pas enceinte, et au moins, elle ne vit plus chez toi...

J'amorce un sourire.

— Putain, je suis content que tu ne l'aies pas présenté à la famille, se réjouit Enzo.

— Un sacré bordel, hein ? finis-je par dire en éclatant de rire.

Davi regarde dans le vide, songeur. Merde, le pauvre, il a assez à faire avec son divorce et moi, je l'emmerde avec mes histoires.

— Excuse-moi, Davi, je ne devrais pas te soûler avec tout ça, m'embarrassé-je en venant m'asseoir à côté de lui.

— Ne t'inquiète pas, me répond-il en me faisant une petite tape sur la cuisse. Je vais survivre, pas vrai ?

Sa main sur sa tête rappeuse m'indique qu'il est profondément tourmenté. Malgré cela, il me sourit pour me faire comprendre qu'il me soutient quoi qu'il arrive. Ça fait chaud au cœur de voir qu'on est bien entouré. Que même en cas de galère, on est là pour veiller les uns sur les autres.

— Je vais encore faire le sérieux de service, ajoute Enzo, mais tu sais, je pense qu'elle était désespérée et aveuglée par l'amour qu'elle te porte.

Je le regarde d'un air qui veut dire « putain, je n'en ai rien à foutre, elle m'a trahi, c'est tout ce qui compte ! ».

— Elle a cru voir une brèche, et elle s'y est engouffrée pensant te garder auprès d'elle, poursuit-il dans son analyse.

— On ne peut pas forcer quelqu'un à aimer, Enzo, pesté-je.

— Je sais. Ce que je veux dire, c'est que tu dois comprendre, que parfois, l'amour fait faire des choses complètement absurdes !

— L'amour, je crois que ce n'est pas fait pour moi, certifié-je avec aplomb.

Davi émet un petit rictus moqueur. Enzo lève les yeux au ciel. Quant à Samuel, il est tout sourire et ne se gêne pas pour lancer le mot de la fin.

— Damien serait là, il dirait qu'une chose est sûre, les filles, c'est vraiment un paquet d'emmerdes !

Il tend sa bouteille de bière au milieu de notre cercle pour nous inviter à trinquer. Lorsque les verres s'entrechoquent, nos sourires de connivence parlent d'eux-mêmes.

— Amen, mes frères, m'esclaffé-je rejoint rapidement par mes potes.

～

Une semaine plus tard, ma vie a repris son cours. Je n'ai pas recroisé Marie depuis que je l'ai mise à la porte de mon appartement. Je crois qu'elle a enfin compris le message. Tant mieux.

J'ai beaucoup repensé à ce qu'Enzo m'a dit l'autre jour chez moi. J'ai fini par admettre qu'il avait raison sur un point : Marie était aveuglée par son amour. Elle cherchait désespérément mon attention, pensant qu'avec le temps je finirais par tomber amoureux d'elle.

J'ai été en colère contre elle, contre ce qu'elle m'a fait subir. Mais j'ai décidé de ne pas m'arrêter à ça. Il faut aller de l'avant et savoir pardonner.

Finalement, comme l'a dit Samuel, je suis soulagé qu'elle soit partie et que ma future paternité n'ait été qu'un leurre. Je ne suis pas encore prêt pour m'engager avec quelqu'un en amour, alors m'occuper d'un enfant…

J'ai retrouvé mon entrain habituel, mes tirades effrontées, et ma propension à draguer les femmes qui m'entourent. Tout rentre dans l'ordre et je peux enfin respirer normalement.

Je me concentre de nouveau sur mes clients. Ces dernières

Bonus : Le Prélude

semaines je n'étais pas le meilleur des coachs, il faut l'avouer. Il fallait s'armer d'une sacrée patience pour pouvoir me supporter. Fort heureusement, mes clients me sont fidèles et savent que parfois, je peux être un petit con arrogant, mais que dans le fond, je suis une bonne personne.

Franck est en train de s'échauffer sur le vélo elliptique pendant que je lui explique le programme de la séance du jour, quand je sens mon portable vibrer dans la poche de mon short.

Le numéro qui s'affiche à l'écran me laisse perplexe. Pourquoi la mère de Damien m'appelle-t-elle ? Même si on est en contact de temps en temps, ses appels sont plutôt rares.

Mes sourcils se froncent et mon rythme cardiaque s'accélère plein d'appréhension. Je finis par décrocher, les mains moites, avec un « Allô » interrogatif.

— Mathias, je… sanglote une voix que je ne connais que trop bien à l'autre bout du fil. Je suis désolée, suffoque-t-elle.

Mon visage se fige.

Ma respiration se coupe.

Mon téléphone se fracasse sur le sol.

Mon monde s'arrête.

REMERCIEMENTS

Je tiens à remercier avant tout, Olivier, mon mari. Il est mon soutien le plus précieux. Sans lui, je n'aurais jamais sauté le cap de ce changement de vie. C'est grâce à lui, implicitement, que j'ai trouvé la voie de l'écriture et que je me suis lancée dans cette carrière de romancière.

Je t'en serai éternellement reconnaissante, et bien sûr, je t'aime.

Je remercie également Julie Huleux, ma book manager, qui m'a suivie tout au long de ce projet. Ses remarques et conseils n'ont fait qu'améliorer, version après version, mon histoire.

Grâce à toi, j'ai trouvé mon identité d'auteure et mon style d'écriture.

Je remercie aussi mes amies Lucie, Jennifer et Caroline qui ont été mes bêta-lectrices. Elles ont participé à la naissance de BROKEN Love et m'ont soutenue dès le début de l'aventure.

J'espère que cette version vous plaira et que vous verrez la différence avec le manuscrit que vous avez lu.

À Brigitte Kremser, qui a été ma professeure de danse classique pendant les nombreuses années où j'étais au conservatoire.

Merci d'avoir partagé ton amour de la danse et m'avoir donné goût à cet art. Je garde de nos échanges des souvenirs irremplaçables.

J'aimerais également remercier les personnes qui ont travaillé en collaboration avec Julie Huleux et moi-même pour faire de cet ouvrage celui qu'il est aujourd'hui : Carole Laborde-Sylvain pour la correction et Charlène de Cover'Graph pour le graphisme de la couverture.

Et enfin, merci à Juliette et Mathias qui m'ont accompagnée pendant de nombreux mois. Je me suis sentie si proche d'eux. J'aime tellement mes personnages, que j'ai du mal à leur dire au revoir...

A PROPOS DE L'AUTEURE

Clara Brunelli est mon nom de plume.

Dans la vraie vie, je suis une épouse et une maman qui a souhaité, il y a quelques temps, changer de vie. J'ai longtemps cherché ce que j'aimerai faire et l'écriture s'est imposée à moi sans que je le vois venir…

Je suis une trentenaire féminine, passionnée par les romances depuis plusieurs années. Après m'être imprégnée de toutes ces histoires d'amour, j'ai souhaité écrire moi-même mes propres aventures.

Depuis mon enfance, j'ai toujours été attirée par l'écriture. C'était un moyen pour moi d'exprimer mes émotions.

A l'adolescence, j'ai écrit de nombreux poèmes qui m'ont permis d'extérioriser certains passages de ma vie : coup de foudre, peine de cœur, deuil, amitié, bonheur en famille…

Aujourd'hui, j'ai repris ma plume pour partager avec passion mes histoires avec des personnages émouvants, plus vrais que nature.

Mes romans reflètent les valeurs de la famille qui me sont chères, avec de l'érotisme, et des intrigues palpitantes.

Mon premier roman, BROKEN-Love, qui évolue dans le monde de la danse et du sport est inspiré de mon passé de danseuse. J'ai intégré le conservatoire de danse à l'âge de 5 ans. Je suis tombée amoureuse de la danse et ne l'ai plus quittée depuis.

A travers mes romans, j'espère vous transmettre de belles émotions. Ce que je veux avant tout, c'est vous offrir des moments d'évasions, de bonheur, pour que votre quotidien en soit égayé.

Je vous souhaite de belles lectures, et de belles rencontres avec mes personnages.

Amicalement,

Clara Brunelli

facebook.com/BrunelliClara
instagram.com/clara.brunelli

achevé en décembre 2020

texte : Clara Brunelli
couverture : Covergraph
photo de l'auteure : Clicforpics

Direction artistique : Julie Huleux

Dépôt légal : janvier 2021

ISBN : 9798379176242

Imprimé en Allemagne par Amazon

Printed in France by Amazon
Brétigny-sur-Orge, FR